Jens Wonneberger

Gegenüber brennt noch Licht

Jens Wonneberger

Gegenüber brennt noch Licht

Roman

Steidl

Die Entstehung dieses Werkes wurde durch ein Stipendium der Kulturstiftung des Freistaates Sachsen ermöglicht.

1. Auflage 2008

Umschlaggestaltung: Steidl Design/Julia Melzner
unter Verwendung einer Fotografie von Miguel Ferraz Araújo
Satz, Druck, Bindung:
Steidl, Düstere Str. 4, 37073 Göttingen
www.steidl.de
Printed in Germany
ISBN 978-3-86521-778-3

Als ich die Augen aufschlage, ist es finster, und das ist gut so. Ein paar Wochen noch, denke ich, dann wird die Hauptsaison zu Ende sein. Es ist jetzt Mitte Februar, möglich, daß ich bei entsprechendem Wetter noch ein paar Tage, vielleicht sogar eine Woche werde dranhängen können. Sicher, es werden trübe Tage kommen, und die Umstellung auf die Sommerzeit wird mir noch einmal eine Stunde schenken, aber irgendwann wird auch in diesem Jahr Schluß sein.

Ich liege im Bett, es ist angenehm, ich drehe mich noch einmal zur Seite, ziehe die Knie in Richtung des Brustkorbes und die Decke über den Kopf. Ich versuche an Anna-Sophie zu denken, aber dann fällt mir das geheimnisvolle Fenster von gegenüber ein und ich schlage die Bettdecke entschlossen zurück, man hat ja seine Pflichten. Es ist kurz vor halb sieben, wie jeden Morgen komme ich dem Alarm zuvor und drücke die Taste, bevor der Wecker sein Klingeln beginnt.

Im Dunkeln steige ich die Wendeltreppe hinunter, meine Finger gleiten übers Geländer und finden die vertraute Kerbe im Holz, eine kleine Unebenheit nur, die mir aber sofort Sicherheit gibt. Ich gehe durch die Wohnung, gelange, ohne irgendwo anzustoßen oder nach einer Türklinke tasten zu müssen, zum Bad, wo ich nun doch das Licht anschalte. Hier im Bad bin ich sicher, bereits zum Saisonbeginn vor fünf Monaten habe ich das Fenster mit großer Sorgfalt abgedichtet. Ich habe dabei nicht nur die Schullehrtafel, die ich auf einem Trödelmarkt erstanden habe und die das Periodensystem der Elemente zeigt, zum

Rollo umfunktioniert, sondern die leicht ausgefransten Ränder des gummierten Leinengewebes mit klammheimlicher Freude so mit Klebeband am Fensterrahmen befestigt, daß kein Lichtstrahl nach außen dringen kann; man soll glauben, ich sei überhaupt nicht da.

Das Licht ist grell und blendet, dabei würde ich mir gerade hier und jetzt im Bad etwas Dunkelheit wünschen, ich bin nicht dick, nur etwas schwer, doch der Anblick dieses bleichen, in den letzten Jahren zunehmend schwammig gewordenen Fleisches ist nicht gerade das, womit man einen neuen Tag zu beginnen wünscht, zumal die Deckenleuchte mein Haar, ich halte es gewöhnlich noch immer für dicht, jetzt in ein Licht setzt, das für die nächsten Jahre Schlimmes befürchten läßt; im Spiegel sehe ich meine Kopfhaut glänzen. Ich fühle mich jung, doch das Zerwürfnis zwischen mir und meinem Körper hat langsam aber sicher einen Grad erreicht, bei dem sich nicht mehr vermitteln läßt, ich kann das alles höchstens noch ignorieren. Ich wende mich also ab, erledige eilig, was die Natur mir zu erledigen vorgibt, wasche mich flüchtig und ziehe mich ebenso rasch an, es gilt jetzt, keine Zeit zu verlieren. Nachdem das Licht wieder gelöscht ist und sich meine Augen an die nunmehr zurückgekehrte Dunkelheit gewöhnt haben, gehe ich in die Küche und nehme meinen Beobachtungsposten ein; mir bleibt jetzt noch etwa eine halbe Stunde.

Zwei Fenster des gegenüberliegenden Mietshauses sind schon beleuchtet. Sie bilden die Endpunkte einer Diagonale, was die Beobachtung der zugehörigen Wohnungen natürlich erschwert. Nicht nur, daß hinter dem rechts oben gelegenen Fenster nur die Zimmerdecke, hinter dem links unten dagegen nur ein Teil des Fußbodens einzusehen ist, auch erweist sich auf Grund der Entfernung zwischen beiden eine gleichzeitige Beobachtung als nahezu unmöglich. Aber ich habe meine Erfahrung, ich weiß genau, wann der rechts oben Wohnende seinen nackten, überaus sportlichen Oberkörper zeigen und nach einigen kräftigen Atemzügen das Fenster wieder schließen wird, und gleich darauf die junge Frau von links unten barfuß vor den mannshohen Spiegel tritt, um sich, das allerdings kann ich nur vermuten, das Haar zu kämmen.

Erst wenn hinter einem dritten, kaum von der Diagonale abweichenden Fenster das Licht angeschaltet wird, muß meine Erfahrung versagen, denn die Bewohnerin dieser Wohnung läßt bei ihren morgendlichen Verrichtungen jede Regelmäßigkeit vermissen. Vor zwei Tagen zum Beispiel hat sie die Wohnung gleich nach dem Aufstehen in großer Eile verlassen, beinahe fluchtartig, während sie gestern zunächst in aller Ruhe eine Zeitung las, wie immer den Tagesanzeiger, auf den sie abonniert ist. Mal verläßt sie das Schlafzimmer im Nachthemd, ein anderes Mal hat sie sich schon vor dem Verlassen des Schlafzimmers angezogen, einmal ist sie, wenn ich meinen Posten beziehe, schon ausgehfertig, am Tag darauf aber ist sie um diese Zeit noch nicht einmal aufgestanden. Dabei bin ich immer rechtzeitig auf meinem Posten. Es ist nicht zu fassen, diese Schlampe kennt keine Ordnung! Wenigstens bietet sich mir in ihrem Fall ein freier Einblick, da sich das Fenster direkt in Augenhöhe befindet, an der Scheibe hängt eine Träne aus rotem Muranoglas.

Doch bevor die Unregelmäßige ihren Tag beginnt, hat der nackte Schauatmer und Fensterschließer, ohne sich noch einmal zu zeigen, das Licht gelöscht. Exakt fünfzehn Minuten früher als gewöhnlich, wie ich verwundert feststelle und auch gleich notiere. Pünktlich dagegen beginnt nun der Unterleib der mutmaßlichen Kämmerin einige gymnastische Übungen, erst wird ein Bein abgespreizt, dann das andere angewinkelt, bald schwingen sie im

Wechsel vor und zurück, bis sich, wenn auch nur kurz, zunächst die Arme und mit ihnen schließlich ein für diese Zwecke überaus geeigneter Oberkörper rhythmisch federnd ins Bild schieben und wieder verschwinden. Sie hat lange dunkle Haare, die beim Bücken den Boden berühren.

Ich habe den überstürzten Aufbruch des Fensterschließers schnell vergessen und gebe mich den weitaus angenehmeren Gedanken über die sonstige Verwendbarkeit des biegsamen Körpers der Gymnastikerin hin, man wird ja mal ein bißchen träumen dürfen. Dann erscheint aber schon die Unregelmäßige, auch sie pünktlich, wenn man denn bei dieser Chaotin überhaupt von Pünktlichkeit reden kann. Allerdings ist es heute nicht die runde japanische Deckenleuchte aus weißem Papier, die das Zimmer gestern in ein für meine Absichten günstiges Licht tauchte, sondern nur ein diffuser rötlicher Schimmer, der, sei es, daß er einer farbigen Glühbirne entstammt oder mittels eines über die Nachttischlampe geworfenen Tuches aus Tüll oder dünner Seide erzeugt wird, die Beobachtung erschwert. Ich frage mich sofort, wann und warum ein solches rotes Tuch über eine Lampe gehängt worden sein könnte, gestern abend jedenfalls war mir noch nichts Ungewöhnliches aufgefallen. Hat sie spät noch Besuch bekommen? Womöglich von einem Mann?

Eine Weile brauchen meine Augen, um sich an das schwache Licht zu gewöhnen, dann erkenne ich, daß die Unregelmäßige gerade im Begriff ist, ihr Nachthemd abzustreifen, doch im entscheidenden Augenblick macht sie einen Schritt nach vorn hinter einen Mauerschaft und entzieht sich so meinen Blicken. Nervös rutsche ich hin und her, lege den Kopf zur Seite und stehe, um meinen Blickwinkel zu verändern, sogar auf, doch nichts, sie bleibt außer Sichtweite. Ich überlege, ob ihr Entschwinden Zufall ist oder Vorsicht sein könnte. Ahnt sie vielleicht sogar etwas von meiner Anwesenheit? Zu meiner Überraschung aber ist sie dann, als sie wieder aus der Deckung hervortritt, noch immer vollständig mit dem eben gelüfteten Nachthemd bekleidet. Unschlüssig ist sie also auch noch, denke ich.

Nun passiert lange nichts, außer daß die Unschlüssige ihren Schrank auf der Suche nach geeigneten Kleidungsstücken durchwühlt und endlich auch in ihrer Nachbarwohnung das Licht angeschaltet wird. Gerade diese Wohnung aber ist ein Ärgernis, haben sich doch die mir noch immer unbekannten Mieter hinter einem blickdichten Vorhang regelrecht verschanzt. Das muß schon am Tag ihres Einzuges passiert sein, ich hatte damals meinen Posten aufgeben und für einige Tage verreisen müssen, als ich zurückkam war das bis dahin nackte Fenster verhängt. Doch was heißt Vorhang, wenn es nur das wäre, ein Vorhang kann geöffnet werden, sie aber haben, weiß der Teufel warum, eine silbern glänzende Folie vor ein Fenster genagelt, wie man sie gewöhnlich als Sonnenschutz für die Windschutzscheibe von Autos verwendet. Und das im Winter! Es ist nichts zu sehen, nur am unteren Rand der Scheibe schimmert ein schmaler Streifen Licht.

Mir bleibt vorerst nichts anderes übrig, als mir einige der von der Unschlüssigen in den vergangenen Wochen zum Teil bei voller Beleuchtung vorgeführten Kleidungsstücke in Erinnerung zu rufen, wobei die rote Bluse mit dem großen Ausschnitt vom letzten Donnerstag zu meinen Favoriten zählt. Oder war das am Freitag? Egal, die Suchende zieht noch einige Schubladen auf, wühlt darin und hat sich endlich entschieden. Sie nimmt ein Stück Stoff aus dem Schrank und wirft es mit einer geradezu theatralischen Geste aufs Bett. Na also, sage ich erleichtert in die Dunkelheit, lasse meine Hand auf die Tischplatte fallen und erhebe mich. Ich muß jetzt los, doch auch während ich mir meine Jacke überziehe, lasse ich das gegenüberliegende Fenster nicht aus den Augen, kann aber, obwohl ich kurzzeitig und noch immer in Erwartung der bevorstehenden Entkleidung jede Vorsicht aufgebe und direkt an die Scheibe trete, nicht erkennen, ob es sich bei dem gefundenen Stück um die von mir favorisierte Bluse handelt. Immerhin, es könnte die rote Bluse sein, obwohl bei dem Licht alles einen rötlichen Schimmer hat, der Stoff, ihr Haar, sogar ihre Haut. Es ist schon spät, warten kann ich auf die Auflösung nun nicht mehr, und so bleibt mir nur noch ein letzter prüfender Blick auf das zur Beobachtung stehende Haus. Die Gymnastikerin zeigt sich wieder kopflos, ihre Beine tänzeln jetzt nur noch leichtfüßig auf der Stelle. Die Unschlüssige immerhin scheint zum Aufbruch entschlossen. Die Unsichtbaren bleiben unsichtbar. Alle anderen Fenster sind dunkel. Vorsichtig, zunächst nur spaltbreit, öffne ich die Tür und gehe erst aus der Wohnung, nachdem ich mich vergewissert habe, daß auch im Treppenhaus kein Licht brennt, dessen plötzlicher Einfall meine Anwesenheit verraten könnte.

Auf dem unteren Treppenabsatz versuche ich mich des Gesichtes der Gymnastikerin zu erinnern. Vor ein paar Wochen bin ich in einer der Wohnungen dieser Etage gewesen, seitdem weiß ich, wie schön sie ist. Herr Mayer aus dem ersten Stock, der schon hier wohnte, als ich einzog, hatte damals einen neuen Kühlschrank bekommen und mich gebeten, ihn mit in seine Wohnung zu tragen. Ausgerechnet an diesem Tag hatte Mayer eine dicke Bandage am Unterarm, und ich mußte das Gerät mit dem Fahrer in seine Wohnung schleppen, meine Rückenschmerzen sieht man ja nicht. Der Fahrer hatte dann in Mayers Küche gestanden und auf ein Trinkgeld gewartet, ich wartete auch, ohne Aussicht auf Trinkgeld, ich schaute aus dem Fenster und habe Herrn Mayer um seine Perspektive beneidet. Als ich aber jetzt aus der Haustür trete, fehlt der Gymnastikerin der Unterleib, dafür ist sie tatsächlich gut gekämmt, doch ich bin in diesem Moment nicht sicher, welcher der beiden Teile ihres Körpers entbehrlicher ist. Der Gedanke macht mich nervös. Tiefe Atemzüge an frischer Luft, wie vom Schauatmer vorgeführt, vielleicht würde das helfen. Aber ich darf jetzt keine Zeit verlieren und überlasse die zur Ruhe gekommene Gymnastikerin ihrem Spiegelbild.

Wie jeden Morgen steht die einsame Gestalt in der Dämmerung an einer der Hausecken, als lauere sie mir auf, und erweist sich beim Näherkommen wie jeden Morgen als Buchsbaum, der auf Taille geschnitten in einem Kübel vor der Eckkneipe steht. Ich weiß es und vergesse es immer wieder, jeden Morgen ein kleiner Schreck und dann die Erleichterung. Im Waschsalon sitzt ein alter Mann auf einem weißen Plastestuhl. Halbglatze, grindige Kopfhaut, blauer Trainingsanzug, Filzpantoffeln, so hockt er breitbeinig, die Ellenbogen auf die Knie gestützt, das Kinn zwischen den Händen, und verfolgt gebannt die Live-Übertragung der Reinigung seiner Socken und Unterhosen. Gleich nebenan sind die Fenster eines Ladens von innen mit Packpapier beklebt, seit Monaten wird eine Neueröffnung angekündigt, die nie mehr stattfinden wird. An einigen Stellen hat sich das Papier gelöst und hängt in Streifen herab. Ich muß an das Fenster von gegenüber denken, an die Folie, die keinen Einblick gewährt. Wer mag sich derart verschanzt haben? Dieses Fenster läßt mir keine Ruhe.

Im Spätshop an der nächsten Ecke, dem einzigen Laden in der Gegend, der so früh am Morgen geöffnet hat, kaufe ich wie immer mein Frühstück, das ich später mit meinen Kollegen im Büro der Bundesversicherungsanstalt für Angestellte einnehmen werde, dabei üblicherweise von diesen nach meiner Meinung über den Kriminalfilm vom Vorabend befragt. Diese Leute haben ja immer nur Kriminalfilme im Kopf, und tatsächlich scheint auch jeden Abend auf irgendeinem Programm ein Kriminalfilm gezeigt zu werden.

Auch heute ist es nicht anders, kaum habe ich die letzte Rentenakte vor der Pause bearbeitet, tischt Hansen, ein gesetzter Herr, der offenbar über einen unerschöpflichen Fundus mausgrauer Anzüge und grellbunter Krawatten verfügt, die Geschichte eines perfiden Serienmörders auf, der von Wagner, wie dieser sogleich großspurig behauptet, schon nach zehn Minuten überführt worden sei, während das zuständige Ermittlerduo noch nach über einer Stunde im Dunkeln getappt sei. Wagner ist von unbestimmbarem Alter, ich weiß, daß er jünger ist, als er mit diesem merkwürdig knolligen Gesicht aussieht. Dabei ist er eigentlich nicht dick, sein Körper wirkt eher ein wenig schlaksig, aber an seinem Gesicht ist alles rund, die Nase, die weit hervorstehenden glasigen Augen, die fleischigen, aufgedunsenen Wangen, der fast kahle, nur von einigen grauen Stoppeln bewachsene Schädel, die Lippen wulstig, mit einer tiefen Kerbe in der Oberlippe, sein Kopf erinnert an die Modelle von Molekülen aus einem Lehrbuch der Chemie.

Wenn die Zahl der allabendlich im Fernsehen vorgeführten Morde der Realität entspräche, denke ich kauend, würde die Bevölkerungszahl des Landes erheblich dezimiert und unser Amt trotz aller demographischen Orakel bald seine Daseinsberechtigung verlieren. Immer sind es, wie ich Wagners und Hansens Berichten entnehme, Morde an Leuten im besten Alter, manchmal sind es Kinder, aber sie haben noch nie von einem Mord an einem Rentner erzählt. Dabei kann ich mich keines Mordes in unserer Stadt, die immerhin keine kleine Stadt ist, erinnern, sogar kaum eines Gesetzesverstoßes, für den das Wort Verbrechen zutreffend wäre, eine kleine Korruptionsaffäre vielleicht, das ja, während sich doch in viel kleineren Orten manchmal so große Verbrechen ereignen, daß der Name dieser Orte plötzlich in allen Zeitungen steht und fortan einzig in Verbindung mit diesen Verbrechen in Erinnerung bleibt. Die aufregenden Ereignisse passieren immer woanders, die Langeweile ist immer vor Ort, denke ich, als Hansen mich grinsend fragt, wen ich denn zu allererst verdächtigt habe. Den Gärtner wahrscheinlich, platzt Wagner heraus und verspritzt dabei eine Wolke aus Speichel und Brotkrumen. Ich bin einen Augenblick lang verwirrt, rolle, natürlich zu spät, auf meinem Stuhl erschrocken ein Stückchen zurück und wische dann instinktiv mit der Hand über die Tischplatte. Wagner ist ein ekelhafter Kerl, ich wische meine Hand an der Hose trocken. Anna-Sophie schüttelt angewidert den Kopf.

Ich schaue mir nie Kriminalfilme an, stammele ich. Und obwohl ich denke, daß das keinen etwas angeht, versuche ich mich diesmal damit zu rechtfertigen, gestern abend die Übertragung der Neuinszenierung eines meiner Lieblingsstücke auf einem nur digital empfangbaren Theaterkanal verfolgt zu haben. Ich spüre, wie ich leicht erröte, als ich in diesem Zusammenhang von meiner Passion spreche. Diesmal hält sich Wagner rechtzeitig die Hand vor den Mund, seine Wangen aber blähen sich noch weiter auf. Hört, hört, unsern Plaschinski zieht's auf die Bühne, höhnt Hansen, wer hätte das gedacht. Anna-Sophie indes, die die ganze Zeit schweigend am Tisch gesessen hat, als gehöre sie nicht dazu, sieht mich verblüfft an und haucht ein Ach! Ich finde, sie hat etwas nonnenhaftes, jedenfalls stelle ich mir eine Nonne so vor. Zum ersten Mal fällt mir auf, daß sie braune Augen hat, und einen Moment lang halte ich ihrem Blick stand.

Die Wintermonate haben den Vorteil, daß ich, wenn ich es will, meine am Morgen unterbrochenen Beobachtungen direkt nach Dienstschluß fortsetzen kann. Manchmal tue ich es wie beiläufig, mit eher zufälligen, flüchtigen Blicken, so wie man den Kopf hebt und aus dem Fenster in einen Garten schaut oder auf den Rand eines Waldes, weil es jenseits des Fensters nichts anderes gibt als einen Garten oder den Rand eines Waldes, dann wieder mit voller Konzentration und im Bewußtsein, eine Aufgabe zu erfüllen. Dann ist mir mein Tun geradezu logische Fortsetzung und sinnvolle Ergänzung meiner Arbeit im Büro, während mir umgekehrt meine Arbeit im Büro als Legitimation meines Hobbys erscheint. Der Staat würde doch unweigerlich zusammenbrechen, wenn er nicht soviel wie möglich über seine Bürger in Erfahrung bringen könnte. Diese Datenschützer haben doch keine Ahnung! Telefonanschlüsse, Bankverbindungen, Erbkrankheiten, alles kann doch von Belang sein. Rente wollen die Leute schließlich auch, aber dazu muß man sie im Auge behalten, ohne Beobachtung und Auswertung der Erkenntnisse ist der Wohlfahrtsstaat nun einmal nicht zu haben. Im Büro sind mir die Hände gebunden, Erwerbsbiographien und der zugehörige Verdienst, das ist alles, aber wenn ich an meinem Küchentisch sitze, kann mir keiner Vorschriften machen.

Zum Beispiel die beiden jungen Männer aus der Wohnung unten rechts, es kann sich nur um Studenten handeln. Ist es wirklich so einfach? Vielleicht sind es auch

Spieler oder Börsenspekulanten, seit Wochen jedenfalls sitzen sie zu jeder Tageszeit, mit Ausnahme der frühen Morgenstunden, Rücken an Rücken hinter dem Fenster und stieren auf die Bildschirme ihrer Computer, deren bläuliches Licht das Profil ihrer Gesichter wie mit Wachs überzogen erscheinen läßt. In sich zusammengesunken, das Kinn nach vorn geschoben, sitzen sie da, ich habe mich schon oft gefragt, wie diesem Streberstandbild Leben einzuhauchen wäre, und bin dabei auf den Gedanken gekommen, ihnen per E-Mail sich widersprechende oder den jeweils anderen diskreditierende Informationen mit dem Ziel zukommen zu lassen, sie aus ihrer körperlichen Starre und geistigen Fixierung zu reißen. Ich stellte mir vor, wie sie sich irgendwann umdrehen, sich ungläubig musternd zunächst in einen nur verbal geführten Streit geraten würden, dann aber, immer mehr durch meine fingierten Mitteilungen gegeneinander aufgehetzt, einander zu schubsen und schließlich aufeinander einzuschlagen begännen. Der Plan hat seinen Reiz, blieb aber bisher ebensowenig realisiert wie ein kurzzeitig in Erwägung gezogener Gegenentwurf, demzufolge meine Manipulationen in einer Umarmung der immer nur Rücken an Rükken gegeneinander gekehrten Stillsitzer gipfeln sollte; ich kenne die E-Mail-Adressen schlichtweg nicht, und einem solchen Eingriff in das Geschehen würde zudem meine Rolle als stiller Beobachter entgegenstehen. So bleibt mir auch heute nur, den unveränderten Zustand zu registrieren, der, dem wiederholten Studium einer längst bekannten Rentenakte nicht unähnlich, nur dadurch eine Variation erfährt, daß einer der Studenten oder Spieler nun einen Teller hält, von dem er, ohne den Blick dabei vom Bildschirm zu lassen, unaufhörlich Kuchen in den Mund schiebt. Ich muß lächeln, habe doch auch ich mir auf dem Heimweg vom Büro ein Stück Kuchen gekauft, das ich nun verzehre, ohne das gegenüberliegende Haus dabei aus den Augen zu lassen.

Ich weiß nicht warum, aber die Unsichtbaren habe ich mir immer als ein altes Paar vorgestellt. Ihre Wohnung als ein einziges Zimmer, wo es hinter der silbernen Folie keine Zeit mehr gibt, nur noch blasse Erinnerungen ohne Sehnsucht. Ein Sterbezimmer. Der Geruch nach Mottenkugeln und abgestandenem Leben. Ein Mann und eine Frau, nachts winzig in einem riesigen Doppelbett, liebestote Körper, auf dem Rücken liegend und die Decke anstarrend. Sie lügen nicht, verschweigen nur die Wahrheit. Ein Paar, das das Sprechen verlernt und selbst allen Zorn vergessen hat, zwei längst verjährte Leben, von denen nur noch die vergilbten Bilder an der Wand erzählen. Unscharfe Fotos von Hochzeit und Urlaub am Meer, die Kinder wie handkoloriert in geborgter Kulisse. Groß gemusterte Tapete, in den Ecken des Zimmers von Feuchtigkeit und Schimmel geschwärzt und sich von der Wand lösend. Topfpflanzen wie dürres Gestrüpp, ein mannshoher Spiegel, der die Trostlosigkeit wiederholt. Vielleicht, denke ich jetzt, sind sie längst gestorben, liegen tot in ihrer Wohnung und werden von niemandem vermißt. Aber warum sollten sich ausgerechnet zwei alte Menschen kurz vor dem Tod silberne Folie vor das Fenster nageln?

Es hat zu regnen begonnen, und neben den Fenstern der Stillsitzer und dem schmalen Streifen bei den wie immer Unsichtbaren ist zu meiner Überraschung nun auch das Fenster rechts oben bereits erleuchtet. Das ist ungewöhnlich, denn der morgendliche Schauatmer kehrt normalerweise erst viel später zurück. Heute morgen war er früher gegangen, jetzt kehrt er eher heim. Vielleicht ist er krank, ganz sicher sogar, er muß beim Arzt gewesen sein, denn was seinen Tagesablauf betrifft, ist er bisher immer gewissenhaft, ja geradezu pedantisch gewesen. Nach dem Schauatmer hätte man die Uhr stellen können. Womöglich eine Erkältung, denke ich, was muß dieser blonde Schönling auch am frühen Morgen bei diesem Wetter nackt am Fenster stehen und mit seinem Sportlerkörper protzen! Natürlich ist es auch möglich, daß es sich nur einfach um einen Simulanten handelt. Ich kenne das, irgendwann schickt er mir ein Gutachten und will mit Mitte Dreißig eine Rente, hat es alles schon gegeben. Wenn solche Leute dann mal kommen, schaffen sie es kaum die Treppe hoch, aber nachdem ein paar Monate später alles erledigt ist, springen sie wie junge Böcke. Oder er hat sich zum Beispiel den Fuß verstaucht, vielleicht auch nur beim Blick aus dem Fenster ein kurzzeitiges Schwindelgefühl gespürt. Man ahnt ja gar nicht, wie viele Hypochonder es gibt. Manche Leute rennen bei jeder Kleinigkeit zum Arzt, lassen sich wochenlang krankschreiben, monatelang sogar, und ich habe dann wegen der Fehlzeiten die größten Scherereien mit den Akten. Vielleicht ist es ja wirklich nur eine Kreislaufschwäche, sicher infolge Überarbeitung, mutmaße ich. Was aber, wenn es sich, da der Körper dem äußeren Anschein nach ja in Ordnung ist, um eine sogenannte Kopfsache handelt, eine Absence oder eine mentale Verstimmung, eine geistige Verwirrung gar, die eine längere Rekonvaleszenz nach sich zöge, am Ende sogar Berufsunfähigkeit und so letztendlich Relevanz für den Rentenanspruch des Fensterschließers erlangen würde? Ist es in diesem Fall nicht geradezu meine Pflicht, meine privaten Beobachtungen zu protokollieren?

Ich lege das angebissene Kuchenstück beiseite, nehme einen der bereitliegenden Hefter, auf dessen Deckel die Worte Fensterschließer und, in Klammern, oben rechts stehen und in dem ich unter dem heutigen Datum das

Dossier des vermeintlich Kränkelnden fortsetze. Dazu freilich muß das Licht angeschaltet werden. Auch darauf bin ich vorbereitet. Ich habe eine Schreibtischlampe mit einer schwachen Glühlampe ausgestattet und so ausgerichtet, daß Blatt und Hände zwar mit der nötigen Helligkeit versorgt werden, der Kopf aber, zumal wenn ich ihn aus dem Lichtkegel hebe, nach wie vor in schützender Dunkelheit liegt. Zugegeben, das war nicht meine Idee, ich habe es bei der Unregelmäßigen abgeschaut und weiß also, daß es funktioniert. Es ist mir so möglich, meine Beobachtungen aufzuschreiben und gleichzeitig die Überwachung unbemerkt fortzusetzen. Die Anonymität ist ja der letzte Freiraum, den man noch hat.

Manchmal kommt es mir vor, als seien die Worte, die ich schreibe, das Ende von Fäden, ich brauche nur daran zu ziehen und schon habe ich Geschichten in der Hand. Aber ich weiß oft nicht, ob diese Geschichten, die ich anderen zuschreibe, nicht doch eher mein Leben sind, zumindest mögliche Varianten meines Lebens, oder ob ich sie erfinde, um dieses Leben besser vergessen zu können, es überhaupt ertragen zu können. Manchmal sehe ich darin auch keinen Unterschied.

Viel ist es nicht, was ich diesmal zu Papier bringen kann, man muß Geduld haben. Doch noch bevor sich meine Enttäuschung mit den gelegentlich aufkommenden grundsätzlichen Zweifeln am Sinn meines Tuns paaren kann, ereignet sich im Haus Nummer achtzehn der Lindenstraße ein Zwischenfall, der meine Passion vor eine neue Herausforderung stellt und mich selbst vor die Frage, ob meine Rolle der eines Voyeurs oder der eines Hellsehers entspricht.

Zunächst höre ich nur den klagenden, langsam anschwellenden Ton eines Martinshorns. Erst als dieser seinen

Höhepunkt erreicht hat und plötzlich mit einem letzten verzweifelten Jammern in sich zusammenbricht und schließlich ganz verstummt, nehme ich das blaue Licht wahr, dessen Reflexionen die gegenüberliegende Hauswand mit einem rhythmischen Flackern überstreichen, vielfach gespiegelt von den Regentropfen an meinem Fenster. Mehr ist vorerst nicht zu erkennen, erst als ich aufgestanden bin und, jede Vorsicht ignorierend, zum Fenster gehe, sehe ich, die Stirn gegen die kühle Scheibe gepreßt, den Krankenwagen unter mir auf der Straße stehen. Die Hecktüren stehen bereits offen, und zwei Rettungssanitäter mit glitzernden Leuchtstreifen an den Jacken sind in großer Eile damit beschäftigt, eine Krankentrage aus dem Wagen zu ziehen, sie klappen das Fahrgestell aus, das sie aber schon nach wenigen Metern wieder stehenlassen müssen, weil die Lücken zwischen den parkenden Autos dafür viel zu klein sind. Dann laufen sie auf die Haustür zu, wo die offenbar gerade heimkehrende Gymnastikerin zunächst erschrocken verharrt, sich dann aber geistesgegenwärtig und durch das Aufhalten der Tür hilfsbereit zeigt. Wegen ihr können sie also nicht gekommen sein, denke ich, und tatsächlich, ihr Fenster ist dunkel. Mein Blick überfliegt sofort das ganze Haus. Der Fensteröffner macht seinem Namen alle Ehre und scheint zudem vollkommen gesund, unter geradezu artistischen Verrenkungen versucht er das Geschehen zu überblicken, doch er scheint eher neugierig und verwundert, keinesfalls aber erwartungsvoll. Der also auch nicht, denke ich. Die Unschlüssige ist vollkommen unbeteiligt. Offenbar ahnungslos, zumindest aber unbeeindruckt, läuft sie in ihrem Zimmer hin und her, bleibt mal vor einem geöffneten Schrank stehen, trägt dann mit feierlichem Ernst einen für mich nicht zu erkennenden Gegenstand von dort zum Tisch, schaut einmal sogar kurz in meine Richtung, wirkt dabei aber zu zerstreut, um aus dem Gesehenen Schlüsse zu ziehen, die mir gefährlich werden könnten. Nun erst bemerke ich, daß einer der beiden Stillsitzer nicht zu sehen ist, während der andere sich dadurch verdächtig macht, daß er sich, stehend schon, nach einem letzten Blick auf den Bildschirm und einem abschließenden Mausklick, anschickt, den Raum zu verlassen; gut möglich, daß ein Klingeln an der Wohnungstür ihn gerufen hat. Sollte, durchfährt es mich, die von mir ersonnene Inszenierung auch ohne mein Zutun Realität geworden sein und er seinen Mitbewohner krankenhausreif geschlagen haben? Denn irgendwo müssen die Sanitäter ja geklingelt haben, im ungünstigsten Fall sogar im Hinterhaus, dann wird mir der Einsatzort wahrscheinlich ganz verborgen bleiben. Schließlich kommt aber auch die Wohnung der Unsichtbaren in Betracht, die sich ja bisher jeglicher Beobachtung entzogen haben. Einer von deren Bewohnern wird mir nun womöglich, wenn nicht auf der Totenbahre so doch bald auf der Krankentrage wie auf einem Tablett serviert werden. Kein Wunder also, daß ich der Rückkehr der Sanitäter voller Ungeduld entgegenfiebere. Ich versuche mir auszumalen, welche Tragödie sich hinter dem sorgsam verschleierten Fenster abgespielt haben könnte, denn es besteht ja nicht der geringste Zweifel, daß es sich um eine Tragödie gehandelt haben muß. Hätte ich beim Fensterschließer, der Unschlüssigen, vor allem aber der Gymnastikerin sofort auf einen letztlich banalen Unfall geschlossen, scheint im vorliegenden Fall auch eine tätliche Auseinandersetzung oder ein Verbrechen möglich, vielleicht sogar eines, das hinter den eigens zu diesem Zweck so aufwendig verhängten Fenstern von langer Hand vorbereitet worden ist. Ich sehe mich schon mit Hansen und Wagner am Frühstückstisch die Indizien auswerten und dabei meinen Wissensvorsprung nutzen, um den verblüfften Hobbykriminalisten einen Verdächtigen zu präsentieren.

Um so größer ist meine Enttäuschung, als ich die Männer wenige Minuten später wieder aus der Haustür treten sehe, begleitet von einer weiteren Person, die zwischen ihnen und neben der Trage nur mühsam Schritt hält, gleichwohl aber mit viel Geschick und einem Schirm sowohl ihr eigenes wie auch das Gesicht des Liegenden vor dem Regen und damit auch vor meinen Blicken zu schützen weiß. Selbst als die Träger ihre wippende Fracht durch die Lücke zwischen zwei parkenden Autos bugsieren und zum Heck des Rettungswagens kurven, flankiert der Schirmhalter, oder ist es eine Halterin?, beflissen, ja wen eigentlich?, den Kollabierten, den Verunfallten, das von eigener Hand hingestreckte Opfer? Ich weiß es nicht, schließe aber diesmal zumindest einen Simulanten aus. Die Sanitäter schieben ihr Geheimnis mit routinierten Handgriffen aus meinem Blickfeld, klettern dann mit ihrer Begleitung in den Wagen, aus dem schließlich nur noch wie ein letzter Gruß der Schirm ragt, von dem durch mehrmaliges ruckartiges Öffnen und Schließen die Regentropfen perlen. Die Stirn noch immer an der Scheibe, von deren Außenseite die Regentropfen unaufhörlich rinnen, während sie innen von meiner Atemluft beschlägt, sehe ich den Wagen wie in einem Nebel langsam entschwinden und bleibe mit einer quälenden Ungewissheit zurück. Und ich ahne sofort, daß die in Aussicht stehenden Blicke auf die bizarren Bewegungen der Gymnastikerin, ja sclbst auf die möglicherweise entblößten Brüste der Unentschlossenen nur ein billiger Ersatz sein werden im Vergleich zur Antwort auf die Frage, wer da warum im Nebel verschwunden ist. Die Stillsitzer jedenfalls thronen, wie leblos zwar, längst wieder vollzählig an ihrem Platz.

Auch am nächsten Morgen hat die Dunkelheit zum Glück noch nichts von ihrem Reiz und ihren Möglichkeiten eingebüßt, dennoch lasse ich mich erschöpft und willenlos auf meinen Beobachtungsstuhl fallen. Ich bin müde, habe in der Nacht schlecht geschlafen. Vielleicht war ich wegen des Regens erwacht, der unaufhörlich auf die Scheibe des schrägliegenden Dachfensters über meinem Bett geprasselt war, zumindest hatte ich wegen der Geräusche nicht wieder einschlafen können. Die Tropfen knallten wie kleine Geschosse auf das Glas, der Sturm hatte einige lockere Schiefer über meinem Kopf zum Zittern gebracht, sie schlugen klappernd aufeinander wie Knochen. Viel zu lange hatte ich dem Drang, auf die Toilette zu gehen, widerstanden, obwohl ich natürlich wußte, daß ich so erst recht nicht wieder einschlafen konnte. Das muß schon weit nach Mitternacht gewesen sein, und sowohl im Zimmer der Unschlüssigen als auch bei den Unbekannten hatte, als ich dann endlich doch aufgestanden und zur Toilette gegangen war, noch Licht gebrannt, aber der Regen hatte die Scheiben blind gemacht, das Wasser rann in breiten Streifen herab, brach manchmal seitlich aus, um sich gleich darauf zu einem um so dichteren Schleier zu vereinen.

Ich hatte mich also wieder hingelegt, muß sogar eingeschlafen sein, jedenfalls meinte ich irgendwann ganz deutlich das erneute Wimmern eines Martinshorns gehört zu haben. In manchen Nächten hört man Geräusche, die sonst nie zu hören sind, das ferne Rauschen der Züge, das Rattern der Straßenbahnen, manchmal sogar die Lautsprecheransagen vom Bahnhof, vielleicht ist die Luft in solchen Nächten besonders dünn. Doch jetzt bin ich nicht mehr sicher, ob das inständige Geräusch, das, als ich mir dessen bewußt wurde, sofort verstummt war, tatsächlich aus der realen Welt oder nur aus einem Traum an mein

Ohr gedrungen war. An einen späteren Traum aber kann ich mich genau erinnern.

Ich stehe im weißgetünchten Sektionssaal eines Krankenhauses, bei dem es sich um eine forensische Klinik handeln muß. Ein kaltes, wäßrig-blaues Licht aus riesigen Scheinwerfern ist über alles gegossen. Weißgekachelte Wände, Tropfgeräusche und das ferne Surren eines Aggregats. An meiner Seite die Gymnastikerin, die nervös an ihrem hochgesteckten Haar nestelt, dann plötzlich meine Hand ergreift und mich an dieser zu einer Bahre zieht. Ihre Hand ist kalt und liegt, ganz anders als die Biegsamkeit des Körpers es hätte vermuten lassen, wie eine von Gicht steif gewordene Kralle in der meinen. Eher klammere ich mich an sie, als daß sie mich festhält. In der anderen Hand hält sie einen weißen Schirm. Dennoch zieht die Gymnastikerin mich in Richtung der Bahre, von der sie in einer Mischung aus Hilfsbereitschaft und Schadenfreude das weiße Leinentuch zurückschlägt, das über einen bis dahin nur in Umrissen als solcher erkennbaren Körper gebreitet ist. Und ich schaue auf das mir unbekannte Gesicht des Liegenden, das, bleich wie die Kacheln des Bodens und kalt wie der Blechtisch, auf dem der Körper liegt, einer Maske gleicht. Die Gymnastikerin hat inzwischen ihr Haar gelöst, es hängt in langen Strähnen herab, so dicht, als habe sie dahinter kein Gesicht. Plötzlich reißt sie dem Toten die Maske vom Gesicht, ihr irres Lachen hallt durch den Raum und ich sehe entsetzt in mein eigenes Gesicht. Ein unübersehbar am großen Zeh des Toten befestigter Zettel aber weist ihn eindeutig mit dem Namen Zimmermann aus.

Danach hatte ich lange wachgelegen, mein Rücken schmerzte, ich hatte mich hin und her geworfen, der Regen prasselte unaufhörlich aufs Fenster. Immer wieder hatte ich meine Erinnerungen nach einem Zimmermann befragt, ohne Ergebnis, ich war zwar sicher, irgendwann einem Zimmermann begegnet zu sein, aber ich konnte keinen Zusammenhang zwischen dem Namen und einem Erlebnis herstellen. Auch jetzt komme ich von diesem Namen nicht los, doch je angestrengter ich nachdenke, desto weiter scheint mir jede konkrete Vorstellung zu entrücken. Unruhig irrt mein Blick zwischen rechts oben und links unten hin und her, ohne daß er sich für rechts oben oder links unten entscheiden kann. Weder die alberne Atemübung des Angebers noch die gymnastischen Verrenkungen der Turnerin vermögen meine Aufmerksamkeit zu fesseln. Erst als die Gymnastikerin plötzlich auf dem Rücken liegt, in braunen Leggings und die Beine gespreizt wie die riesige Kunststoffimitation des Grillhähnchens auf dem Dach der Imbißbude auf dem Platz vor meinem Büro, schaue ich länger zu. Nimm mich! fordert der Schriftzug über dem Kiosk. Ich gähne und ärgere mich, daß mir nichts anderes einfällt als zu gähnen.

Ich will den Morgen schon als verloren ansehen, schalte das Licht an und will mich zum baldigen Verlassen der Wohnung rüsten, als mir im gegenüberliegenden Haus doch noch eine Veränderung auffällt. Das Fenster nämlich, hinter dem die Unsichtbaren bislang ihrem Namen alle Ehre gemacht haben, ist zwar noch immer dunkel, dafür brennt im benachbarten, aber offenbar zur gleichen Wohnung gehörenden Zimmer Licht, was bisher noch nie der Fall gewesen ist. Viel sehen freilich kann ich auch da nicht, weil auf dem Fensterbrett ein Gestrüpp aus Grünpflanzen wie eine Hecke zum Schutz vor meinen Blicken gepflanzt worden ist. Ein Dschungel, dazwischen Fetzen von Licht. Soll ich die Lampe noch einmal ausschalten? Es ist schon nach sieben, und ich habe mich in meinen zwanzig Dienstjahren noch nie verspätet, schon gar nicht wegen einer puren Laune. Es hilft nichts, ich muß los.

Ich habe mir in letzter Zeit angewöhnt, im Treppenhaus Licht zu machen, freilich erst nachdem die Wohnungstür geschlossen ist und auch dann nur widerwillig. Aber dic Leute aus den unteren Etagen stellen immerzu den Weg voll, pralle Mülltüten, leere Pappkartons, Wäschekörbe, ganze Schuhregimenter belagern die Podeste, ausgerichtet in Reih und Glied oder versprengt wie nach einer verlorenen Schlacht; einmal wäre ich fast über einen ausgedienten Vogelkäfig gestürzt. Aber selbst wenn ich Licht mache, reicht die Zeit nicht aus, Herr Mayer manipuliert immer wieder an der Schaltuhr, um die Nebenkosten zu senken, wie er sagt. Für seinen Weg reicht die Zeit aus, aber ich muß mich auch diesmal das letzte Stück wieder im Dunkeln am Handlauf entlangtasten, wechsele vor jeder Tür rechtzeitig zur Innenseite, wo es kein Geländer gibt, winde mich eng an die Mauer gepreßt um die Ecke. Das Treppenhaus ist vor Monaten renoviert worden, noch immer hängt der beißende Geruch von Farbe und synthetischem Klebstoff in der Luft, im Dunkeln scheint er mir noch stärker. Vor Mayers Wohnungstür fluche ich laut, aber dieser Geizhals schläft wahrscheinlich noch.

Vor der Haustür sehe ich heute noch einmal nach oben und nutze die Dunkelheit zu einigen raschen botanischen Studien. Während das untere Drittel des Fensters von einer dichten Krautschicht zugewuchert ist, deren Zusammensetzung ich nicht aufzulösen vermag, tippe ich im Falle der Ranken, dic die rechte Laibung hinauf, am oberen Querholz entlang und links wieder hinabwachsen, auf Philodendron oder Porzellanblume. Dazwischen zeichnet sich wie eine grüne Kralle das Blatt einer Monstera, daneben aber zu meiner Überraschung die Rückansicht eines blonden Lockenkopfes ab, der wie ein Schmetterling zwischen dem Grün zu schweben scheint, weil der dazugehörige Oberkörper mit einem Rollkragenpullover von der gleichen Farbe bekleidet ist, die auch die rückwärtige Wand hat, so daß beide ineinander verschmelzen; ein Rot, so dunkel wie geronnenes Blut. Ob es sich dabei um jenen Kopf handelt, der sich am Vorabend unter einem Schirm meinen Blicken entzogen hat, kann ich nur mutmaßen. Auf der Straße klopfe ich mir die Spuren der Wandfarbe vom Oberarm.

Wer immer sich hinter den Grünpflanzen versteckt, wer immer gestern abtransportiert worden ist, die Sache hat mich gepackt. Sie ist verworrener und lückenhafter als die Erwerbsbiographie so manches dieser sogenannten Lebenskünstler, diese Bruchstücke und Collagen, aus deren Gewirr von Abbrüchen und Neuanfängen unter meiner Hand dann doch noch eine ordnungsgemäße Rentenakte wird, aber gerade das reizt mich. Der Fahrer eines Abschleppdienstes hat mir einmal erzählt, wie sehr ihn kleine Pannen langweilen, diese zerbeulten Kotflügel, Kurzschlüsse und leeren Batterien, das liebste, sagte er, seien ihm umgestürzte LKW mit Anhänger. Und das hier ist ein umgestürzter LKW. Also gehe ich, nachdem ich an diesem Morgen aus dem Haus getreten bin, nicht wie üblich sofort nach rechts in Richtung Spätshop, sondern überquere die Straße.

Unschlüssig stehe ich vor dem Haus, ich weiß nicht, was ich suche, folge dann eher einer Eingebung als einem wirklichen Plan. Der Regen hat längst aufgehört, aber das Kopfsteinpflaster ist noch feucht und glänzt wie die gespannte Haut über einem Abszeß, der jeden Augenblick aufzuplatzen droht. Ich gehe langsam, fast vorsichtig, vermeide es, direkt auf das Haus mit der Nummer achtzehn zuzugehen, schlage stattdessen einen kleinen

Bogen, blicke verstohlen nach oben, bleibe vor dem an einen Laternenpfahl geklebten Werbezettel stehen, auf dem die Original Petersburger Wachsfigurenausstellung unter dem Titel Menschen, Mythen, Mutationen Anomalien des menschlichen Körpers verspricht, gehe entschlossen weiter und will die Haustür eigentlich wie ein zufälliger Passant links liegenlassen. Plötzlich aber flammt ein Scheinwerfer auf. Ertappt! Ich zögere und stehe einen Augenblick verwirrt im Rampenlicht. Dann bemerke ich den an der Unterseite des Sturzes befestigten Bewegungsmelder und bin nicht einmal überrascht, auf einem der Klingelschilder den Namen Zimmermann zu lesen.

Zimmermann? Bisher haben mich Namen nicht interessiert. Da wohnen schon monatelang irgendwelche Leute im Haus, und ich habe sie noch nie gesehen, sie haben kein Gesicht, sie haben sich regelrecht verschanzt, früher, denke ich, wäre das undenkbar gewesen. Zugegeben, die Bewohner meines Hauses habe ich auch früher nicht gekannt, ich kenne sie selbst heute kaum, man begegnet sich im Treppenhaus, grüßt sogar, wechselt vielleicht ein paar belanglose Worte, weiß irgendwann die Namen. Die Namen sind Schall und Rauch. Ich habe keine Lust, mit ihnen zu reden, ihre Nähe ist mir unangenehm. Manchmal, wenn ich im Treppenhaus ein Geräusch höre, bleibe ich stehen und warte, bis eine Tür ins Schloß fällt oder die Schritte verhallen. Aber ich spüre, wie sie hinter den Türen auf der Lauer liegen, ein Auge am Spion, die Hand schon auf der Klinke, um mir im richtigen Moment in den Weg zu treten. Dabei schlüpfen sie aus ihren Fluren und beeilen sich, die Türen zu schließen oder wenigstens anzulehnen, als fürchteten sie, ich könne bei ihnen eindringen. So ein Zufall, säuseln sie dann und mustern mich mit einer Mischung von Mißtrauen und Erwartung im Blick. Das Wetter, sagen sie, als wüßte ich nicht selbst, wie das Wetter ist. Viel besser als sie selbst kenne ich ihre Schuhe vor der Tür, zuweilen verrät ein leerer Karton eine Neuanschaffung, im Trockenraum hängen ein paar Sachen, die irgendwem passen müssen. Wer zum Teufel, denke ich, trägt solche bunten Hemden? Führt Herr Mayer etwa ein Doppelleben? Postsekretär, mehrere Jahrzehnte Schalterdienst, nun außer Dienst, wie ich weiß, Briefmarkensammler, nehme ich an, neuerdings vielleicht Thailandurlauber? Ich weiß es nicht. Aber im gegenüberliegenden Haus, da kenne ich mich aus, da weiß ich Bescheid, kenne sogar die jeweilige Unterwäsche und weiß, in welchem Schrank sie liegt.

Das gegenüberliegende Haus ist ein Stockwerk höher als unseres und bis zu seiner Sanierung vor einigen Jahren ein ganz normales Wohnhaus gewesen. Ein Altbau aus der Gründerzeit, der Putz an einigen Stellen abgeplatzt, so daß das Mauerwerk in einem verwaschenen Ziegelrot hervortrat, die Fenstergewände aus Sandstein aber waren in Ordnung, nur etwas ergraut, von den Fenstern selbst war die Farbe abgeblättert, die Dachrinne hatte seit Jahren ein Leck, doch das Gemäuer hatte ausgehalten und auf dem Sims stolzierten mit aufgeplusterten Brüsten die Tauben, deren Kot zuweilen auf den Gehsteig fiel. Über den von einem Tympanon aus Sandstein gekrönten mittleren Fenstern des zweiten Stocks hing ein Bismarckkopf wie eine Jagdtrophäe, die Nase war abgeschlagen, und auf der rechten Wange hatte er einen tiefen Schmiß. Die vormaligen Bewohner waren nie auffällig geworden oder hatten gar Anlaß zu einer Beschwerde gegeben. Es waren alte Leute oder Familien mit Kindern, und ich, der ich in einem großen Haus auf dem Land aufgewachsen war, hatte mich immer wieder gefragt, wie sie es jahrelang in so engen Wohnungen aushielten. Ich habe sie alle gekannt, sie und das Haus, das war eine Einheit gewesen, die über Jahre gewachsen, sich über Jahre gehalten hatte.

Irgendwann aber muß der Besitzer gestorben sein, denn eines Tages war ein Makler aufgetaucht, ein junger Mann im Maßanzug, und in seiner Begleitung die Erben, eine Handvoll Leute in einem Alter, in dem man gewöhnlich seine künftigen Hinterlassenschaften ordnet, ihnen aber war dieses Haus zugefallen, und sie wollten einen Neuanfang. Obwohl ich ihr Gespräch mit angesehen hatte, hätte ich nicht sagen können, wer da wen zu überzeugen suchte. Mal führte der junge Mann altklug das Wort, ich verstand nichts, aber man kennt das ja, Rendite, Steuerersparnis, sorgenfreier Lebensabend, bald wagten die Alten Widerspruch, besonders ein kleiner Dürrer mit Helmut-Schmidt-Mütze gefiel sich in großen Gesten, schwang aufgeregt seinen Gehstock, beklopfte nervös das Pflaster, drohte sogar, um dann kleinlaut einer resoluten Dame mit Silberlocken beizupflichten. Damals war ich sogar auf die Idee gekommen, einen Kurs im Lippenlesen zu belegen, vielleicht auf der Volkshochschule, was weiß ich, falls dort ein solcher Kurs angeboten würde. Irgendwann mußten sich die Diskutanten dann doch geeinigt haben, denn einige Wochen später war der junge Mann wieder aufgetaucht, in seinem Schlepptau die Sanierer.

Sie hatten gründliche Arbeit geleistet, eine Zeitlang gab es viel zu sehen, aber das Baugeschehen war nur ein Zwischenspiel und langweilte mich. Die Arbeiter hatten das ganze Haus ausgeweidet, hohläugig stand es da und glotzte. Einmal war der Dürre erschienen, um alles mit seinem Stöckchen abzuklopfen und mit Kennermiene zu kommentieren. Er redete die ganze Zeit vor sich hin, sicher wußte er alles besser, nur manchmal hielt er inne und lauschte mit leicht emporgestrecktem Kopf wie ein Blinder dem Klang seines Klopfens nach, wahrscheinlich klang es dann hohl, oder ein Klirren in einem der Rohre pflanzte sich fort und erfüllte das Haus mit sphärischen Geräuschen. Die Arbeiter hatten die neuesten Materialien implantiert, sie hatten die Fenster geliftet und die Fassade geschminkt, sogar der mit Eichenlaub umkränzte Bismarckkopf hatte eine neue Haut bekommen, der Bart war frisch gezwirbelt, wegen der Tauben bekam Bismarck eine Dornenkrone auf den Kopf. Seitdem sieht das Haus viel jünger aus, aber es hat kein Gesicht mehr.

Zugegeben, hinsichtlich der Bewohner besteht zu Beanstandungen auch jetzt kein Grund, aber diese jungen Leute ziehen alle paar Jahre um, manche bleiben sogar nur einige Monate, ein Semester vielleicht, und ich bekomme sie manchmal erst zu sehen, wenn sie ihre Habseligkeiten schon wieder verladen und mit ihnen spurlos verschwinden. Das Haus ist ihnen nur ein Übergang, eine Zwischenstation, bis sie irgendwann in eine andere Stadt ziehen, vielleicht auch in die Vorstadt oder ins Umland und dann glauben, es geschafft zu haben. Manchmal geben sie ihren Nachfolgern dabei die Klinke in die Hand, Kommen und Gehen vermischen sich und ein paar Stunden herrscht eine so fröhliche Aufgeregtheit, als sei nicht das Bleiben, sondern die Behelfsmäßigkeit die eigentliche Bestimmung eines Hauses. Sie sind wie vereinzelte Nomaden, haben aber das Gepäck von Großfamilien. Die bei diesen Umzügen zu verladenden Einrichtungen ähneln einander, sie unterscheiden sich allenfalls in der Farbe der Sitzbälle, riesiger Gummiblasen, die die Vertreter künftiger Eliten mit infantiler Freude über die Straße hüpfen lassen, oder in den Markennamen der Computer und Skiausrüstungen, denn natürlich sind diese verwöhnten Jungakademiker immer auf dem neuesten Stand der Technik und für jede Sportart bestens ausgerüstet, Tennisschläger, Rollerblades, Schlittschuhstiefel, Nordic-Walking-Stöcke, neuerdings sogar Golfschläger, ein Arsenal aller Trends der letzten Jahre. Ich kenne solche Leute aus der Sprechstunde, manchmal prahlen sie mit ihren Weltreisen oder wie viele Sprachen sie sprechen, können aber nicht einmal ein einfaches Antragsformular richtig ausfüllen. Die Melancholie, die mich bei jedem Umzug, den ich von meinem Fenster aus beobachte, überfällt, scheint ihnen fremd zu sein, jedenfalls ist in ihrem Benehmen kein Anhaltspunkt dafür zu finden, sie nehmen die Abschiede als gegeben. Ihr Fatalismus macht mich wütend. Muß ich mich rechtfertigen, bloß weil ich seit Jahren im selben Haus wohne? Ich bin noch nie auf die Idee gekommen, dieses Haus zu verlassen, selbst für eine längere Reise fehlt mir jede Lust, nur als Ansässiger scheint mir eine Teilnahme am Leben möglich, und jeder Auszug kommt mir vor wie ein Verrat.

Auf dem Weg zur Bushaltestelle versuche ich meine Gedanken zu ordnen. Jemand ist gestern abend mit dem Krankenwagen abgeholt worden, am Morgen hat in einem bisher ungenutzten Zimmer der Unbekannten Licht gebrannt. Ich habe in der Nacht von einem Zimmermann geträumt. Im gegenüberliegenden Haus wohnt jemand, der Zimmermann heißt. Was besagt das schon? Das sind Puzzleteile, die vorerst kein Bild ergeben, vielleicht nicht einmal zum selben Bild gehören. Plötzlich fällt mir ein, daß mir gestern abend bei dem Liegenden die Verschiedenfarbigkeit seiner Schnürsenkel aufgefallen war. Es war verrückt, die Schuhe hatten unterhalb einer eilig über den Körper geworfenen Decke herausgeschaut und waren, auf meine Augen immerhin ist noch Verlaß, rechts mit einer braunen, links mit einer schwarzen Schnur gebunden gewesen. Oder bilde ich mir das nur ein? Die Entfernung war groß, es hatte geregnet, außerdem war es fast dunkel gewesen. Nein, die Straßenlampe hatte gebrannt, genau in dem Moment, da die Trage ins Licht der Straßenlampe geschoben worden war, hatte ich es gesehen, es besteht kein Zweifel: rechts braun, links schwarz. Die Decke braun und gelb kariert, der Schirm blau und mit einem Aufdruck der Deutschen Bank, ich habe noch alles deutlich vor Augen. Wozu habe ich denn ein Fernglas! Für ein entsprechendes Dossier immerhin ist dieses Detail durchaus von Belang und kann für die Beurteilung des Abtransportierten irgendwann Bedeutung gewinnen. Jede Einzelheit ist von Belang, jede Verhaltensauffälligkeit, jede Nebensächlichkeit, sogar verschiedenfarbige Schnürsenkel, ich bin ja gezwungen, die Menschen nach den kleinsten Auffälligkeiten, den winzigsten Details zu beurteilen. Datum, Uhrzeit, alles muß ich mir merken, alles aufschreiben. Soll ich etwa auf die sogenannten großen Ereignisse warten? Nein, nein, das sind doch nur Folgen, denke ich, Vulkanausbrüche, die sich lange vorher angekündigt haben, sind nur der unübersehbare Vollzug einer Enthüllung, bei dem vielleicht Voyeure auf ihre Kosten kommen. Dann staunen sie und können es nicht fassen. Manchmal sieht man sie im Fernsehen, wie sie sich mit ihrer Ahnungslosigkeit wichtig tun. Lächerlich, wie solche Leute nach einem Verbrechen oder einem Selbstmord in ihrer Nachbarschaft vor der Kamera stehen und treuherzig in die hingehaltenen Mikrophone beteuern, was für ein unauffälliger und netter Mensch der nunmehrige Täter gewesen sei, nichts habe man ihm angemerkt, hilfsbereit sei er gewesen und ordentlich, und nun das, es sei nicht zu verstehen. Voyeure sind blind, Hellseher dagegen ziehen ihre Schlüsse aus Details. Für mich gibt es keine Lappalien, nur Zeichen, die zu deuten sind.

Kürzlich zum Beispiel hat mir Hansen von einem seiner Freunde erzählt, der von seiner Frau betrogen worden war. Immer wieder, hat Hansen berichtet, quäle jenen Freund nun die Vorstellung des Liebesaktes seiner Frau mit jenem fremden Mann. Der Bedauernswerte grübele über die zur Anwendung gekommene Stellung nach, über die Länge des Aktes, den möglichen Vergleich, den sie danach zwischen ihm und dem anderen angestellt haben könnte, er wolle alles genau wissen, als habe das irgendeine Relevanz. Ihn, sagte Hansen, würde das auch interessieren. Er hätte sie eben in flagranti erwischen müssen, warf Wagner ein und grinste. Er hätte sich, dachte ich und sagte es Hansen, besser für den ersten, noch flüchtigen Blick interessieren sollen, den Blick, mit dem die Geschichte ihren unaufhaltsamen Lauf nahm, für den Augenblick, der alles entschied, als der Frau erstmals der Gedanke gekommen war, mit diesem Mann ins Bett zu gehen, und sie begriffen hatte, daß die Zeit, die bis dahin vergehen würde, vergeudete Zeit war. Die Kleinigkeiten sind das Entscheidende, da bin ich mir sicher, die Kleinigkeiten sind es, die töten. Hansen hatte überhaupt nicht begriffen, worüber ich gesprochen hatte. Theater, hatte er gesagt, alles nur Theater, ihn interessierten die Fakten, die hätte diesen anderen doch anstarren können so lange sie wolle, aber nein, sie habe sich vögeln lassen, und das sei schließlich keine Kleinigkeit.

Zimmermann, denke ich plötzlich wieder und zögere einen Augenblick weiterzugehen. Es ist, als sehe man ein bekanntes Gesicht, das man aber keinem Bekannten zuordnen kann, erst später, wenn man schon gar nicht mehr daran denkt, fällt es einem ein. Zimmermann, natürlich! Aber da ist es schon wieder weg, nichts, jedenfalls kein Gesicht, das ich wiedererkennen würde. Neben mir verschwindet das Fallrohr im Gehsteig, das Ende eines einst provisorisch über die Außenwand gespannten, mittlerweile gekappten Antennenkabels schlägt im Wind leise gegen das Blech. Dieses Geräusch läßt mich jedes Mal zusammenzucken, seit ich vor Jahren mit anhören mußte, wie ein in das Rohr gefallener Vogel versucht hatte, sich aus seiner Lage zu befreien. Erst war es nur ein unbekanntes Geräusch gewesen, nach dessen Ursache ich gesucht hatte, ich sah das Fallrohr, lauschte, doch es dauerte eine Weile, bis ich begriff. Immer wieder war das Schaben und Kratzen der Flügel am Blech ein Stück nach oben gewandert und dann ebenso oft wieder abgestürzt, da das Rohr offensichtlich zu wenig Platz bot, sie zu entfalten. Der Schnabel hatte gegen das Blech getrommelt, hektisch erst, dann immer leiser, bis nach einer quälend langen Zeit, in der ich unfähig gewesen war, mich vom Fleck zu rühren, im Rohr eine Totenstille herrschte.

Als ich an diesem Morgen die Spätverkaufsstelle betrete, wird diese gerade von einem jungen Mann verlassen, wadenlanger, schwarzer Kunstledermantel, die Hände tief in den Taschen. Er hat ein bleiches und schmales Gesicht, der Schädel rasiert, und trägt eine Nickelbrille wie ein Student aus der Zeit, als sich Intelligenz noch durch eine Nickelbrille ausdrücken ließ. Er scheint unnahbar, ein bißchen arrogant und bemüht sich tapfer um ein ernstes Gesicht, man soll sehen, daß er in seinen jungen Jahren schon das ganze Leid der Welt zu tragen hat. Flüchtig nickt er mir zu, wie sich morgendliche Spätverkaufsstellenkunden eben zunicken, komplizenhaft und doch distanziert. Ich rechne ihn sofort jenen hochmütigen Überzeugungsprotzen zu, denen jede Entsagung Genuß bedeutet und die das auch unbedingt zeigen müssen, beschließe aber zugleich, ihn nicht dafür verantwortlich zu machen, mich möglicherweise in ihm getäuscht zu haben. Soll er leiden, wenn es ihm Spaß macht, meine Gedanken kreisen seit Minuten um verschiedenfarbige Schnürsenkel und wissen nichts damit anzufangen. Wenn es sich wenigstens um Farben handeln würde, die diesen Namen auch verdienen, dann würde sich sicher eine zugehörige Ideologie oder wenigstens eine sich über Schnürsenkelfarben identifizierende Szene finden lassen. Aber schwarz und braun, das sind nicht nur keine Farben, eine Schlamperei ist das.

Vielleicht, denke ich, sollte ich meinen Vater fragen, der hatte schließlich schon vor vierzig Jahren behauptet, man könne an den Schuhen den Charakter eines Menschen erkennen, Schuhe seien ein Spiegel der Seele, hatte er gesagt. Immer wenn er am Sonntagvormittag die von mir auftragsgemäß geputzten Familienschuhe inspiziert hatte, griff er sich sein Paar, um es mittels Geduld und Spucke und einem weichen Leinentuch zusätzlich auf Hochglanz zu wienern, dann schob er die Schuhspanner hinein, und in diesem Moment schien er glücklich zu sein.

Da läuft einem doch gleich das Wasser im Munde zusammen, sagt die Verkäuferin und weist auf die unter einer Plastikhaube liegenden Pfannkuchen, deren Schokoladenglasur glänzt wie Vaters Sonntagssalamander. Bloß nicht, sage ich und entscheide mich für die mit Puderzucker bestäubte Version. Während ich bezahle, wische ich meine Schuhe an den Hosenbeinen blank und renne nach dem Verlassen des Ladens fast in den Streifenwagen. Mit quietschenden Reifen ist das Auto um die Ecke gebogen und hält gleich darauf vor dem Haus, um das meine Gedanken die ganze Zeit kreisen. Möglich, daß der Unbekannte sich während eines Bankraubs verletzt hat, denke ich, vielleicht hat es sogar eine Schießerei gegeben, aber er hat sich mit fetter Beute nach Hause gerettet und ist nun im Krankenhaus wegen der Art der Verletzung doch noch überführt worden. Dann sind, schlußfolgere ich, die Wohnung vielleicht eigens zur Vorbereitung des Überfalls angemietet und die Fenster aus keinem anderen Grund so merkwürdig verhängt worden. Möglich immerhin, daß ein Schläfer beim Basteln an der Bombe ... die Terroristen, heißt es doch, lauern überall. Möglich auch, daß mir im Büro zu viele Kriminalfilme erzählt worden sind. Oder die blonde Botanikerin hat ihre Kenntnisse in den Dienst des Hanfanbaus gestellt, der zukünftige mutmaßliche Konsument oder Dealer hat zur Sicherung der klimatischen Verhältnisse etwas an der Elektrik manipuliert, ein Kurzschluß, ein Stromschlag, und nun stehen ungerufen die Erntehelfer vor der Tür. Vielleicht habe ich das auch nur in der Zeitung gelesen? Was immer sich, meinen Blicken verborgen, hinter dem Fenster abgespielt hat, die Staatsmacht scheint die Augen nicht länger davor verschließen zu wollen. Ich stelle mir vor, wie die Botanikerin jetzt bald unter polizeilicher Begleitung das Haus verlassen, wie die Hand der Staatsmacht sich auf den blonden Lockenkopf legen und die Delinquentin in den Streifenwagen drücken wird. Und würde sich nicht vielleicht die Gymnastikerin zur Öffnung der Haustür erneut bereitfinden?

Soll ich umkehren? Wäre wenigstens ein mobiles Einsatzkommando angerückt, dann wäre ich vielleicht heute bereit, mein Pflichtgefühl zu vergessen, aber ein einfacher Streifenwagen ohne Blaulicht und Martinshorn, das lohnt nicht. Dennoch betrete ich an diesem Morgen nur widerwillig den Bus, durch dessen Heckscheibe ich gerade noch sehe, wie die Beamten dem Wagen entsteigen, sich mit aufreizender Langsamkeit ihre Mützen aufsetzen und endlich, schon biegt der Bus um die Ecke, an der Haustür klingeln. Man müßte den Polizeifunk abhören, denke ich, oft genug habe ich davon gehört, diese Katastrophenfilmer zum Beispiel machen nichts anderes und sind dann immer rechtzeitig vor Ort, meist noch vor der Polizei.

Aber ich bin Beamter, ich werde morgen den Polizeibericht im Lokalteil der Zeitung lesen, das ja. Geduld, Aufmerksamkeit, Kombinationsfähigkeit, das ist es, was einen passionierten Beobachter meines Schlages ausmacht.

Die genauen Vorgänge dieses Morgens in der Lindenstraße Nummer achtzehn bleiben mir also verborgen, und so sind auch die gleich auf dem bereitliegenden Blatt mit dem Briefkopf der Bundesversicherungsanstalt und meinem Aktenzeichen nichtamtlich begonnenen Notizen vage. Mutmaßlicher Name: Zimmermann, verschiedenfarbige Schnürsenkel, notiere ich, dann: lichtscheu, dubios, und in Klammern: möglicherweise Gesetzeskonflikte in Komplizenschaft mit blonder Botanikerin/Zimmermädchen. Das Wort Zimmermädchen streiche ich wenig später wieder, ich will mir keine Albernheiten erlauben. Die Suche im Dienststellencomputer kann ich mir dennoch nicht verkneifen, das ist verboten, aber ohne Risiko keine Ergebnisse. Das Resultat ist niederschmetternd. Die Kombination von Name und Adresse bringt kein Ergebnis, unter dem Namen allein aber verzeichnet die Datenbank über hundert Einträge. Selbst wenn ich das Geschlecht als gegeben voraussetze, was ja keinesfalls sicher ist, das fällt mir jetzt erst ein, selbst wenn ich das Alter einschränke, auch dies wäre eher willkürlich, bleibt das Ergebnis unbrauchbar, kann es sich bei der gesuchten Person doch sowohl um den Vater als auch um den Freund oder Bruder der Botanikerin handeln, vielleicht sogar um ihren Sohn, und wer versichert mir denn, daß sie überhaupt etwas miteinander zu tun haben.

Beim Frühstück will ich Hansen und Wagner den möglichen Fall schildern, doch die diskutieren schon die Rückfallquote von Sexualstraftätern. Die würden es immer wieder tun, die könnten nicht anders, da ist Wagner sich sicher, aber kaum fasle so ein Seelenklempner von einer schweren Kindheit, schon würden die Samthandschuhe rausgeholt und diese Schweine könnten im Sanatorium ihre Eier schaukeln. Er sei eigentlich gegen die Todesstrafe, sagt Hansen, aber wenn die Opfer Kinder seien, sei selbst lebenslang eine viel zu milde Strafe, von den Kosten für den Steuerzahler ganz zu schweigen. Aber wer bekomme schon lebenslänglich, eine Höchststrafe von fünfzehn Jahren, das sei lächerlich, die Richter seien Weicheier. Anschließend Sicherheitsverwahrung, was immer das auch bedeute, eine Frechheit sei das, sagt er, warum denn nicht gleich einen Kuraufenthalt? Kastrieren, fügt Wagner hinzu, Genickschuß, aber vorher kastrieren, und läßt ein Plastiklineal auf die Tischplatte knallen. Dabei grinst er Anna-Sophie an, die sich unbeteiligt gibt, jetzt aber zusammenzuckt. Ich schiele zu ihr herüber und schweige, mir fehlen die Argumente, ich habe nur Staub im Mund. Als ich gehen will, tritt sie mir plötzlich in den Weg, sie lächelt komplizenhaft und wischt mir etwas Staubzucker vom Kragen. Dann kommt sie mir noch näher, sie bläst die letzten Spuren weg, ihr Atem streift mein Gesicht. Sieh an, sieh an, höhnt Wagner und knallt das Lineal noch einmal auf den Tisch. Ich merke, wie ich erröte, während sich Anna-Sophie den weißen Staub vom Finger leckt.

Der Rest des Tages ist Routine, Aktendurchsicht, ein paar Handgriffe am Computer, der jetzt bei jedem Knopfdruck mit seinem für mich unnützen Wissen prahlt. Einmal kommt Hansen herein, er will wissen, warum ich so müde aussehe, er mache sich ernsthaft Sorgen. Nicht nötig, versichere ich ihm, mir geht es gut. Die Stunden ziehen sich, als einziger Lichtblick erscheint mir eine Zahl im Schreibtischkalender, die, klein und unscheinbar neben dem Datum, den Sonnenuntergang für die Zeit des Dienstschlusses prophezeit. Die Dämmerung steht unmittelbar bevor, als ich das Büro verlasse.

Schon als der Bus sich der Haltestelle nähert, sehe ich, wie voll er ist. Die Wartenden, die bisher teilnahmslos herumstanden, drängen nun zur Bordsteinkante. In den Gesichtern der meisten ist eine verbissene Ernsthaftigkeit, selbst jene, die anfangs mit sportiver Sorglosigkeit auf der Stelle trippelten, wirken nun, da der Fahrer rechts blinkt, konzentriert. Ich hasse das, am liebsten würde ich den nächsten Bus nehmen, aber das würde mich eine Viertelstunde kosten und daran will ich nicht einmal denken. Ich hebe meine Aktentasche mit den begonnenen Aufzeichnungen und presse sie gegen die Brust, dann dränge auch ich nach vorn. Seitlich, kaum drei Meter entfernt, steht ein junger Mann und nickt mir zu. Ich erschrecke, nicke aber ebenfalls, rein instinktiv und durch eine sofortige, fast gleichzeitige Drehung des Kopfes bemüht, den flüchtigen Gruß als eher zufällige Bewegung erscheinen zu lassen, gerade so, als wolle ich damit eben in diesem Moment eine leichte Verspannung des Nackens lösen oder einem Kratzen des Kragens entgegnen. Ich spüre wieder, wie ich erröte. Denn der mir da zunickt, kann nur der Fensterschließer sein! Aber wieso kennt der mich, woher kann der wissen… Eine Weile zwinge ich mich, die Tür des Busses, die sich nun fauchend öffnet, im Auge zu behalten. Jemand stößt mir in den Rücken. Dann muß ich wieder hinsehen, finde den Mann im Gewühl und sehe, daß er erneut nickt. Er nickt mir zu! Er nickt immer wieder, rhythmisch, und endlich sehe ich den Knopf in seinem Ohr und das dünne, herabhängende Kabel.

Natürlich bin ich wieder zu zurückhaltend, alle Sitzplätze sind besetzt. Ich stelle mich in die Nähe der

Scheibe, die die Fahrerkabine vom übrigen Raum trennt und mir so wenigstens nach einer Seite hin Schutz bietet. Die Leute kommen mir nahe, berühren und bedrängen mich, ich rieche ihren Atem, ihr Parfüm, manche beobachten mich. Ich sehe nach unten. Nach unten zu sehen, ist die einzige Möglichkeit, denn in dieser Situation die Augen zu schließen und den Schlafenden zu mimen, wie ich es, hätte ich einen Sitzplatz gefunden, zweifellos tun würde, wäre albern. Noch besser ist es, sich mit dem Gesicht in Richtung der Scheibe zu drehen. Eine Weile starre ich dem Fahrer über die Schulter auf die zitternde Tachometernadel, der Fahrer sitzt still und aufrecht, fast steif, das Lenkrad zwischen den Knien, dann, als ich den Blick hebe, entdecke ich den Rückspiegel. Schon die ganze Zeit habe ich dieses ferne, merkwürdig verzerrte Wummern gehört, nun im Spiegel erkenne ich erleichtert, daß es sich bei dem Nicker keineswegs um den Schauatmer handelt. Es ist ein Fremder, ich habe ihn noch nie gesehen, er kann mich nicht kennen. Derart beruhigt, beginne ich sogleich die anderen Gesichter im Spiegel zu inspizieren. Die konzentrierte Anspannung vom Einsteigen ist gewichen, in den Gesichtern ist nur noch Erschöpfung. Jeder Bewegung des Busses ausgeliefert, wogen die Köpfe hin und her. Kaum einer schaut aus dem Fenster, sie starren vor sich hin und tun, als würden sie alles da draußen schon kennen. Fast alle schweigen, und obwohl ich ihnen für dieses Schweigen dankbar bin, lausche ich gespannt, wenn jemand sich flüsternd unterhält.

Und dann sehe ich sie, ein Irrtum ist diesmal ausgeschlossen, auch wenn jener Teil ihres Körpers, den ich augenscheinlich am besten kenne, von anderen Körpern verdeckt bleibt: Im hinteren Drittel des Busses steht die Gymnastikerin. Ich sehe ihren Kopf im Profil, zur Hälfte verdeckt durch ihren Arm, mit dem sie sich an der Dekkenstange festhält. Selbst in dieser erzwungenen Haltung liegt eine Leichtigkeit und Grazie, die mich rührt. Die, wenn auch vom Stoff der Jacke bedeckte, Höhlung der Achsel, die leichte Beugung des Arms, das schmale Handgelenk, die gekrümmten Finger, nein, denke ich, man kann diese Finger nicht gekrümmt nennen, das Wort scheint mir einen Makel zu implizieren, die Haltung dieser Frau aber ist makellos. Morgen, sage ich mir, werde ich versuchen, in den hinteren Teil des Busses einzusteigen, morgen auf alle Fälle, bin aber sogleich unsicher, ob ich mir eine solche Unvorsichtigkeit tatsächlich erlauben soll. Und so beeile ich mich auch heute, die Straße nach dem Aussteigen noch vor der Weiterfahrt des Busses zu überqueren, und sehe die Gymnastikerin, genauer gesagt einen Teil von ihr, erst wieder, als ich bereits auf meinem Posten sitze und sie in ihrer Wohnung das Licht anschaltet.

Sonst tut sich vorerst nichts, dennoch schalte ich das Licht nicht an, beginne aber meine Aktentasche auszuräumen. Ich sehe auf meine den Abtransportierten betreffenden Notizen, nur der fettgedruckte Briefkopf der Bundesversicherungsanstalt ist noch zu erkennen, doch ich kenne ja jedes Wort. In meiner Küche herrscht eine Dämmerung, die allen Gegenständen, obwohl sie noch als solche zu erkennen sind, eine eigenartige Unwirklichkeit anheftet, sie hat ihnen die Farben genommen, und ich, der diesen für meine Beobachtungen notwendigen Zustand des Hinübergleitens in eine völlige Dunkelheit doch kenne, oft genug sogar herbeigesehnt habe, fühle mich plötzlich verlassen, ja geradezu bedroht. Ich habe den dringenden Wunsch, das Licht anzuschalten, nein, nicht nur das Deckenlicht, alle Lampen sollen brennen, die Leuchte über der Spüle, der Strahler über dem Herd, die Kühlschranktür will ich aufreißen, Licht, denke ich, Licht, und renne aus der Wohnung, laufe das Treppenhaus hinunter, reiße die Haustür auf und stehe an der Straße, wo mich der Scheinwerfer eines vorbeifahrenden Autos blendet. Licht, ich atme tief durch, habe das Bedürfnis, Licht zu atmen. Gehe dann über die Straße, direkt auf die Haustür zu und drücke ohne zu überlegen den Klingelknopf links unten. Fischer steht auf dem Namensschild, sie heißt also Fischer, denke ich. Ja, hier Fischer, wird mir von einer weiblichen Stimme bestätigt. Post modern, sage ich, eine Sendung für Zimmermann, ich müsse an die Briefkästen. Das Türschloß beginnt zu summen, im Lautsprecher knackt es. Ich behalte die geöffnete Tür in der Hand, lausche, zum sofortigen Rückzug bereit, ob sich die Wohnungstür links unten öffnen wird, doch alles bleibt still, so daß ich, längst habe ich mich wieder unter Kontrolle, die Treppen nach oben steige und an der den bisher Unsichtbaren zuzurechnenden Wohnungstür den Namen Zimmermann lese. Es ist nur ein schäbiger Zettel, notdürftig von einer Reißzwecke gehalten, der Name mit ungelenkter Handschrift hingekritzelt. Im Treppenhaus herrscht der gleiche, leicht beißende Gestank wie bei uns, neben der Wohnungstür steht ein leerer Bierkasten, daneben lehnen zwei blaue, prall gefüllte Müllsäcke an der Wand, aber keine Schuhe. Was will ich eigentlich hier? Ich beeile mich, das Haus wieder zu verlassen, renne die Treppe hinunter und stoße beinahe mit dem Schauatmer zusammen, der, ein Rennrad auf der Schulter und mit jedem Schritt zwei Stufen nehmend, gerade nach oben eilt, ohne das Gesicht zu verziehen. Dieser elende Simulant! Na, heute pünktlich, will ich schon sagen, stammele aber nur eine flüchtige Entschuldigung und lasse kurz darauf die Haustür ins Schloß fallen.

Erst als ich wieder an meinem Küchentisch sitze, spüre ich, wie mein Herz klopft. Ich habe mich gehenlassen, jetzt, denke ich, darf ich auf keinen Fall Licht machen. Oben rechts steht das Fenster schon offen.

Zimmermann also. Natürlich, einmal bin ich einem Zimmermann begegnet, das muß etwa zwei Jahre her sein. Ich hatte damals Dienst in der Kleinstadt Neukamlitz. Ursprünglich hatte ich mir diesen ungeliebten Außendienst in der Provinz mit Hansen und Wagner teilen sollen, aber erst hatte sich Hansen, die graue Eminenz der Abteilung, in der Zentrale für unentbehrlich erklärt, dann hatte Wagner den Chef von seiner irgendwelchen familiären Verhältnissen geschuldeten Unabkömmlichkeit zu überzeugen gewußt. Er wolle, hatte Wagner auf Nachfrage erklärt und dabei seine ohnehin rundlichen Wangen noch weiter aufgeblasen, seine Kollegen nicht mit unappetitlichen Details belasten, die Angelegenheit sei schlimm genug, kurz, alles war an mir hängengeblieben. Ich hatte mich zwar gesträubt, aber nur, um mich nicht verdächtig zu machen. Die Hauptsaison war längst vorbei, und im Grunde war es mir recht, konnte ich so doch nicht nur jeweils einem meiner Kollegen im Wechsel, sondern beiden gleichzeitig und für längere Zeit entfliehen. Also war ich nach Neukamlitz gefahren, ich erinnere mich, als wäre es gestern gewesen.

Die Zufahrtsstraßen nach Neukamlitz waren von neuen Einkaufszentren gesäumt, deren einziges Versprechen Billigkeit verhieß, Pfennig-Fuchser, McGeiz, eine Baracke von Lidl. Zwischen Äckern und Brachflächen schwangen sich frisch asphaltierte Wege in kühnen Bögen, mickrige Straßenbäume wurden von einer Schilderallee überragt, Verkehrszeichen, Werbetafeln, ein Schild mit den Gottesdienstzeiten, evangelisch und römisch-katholisch, Ampelanlagen regelten den dürftigen Verkehr an weiträumigen Kreuzungen, deren Ausläufer im Nichts verschwanden.

Ich habe mich angesichts der Ödnis oft gefragt, was die Menschen hier machten, was ich hier machte, ich habe mich gefragt, was die Menschen eigentlich auf dieser Welt machten. Hinter einer Lärmschutzwand glänzten die Dächer einer Wohnanlage in einem giftigen Blau wie eingefettet, etwas weiter, stadteinwärts schon, vor den Zäunen und Hecken der Kleingartenanlagen, waren Kreuze an einige der übriggebliebenen alten Straßenbäume genagelt, deren Obst niemand mehr erntet, darunter welkten Blumensträuße vor sich hin. Künstliche Blumen waren verblaßt, sie zitterten bei jedem Auto, das vorüberfuhr. Der nächste Ring um die Stadt wurde von den Ruinen ehemaliger Fabrikanlagen gebildet. Der Trotz, mit dem sie jahrelang stehengeblieben waren, schien aufgebraucht, nun sanken sie langsam in sich zusammen, wurden von jungen Birken und Unkraut überwuchert und hatten jeglichen Widerstand genauso aufgegeben wie die Menschen, die hier auf dem Weg zum Supermarkt ihren Müll abkippten; niemand räumte die tote Katze zur Seite, deren schmutziges Fell sich noch immer über dem Asphalt sträubte.

In einer alten Halle gab es einen erotic car wash, und eines der Fabrikgebäude war zum Industriedenkmal erklärt und aufwendig saniert worden, die Zeitungen schrieben vom erfolgreichen Strukturwandel. Einige der ehemaligen Arbeiter waren nun Museumsangestellte. Morgens verließen sie das Haus, als gingen sie zur Schicht, sie sprachen wenig, und wenn, dann noch immer so laut, als müßten sie den Lärm der Maschinen übertönen. Die Maschinen standen da, als könnte die Produktion schon morgen wieder aufgenommen werden, doch die Stoffe und Bänder, die hier produziert worden waren, kamen nun aus China oder Indien, sie lagen nebenan auf den Wühltischen der Billigmärkte und wurden immer billiger. An den leeren Spinden standen noch alle Namen, und an einer Holzwand auf dem Hof hingen die Porträts der Aktivisten wie die Ahnengalerie in einem Schloß, man hatte sich um Authentizität bemüht. Manchmal, wenn auch selten, kamen wie erhofft einige Besucher, keiner wußte woher, ein bißchen wunderte man sich sogar, aber dann wurden die Maschinen angeworfen und die Arbeiter spielten arbeiten. Jeder Handgriff saß, die Maschinen liefen wie geschmiert. Öfter kamen ehemalige Kollegen, denen nichts vorgespielt werden mußte. Ich stelle mir vor, wie sie miteinander reden, immer wieder die alten Geschichten, die Macken der Maschinen, der Ersatzteilmangel, Weberlatein. Die guten alten Zeiten. Trotz Planwirtschaft. Bis nach Amerika. Messegold mehrfach. Plötzlich zum alten Eisen. Von heute auf morgen. Und der Zusammenhalt damals. Brigadeabend. Weißt du noch? Erst die Bonzen, dann die Treuhand und immer das Kapital. Als kleiner Mann ja sowieso allezeit hilflos. Und das Leuchten in den Augen, wenn ihre Finger über den Stoff gleiten und sie mit Kennermiene die Qualität loben. Kein Vergleich mit heute, rufen sie sich zu. Manchmal packt einer mit an, nur mal so zum Spaß, gelernt ist gelernt. Dann gehen sie wieder und überlegen, überlege ich, was schlimmer ist, die Arbeit zu verlieren oder die Ehre.

Die Häuser am Marktplatz konnte man hübsch nennen, auch wenn die Versuche, diesen Zustand zu erreichen, oft allzu bemüht und aufgesetzt wirkten und die ursprüngliche Schönheit der Gebäude verdeckt hatten. Ein Abklatsch der Gründerzeit, der versuchte, das Original zu übertreffen. Neben der Schlecker-Filiale bot ein Work Dress Corner Blaumänner zum Sonderpreis, und vor dem Fenster des Asia-Imbiß lümmelte ein junger Mann mit einer Flasche Bier, auf seinem T-Shirt stand: Ich war als Kind schon Scheiße. Viele der Schaufenster stellten nur Leere aus, doch der ganze Platz wirkte nicht traurig, nur ein wenig unheimlich, etwas abseits, hinter Büschen, das Monument für die Gefallenen des Krieges, Namen, Daten, Orte, unsere Helden. Die Melancholie der Nachsaison lag über allem, aber ich glaube nicht, daß in Neukamlitz jemals Saison ist.

Die Beratungen fanden in einem standesgemäß sanierten, aber größtenteils leerstehenden Bürogebäude statt. Ursprünglich ein Nachkriegsbau, der wohl noch nie soviel Glanz und Eleganz beherbergt hatte, war in ihm doch bis vor kurzem eine Mittelschule untergebracht gewesen. Nach den billigen Kunstdrucken zu urteilen, die in den Fluren hingen, muß der Einfluß meines Chefs weitreichend sein. Sie stellten nichts dar, waren aber von verwirrender Buntheit, sie gehörten zur gleichen Serie, deren Bilder auch auf alle Diensträume der Zentrale verteilt sind, sie unterschieden sich nur in der Zusammenstellung der Farben voneinander; der Chef muß das für Kunst halten, ich sage Kleckserei dazu.

Klaus Zimmermann war einer der ersten, den ich in diesen Räumen empfangen hatte. Der Mann mochte in meinem Alter sein, war aber gut einen Kopf kleiner, er trug Jeans und ein Holzfällerhemd, auf die Schuhe, das fällt mir jetzt ein, hatte ich natürlich nicht geachtet. Es war eine Routinesache, die schon hundertfach gehörten Fragen, die immer gleichen Antworten, das immer wieder neue Bemühen, mir gerade das nicht anmerken zu lassen. Doch mein Gegenüber schien für solche Feinheiten blind, die kalte Aufgeräumtheit des Büros, die Fragen nach Papieren, Nachweisen, Urkunden, die Fülle der Formulare, von mir wie nebenbei über den Tisch geschoben, vielleicht sogar ich selbst mit meiner ungewollten und doch spürbaren Arroganz des Eingeweihten, das alles schien den Mann zu verwirren, und schon nach wenigen Minuten hatten seine knappen Antworten, Fragen stellte er nun keine mehr, sein zustimmendes Nicken, sein stummes Einverständnis, nur noch das Ziel, den Raum so schnell wie möglich wieder verlassen zu können. Sein Gesicht? Jetzt, am Küchentisch, versuche ich es mir vorzustellen. Mein Gott, wie vielen solchen Gesichtern habe ich schon gegenübergesessen! Möglich, daß ich aus einer Auswahl von Augen, Nasen, Mündern, Augenbrauen und Kinnpartien ein Phantombild zusammensetzen könnte, aber wäre das wirklich Zimmermanns Gesicht? Wenn ich mich wenigstens an die Farbe des Haars erinnern könnte, denke ich, als ich drüben am Fenster der Unschlüssigen direkt hinter der Scheibe eine Gestalt zu erkennen glaube. Eine graue Silhouette, von einem spärlichen Licht, wahrscheinlich aus der Wohnung unter mir, aus dem Schwarz geschält. Sie aber glaubt sich offenbar im Schutz der Dunkelheit, regungslos steht sie da, wie ich im Dunkeln sitze und mich nicht zu bewegen wage, nicht einmal den Kühlschrank würde ich jetzt öffnen. Observiert sie mich? Hat die Unschlüssige bisher vor allem durch fahrige Bewegungen auf sich aufmerksam gemacht, scheint sie sich jetzt in Stillstand zu üben. Oder hängt sie? Na klar, sie hängt! Ich zucke zusammen und weiß nicht recht, ob mich die Tatsache selbst entsetzt oder daß der dazu führende Vorgang mir entgangen sein muß. Aber es wundert mich nicht, sie jetzt an ihrem Fensterkreuz hängen zu sehen, irgendwann mußte es ja so enden. Endlich schalte ich das Licht an, trete ans Fenster, öffne es und starre unverhohlen hinüber. Die Gestalt rührt sich nicht, wird sich vielleicht nie wieder rühren. Dann aber flammt plötzlich doch das Licht auf, stellt die Unschlüssige unvermittelt ins Zimmer und läßt mich das Kleid erkennen, das am Fensterkreuz aufgehängt seiner Bestimmung harrt. Ein wenig bin ich enttäuscht. Aber immerhin, vielleicht wird sie sich nun umziehen, und ich muß, will ich dies nicht auch noch verpassen, meinen Beobachtungsposten schnellstmöglich wieder einnehmen und das möglichst unauffällig, schnell lösche ich das Licht.

Natürlich war es nicht jener kurze Besuch in meinem Büro gewesen, weshalb ich mir den Namen Klaus Zimmermann gemerkt hatte. Ich hatte diesen Zimmermann wiedergesehen, einige Tage später schon. Mein Chef, offenbar von schlechtem Gewissen getrieben, hatte mir die Strapazen der täglichen Hin- und Rückfahrt in die Kleinstadt ersparen wollen und mir meinen Außendienst mit dem Versprechen versüßt, die Kosten für ein Zimmer plus Frühstück übernehmen zu wollen. Im Umstrukturierungstopf gebe es Spielräume, hatte er gönnerhaft gesagt. Hansen hatte daraufhin seine Unabkömmlichkeit sofort in Frage gestellt und die Fähigkeiten seiner Mitarbeiter, nicht zuletzt die des Kollegen Plaschinski, gelobt, Wagner dagegen war sich plötzlich sicher gewesen, daß ein gewisser räumlicher Abstand der Lösung seiner familiären Probleme förderlich sein könnte, doch ich hatte den Chef zu meiner eigenen Überraschung mit Entschlossenheit überrascht, und so galt die Sache als entschieden.

Meine Wirtin entpuppte sich als schon lange vor der Schulschließung freigesetzte Russischlehrerin, sie schien diese Vertreibung mir anzulasten, ihr Frühstück konnte als verspätete Rache gelten. Ich saß jeden Morgen unter einem hölzernen Wandbord, auf dem eine Reihe Matroschkas und ein Modell des Panzerkreuzers Aurora standen, und aß mich tapfer durch Schmelzkäseecken und in Plaste verpackte Marmeladenportionen, trank den dünnen Morgenkaffee und versuchte das Mißtrauen der Frau mit einem täglichen Sbasibo zu brechen, es war vergeblich, sie schaute mich nur mitleidig an. Abends ging ich in den Ratskeller, wo ein maulfauler Wirt gelangweilt hinter dem Tresen lümmelte und in dem neuen Stammgast nichts anderes als eine lästige Störung sah. Er trug eine Lederschürze, die an einer dünnen Kette um seinen Hals hing. Auf dem blanken Metall der Zapfanlage hatte ein Aufkleber mit der Aufschrift *Keine Experimente* die Jahre überdauert, und zwischen den Wimpeln des örtlichen Fußballvereins und einem mit Kleinen Feiglingen aufmunitionierten Patronengürtel stand der Blick des letzten Staatsratsvorsitzenden in Häftlingskleidung und hinter Gittern dem Kneipier in Sachen Mürrischkeit nicht nach. An zwei Tagen in der Woche aber machte sich im Gesicht des Wirtes Zufriedenheit breit. Montags löschten die Kameraden der Freiwilligen Feuerwehr ihren Durst, am Donnerstag traf sich eine Schar von Jungmännern der *Aktionsfront Deutschland,* so jedenfalls stand es in altdeutscher Schrift auf den neuen T-Shirts, zu ihrem Kameradschaftsabend. Das Bier floß an beiden Abenden reichlich, über den Tischen stand der Rauch so dicht, als könne man ihn greifen, und auch der Wortführer beider Runden war derselbe, auch wenn der am Montag ein anderes T-Shirt trug. Aber es war an einem Donnerstag, als ich Klaus Zimmermann wiedersah, denn am Nebentisch tagte die Aktionsfront.

Eisbein und Bratwurst und Strammer Max, Essen wie bei Muttern, lautete das Motto des Wirts, ich war mir nicht sicher, ob das wirklich eine Empfehlung war. Vor mir lag eine Kohlroulade, auf die ich mich zu konzentrieren versuchte, in welcher Gaststätte zu Hause gab es schon noch Kohlrouladen. Im Raum herrschte eine Spannung, deren Ursache nicht gleich festzustellen war. Ich hatte, wenn ich aufsah, den Blick des ehemaligen Staatsratsvorsitzenden gesucht, doch die Gespräche am anderen Tisch waren nicht zu ignorieren gewesen. Satzfetzen zwischen Gläserklirren, gebellte Schlagworte, ein hervorgepreßtes Lachen, das mich an Wagner erinnerte. Irgendwann schienen die Gespräche eigens für mich geführt. Aber ich schaute nicht hin. Wurden die lauten Zwischenrufe von Seitenblicken begleitet? Staatsknechte, rief jemand, Huren des Systems. War das das Stichwort, oder war es das Wort Überfremdung, das eines leibhaftigen Beweises bedurft hatte? Und war, da man dieses Beweises nicht habhaft werden konnte, die Wahl auf mich gefallen? Jedenfalls hatte einer der jungen Männer plötzlich an meinem Tisch gestanden. Ich sah die Aufschrift des T-Shirts und die weißen Fingerknöchel der Fäuste, mit denen der andere sich auf die Tischplatte stützte. Auf das jeweils erste Glied zweier Finger der rechten Hand war die Doppelrune tätowiert, sie bildete den Abschluß des Wortes Hass. Am Mittelfinger der Linken glänzte ein silberner Siegelring mit einem Totenkopf. Was ich hier zu suchen habe, wollte der andere wissen. Sein Atem roch nach Bier. Ich wagte auch jetzt nicht aufzublicken, zwischen Unterarm und Körper des Fragers sah ich den Wirt in die Küche verschwinden, die Schwingtür pendelte noch eine Weile ins Leere. Der andere wollte keine Antwort. Ich solle verschwinden, schnauzte er, man brauche hier keine Spitzel. Langsam drehte er seine Fäuste, die das Tischtuch in Falten legten. Die kleine Vase mit den Kunstblumen kippte. Ich fing sie auf, erstaunt über meine Geistesgegenwart. In diesem Moment öffnete sich die Tür, und der Rauch über den Köpfen kam in Bewegung. Klaus Zimmermann betrat den Gastraum. Er wirkte jetzt viel größer als vor einigen Tagen, vor allem aber selbstsicher, er war sich seines Heimvorteils bewußt. Er trug wieder Jeans und Holzfällerhemd und sah aus wie ein Westernheld. Am Nachbartisch, wo man zuvor jede Geste und jedes

Wort des Kameraden mit Lachen und Johlen begleitet hatte, herrschte augenblicklich Ruhe. Auch Zimmermann sagte kein Wort, er ging langsam auf den Provokateur zu und schob ihn mit einer eher lässig als nachdrücklich wirkenden Geste beiseite, so wie man einem Hund beiläufig ein Kusch! hinwirft. Dann strich er das Tischtuch glatt, rief den Namen Heinz, worauf der Wirt sofort aus der Küche trat und zwei Gläser mit Bier zu füllen begann. Klaus Zimmermann, sagte Zimmermann und streckte mir seine Hand entgegen. Ich weiß, stammelte ich und merkte erst jetzt, da ich meine Hand mechanisch der Zimmermanns überließ, wie meine Finger zitterten. Wir mußten zusammen Bier getrunken haben. Ich selbst mochte geschwiegen haben, doch sicher hatte Zimmermann geredet. Hatte er die jungen Leute vom Nachbartisch angeklagt oder zu entschuldigen versucht, ich kann mich nicht erinnern, ich war viel zu erregt gewesen. Ich hatte mein Bier hastig getrunken, vielleicht einen Rest stehengelassen, ich war gegangen und wußte nicht einmal, ob ich einfach vergessen hatte zu bezahlen oder Zimmermann mir das Begleichen der Rechnung angeboten hatte. Heinz jedenfalls hatte mich nicht zurückgehalten.

Noch jetzt, am Küchentisch sitzend, habe ich ein flaues Gefühl im Magen, wenn ich an all das denke. Das Fenster der Unsichtbaren ist dunkel. Soll ich es Klaus Zimmermanns Fenster nennen? Und wenn ja, sollte ich dann nicht irgendwann hinübergehen und mich bei meinem Retter bedanken, der nun vielleicht, womöglich von einer späten Rache der *Kameradschaft Aktion Deutschland* heimgesucht, meiner Hilfe bedarf? Was aber, wenn diese Rettung nur möglich gewesen war, wenn er selbst, wenn Klaus Zimmermann, und auch dafür scheint einiges zu sprechen, der Anführer jener Kameradschaft ist.

Unterdessen hat die Unregelmäßige ihr Kleid vom Fensterkreuz gepflückt. Sie steht im Zimmer, preßt das Kleid mit der rechten Hand gegen ihren Körper, während die Linke einen Ärmel in die Höhe hält. Sie scheint unschlüssig, mal schaut sie, den Oberkörper leicht vorgebeugt, an sich herunter, mal sucht sie mit einem Blick auf die Seitenwand Antwort, wo ein Spiegel zu vermuten ist. Nachdem sie das Kleid mehrfach weggelegt, sich wieder vorgehalten und diese Prozedur auch mit einigen anderen Kleidungsstücken, unter anderem der roten Bluse, geradezu feierlich wiederholt hat, bin ich sicher, sie hat heute abend etwas Großes vor. Diesmal streift sie sich den Pullover direkt vor dem Fenster ab, läuft dann, leider nicht nackt, sondern noch immer in Unterwäsche, mehrfach im Zimmer hin und her. Einmal bleibt sie stehen, hebt einen Arm und sprüht sich ein Deodorant in die Achselhöhle, erst in die linke, dann in die rechte, dazwischen schüttelt sie mehrfach verzweifelt die Flasche, das ist typisch, sicher hat sie vergessen, sich rechtzeitig eine neue zu kaufen. Ich knete meine verschwitzten Finger und habe, als sie dann tatsächlich in der roten Bluse vor mir steht, einen Moment lang das Gefühl, sie würde das alles nur für mich tun. Natürlich tut sie das alles nicht für mich, sie wird heute abend in die Oper gehen oder ins Theater, sie wird tanzen gehen und einen anderen Mann treffen, der dann im richtigen Augenblick die richtigen Argumente haben wird, der schließlich, alles andere als unentschlossen, nichts unversucht lassen wird, ihr die rote Bluse vom Leib zu reißen. Meine rote Lieblingsbluse, denke ich, zerknülle den Zettel mit den Aufzeichnungen in Sachen Zimmermann und werfe ihn voller Wut in Richtung Fenster.

Es ist Freitag, da wird mir auch die Gymnastikerin keine Freude machen, sie hat heute ihren Tenniskurs.

Man kann die Uhr danach stellen, wenn sie in einer peinlichen Selbstinszenierung vor den Spiegel tritt, den Schläger in der geöffneten Hand rotieren läßt und sich mit einem eleganten aber kraftvollen Hinterhandschlag durch die Luft selbst das Zeichen zum Aufbruch gibt. Soll ich mich deshalb etwa den ganzen Abend mit dem Anblick der körperlichen Hüllen der Stillsitzer begnügen, während deren Geist durch virtuelle Welten irrt? Oder den Posen des Schauatmers zusehen, der abends oft im sperrangelweit geöffneten Fenster sitzt, seitlich, mit angezogenen Knien, die Füße auf der Fensterbank, und genüßlich eine dicke Zigarre raucht? Dieser Angeber raucht nicht einfach, er zelebriert das Rauchen, genauso wie er seine morgendlichen Atemübungen zelebriert. Dabei holt er tief Luft und gleicht einem Sportler auf dem Sprungturm, dann läßt er Luft ab und sieht aus wie ein Vogel mit nassen, herabhängenden Flügeln. Und dann erst das Rauchen! Die Zigarre zwischen die Spitzen von Daumen und Zeigefinger geklemmt, zieht er mit halbgeschlossenen Augen den Qualm ein, den er dann aus gespitzten Lippen langsam wieder ausstößt, wobei er gleichzeitig das glühende Ende der Zigarre behutsam nach oben dreht und ihrem allmählichen Verglimmen zusieht. Die aufreizende Phlegmatik dieser Zeremonie muß jeden Beobachter provozieren, und ich habe mich mehr als einmal bei der Vorstellung ertappt, als Scharfschütze aus der Tiefe meines Zimmers der Zigarre die Glut wegzublasen, wenn nicht gar den Raucher mit gezieltem Schuß aus seiner Luke zu stürzen.

Was also ist mit einem solchen Freitagabend anzufangen? Vor einigen Wochen, Anna-Sophie war noch nicht in unserer Abteilung, hatten mich Wagner und Hansen einmal mit dem Vorschlag überrascht, eine Skatrunde ins Leben zu rufen. Wir hatten schon einige Jahre zusammen gearbeitet, ohne je gemeinsam ausgegangen zu sein, nun hatte Hansen einen Vortrag über Mitarbeitermotivation besucht und wollte diese Skatrunde. Wagner hatte von einem flotten Dreier gesprochen, ich solle kein Frosch sein. Ich Idiot hatte das sofort und bedenkenlos eine gute Idee genannt, Skat, das schien mir unverfänglich, wer Karten spielt, muß nicht reden, außerdem waren ähnlichlautende Vorschläge bisher zuverlässig folgenlos geblieben, waren angekündigte Bowlingturniere nicht ausgetragen, geplante Fahrradtouren nicht unternommen worden, hatte selbst das Gastspiel eines Travestietheaters, von Wagner grinsend und schenkelklopfend als Sauerei vom Feinsten angekündigt, keinen kollektiven Zuspruch gefunden. Diesmal aber drohte es ernst zu werden und hatte, als Hansen kurzentschlossen Freitagabend sagte, einen Grad der Verbindlichkeit erreicht, dem mit schweigendem Abwarten nicht mehr beizukommen gewesen war. Mich als des Skatspielens unfähig zu bezichtigen, war es zu spät, und ich hatte schließlich in der Hoffnung zugestimmt, die Sache ließe sich auf diesen einen Abend beschränken. Sollte ich mir Glück wünschen, um meine Gegner mit einem überlegenen Sieg zu entmutigen, oder würden sie gerade dann auf Revanche bestehen? Sollte ich ihnen leichtes Spiel bereiten und sie dadurch langweilen, oder würde gerade ein leichter Sieg ihre Lust erhöhen? Sollte ich gar mit gezinkten Karten spielen und mich erwischen lassen? Die Überlegungen waren überflüssig gewesen, denn das Unternehmen scheiterte aus einem ganz anderen Grund. Zuerst hatte sich keiner der Kollegen bereit gefunden, dem Skat als Heimspiel einen Tisch zu bieten. Wagner und Hansen an meinem Küchentisch, die Vorstellung war unerträglich, den anderen schien es ähnlich zu gehen. Als wir uns schließlich auf eine Kneipe geeinigt hatten, scheiterte das Reizen am

Kontra des Wirtes, der jegliches Kartenspiel in seinen Räumen für unerwünscht erklärte. Die Kneipe war winzig und schien völlig überfüllt, dennoch hatten wir einige freie Plätze gefunden. Wagner hatte sofort die Karten auf den Tisch gelegt, als der Wirt, ohne vom unaufhörlich strömenden Bier aufzublicken, eine Hand wie festgewurzelt am Hahn, in das Stimmengewirr und die Rauchschwaden hinein sagte, Hier wird nicht gespielt. Wir waren verwirrt, überall um uns herum wurden Sätze gesagt, die plötzlich aus dem allgemeinen Gemurmel heraus verständlich waren, dann aber gleich wieder darin untergingen. Das Wetter solle das ganze Wochenende halten, verkündete jemand, ein anderer erzählte etwas von seinem Militärdienst, worauf andere lachten und sich darum rissen, auch etwas vom Militär zu erzählen. Fünffuffzich die Stunde, rief plötzlich ein untersetzter Mann aus der hintersten Ecke erbost, eine Sauerei sei das, ein Schlag ins Gesicht, ein Junger behauptete, alles bliebe immer beim alten, und der Alte am Nachbartisch wischte sich den Schaum vom Mund und fand, daß man die Frauen zu seiner Zeit noch zu nehmen gewußt habe, und wie! Die Sätze waren wie Rauchschwaden, die ein silbernes Rohr an der Decke beständig absaugte, der Satz des Wirtes aber galt uns und klang so selbstverständlich und logisch, daß wir ohne ein Wort des Widerspruchs gingen und uns erst auf der Straße darüber wunderten. Obwohl Wagner nun über den Wirt schimpfte, muß Hansen dieses Verbot besonders gekränkt haben, er war an diesem Abend kaum wiederzuerkennen gewesen, denn wenn es eine Dienstuniform für Skatspieler geben sollte, so müßte sie aussehen wie Hansens Garderobe an diesem Abend, ein bißchen verwegen und doch gesetzt, praktisch, aber nicht ohne Eleganz. Er gehört sicher zu den Leuten, die sich für einen Urlaub am Meer die entsprechende maritime Verkleidung zulegen, in Hansens Fall würde sie wahrscheinlich einer Kapitänsuniform ähneln. Dennoch, zwei weitere Versuche in anderen Kneipen brachten das gleiche Ergebnis, Hansen hatte am Tisch gesessen wie der Erste Offizier eines Schoners bei totaler Flaute, so daß der Abend, in dessen weiterem Verlauf wir beim Bier über den Verfall des Gastgewerbes räsonierten und nach längerem Schweigen lustlos Dienstliches zur Sprache brachten, keine Wiederholung fand. Ich aber, der ich nach jenem Erlebnis in der Provinz abendliche Kneipenbesuche wenn möglich vermied, war erleichtert nach Hause zurückgekehrt, ein wenig verunsichert nur deshalb, weil einer der Toilettensprüche, frisch und in Augenhöhe übers Urinal gekritzelt, ein *Willkommen im totalen Überwachungsstaat* verhieß, während neben dem Waschbecken am Spiegel wie als Antwort die Drohung oder das Versprechen stand: *Wir kriegen euch alle!*

Ich schrecke aus meinen Gedanken auf und schalte das Licht wieder an. Lieber werde ich alle zukünftigen Freitagabende in Einsamkeit erdulden, als noch einmal mit Hansen und Wagner auszugehen. Gewiß, Hansen hatte sich, als ich in die Abteilung versetzt worden war, rührend um den Neuankömmling gekümmert, hatte mir mit Rat und Tat zur Seite gestanden. Das ist über zehn Jahre her, und seine Fürsorglichkeit hat seitdem nicht nachgelassen, selbst nachdem Anna-Sophie zu uns gekommen ist, die, was ihr Alter betrifft, seine Tochter sein könnte, hat sich daran nichts geändert. Hansen klebt wie ein Schatten an mir, seine sorgsam in Lob und Anerkennung gepackten Ratschläge sind von einer schwer zu ertragenden Impertinenz. Vor allem an den Sprechtagen, wenn seine Krawatten besonders bunt sind und sein Parfüm besonders süßlich, weht er mit einem geckenhaft federnden Schritt, den er für elegant hält, durch die Flure und findet immer wieder einen Vorwand, in mein Büro zu kommen. Er störe doch sicher nicht, haucht er mit gespielter Überraschung beim Anblick eines Besuchers, legt ein angeblich dringendes Rundschreiben auf den Tisch und sagt sinnlose Sätze wie: Sie wissen doch, die neue Änderungsvorschrift greift ab nächsten Monat, oder: Herr Kollege, der Abminderungskoeffizient ist schon wieder angepaßt worden. Die Besucher, besonders wenn es sich um ältere Damen handelt, scheinen für seine Hinweise dankbar zu sein, und obwohl sie ihren Sinn wahrscheinlich nicht einmal entschlüsseln können, nehmen sie meine Erklärungen fortan mit Skepsis zur Kenntnis. Was denn mit dem Abminderungskoeffizienten sei, wollen sie wissen und sind enttäuscht, wenn der Abminderungskoeffizient für sie nicht relevant ist, oder sie fühlen sich hintergangen, wenn ich, um sie nicht zu verwirren, behaupte, der Abminderungskoeffizient sei sicher schon berücksichtigt worden. Keine Sorge, der Kollege Plaschinski macht das schon, sagt Hansen dann.

Wagner dagegen ist von ganz anderem Kaliber. Wenn er Hansen in dessen Abwesenheit eine alte Schwuchtel nennt und mir dabei den Ellenbogen in die Seite rammt, scheint jede Rundung in seinem Gesicht noch weiter anzuschwellen. Das Schlimmste ist, daß Wagner in mir einen Verbündeten sieht, einen nur heimlichen Verbündeten zwar, aber gerade das Unausgesprochene scheint dieser Allianz in seinen Augen eine besondere Stabilität zu verleihen. Und damit hat er leider recht. Obwohl dieser Koalition ein fataler Irrtum zugrunde liegt, habe ich längst jeden Widerstand aufgegeben, weil ich im stillen Dulden die einzige Möglichkeit sehe, den peinlichen Anlaß für diese Vertrautheit auch weiterhin geheimzuhalten. Seit Anna-Sophie in der Abteilung arbeitet, ist das dringender denn je.

War es Geiz gewesen oder Vorsicht? Wohl eher Geiz, nun kommen mich die Folgen teuer zu stehen. Ich hatte mir damals ein Fernglas zulegen wollen und war auf die Idee gekommen, es in Tschechien zu kaufen. Ein Attentäter kauft seine Waffe schließlich auch nicht am zukünftigen Tatort, hatte ich mir gesagt, aber letztendlich war wohl die lockende Ersparnis ausschlaggebend. Es war im November und fast schon dunkel, als ich mich mit meiner Neuanschaffung voller Vorfreude auf die Heimfahrt machte. Im letzten tschechischen Ort vor der Grenze waren die Leuchtreklamen der Nachtbars und Stripteaselokale bereits eingeschaltet, haushohe Pfeile wiesen blinkend den Weg zu Einfamilienhäusern oder stillgelegten Fabriken, die sich nun Paradiese und Oasen nannten, rote Leuchtstoffherzen pulsierten, dutzendfach versprachen romantisch geschwungene Mädchennamen nonstop billige Verfügbarkeit. Hinter den Schaufensterscheiben ehemaliger Geschäfte wanden sich hochhackige Körper in grell leuchtenden Bikinis gelangweilt bis übertrieben ekstatisch im Schein roter Neonröhren oder räkelten sich obszön auf Barhockern. Andere, halbe Kinder noch, vielleicht auch nur früh gealtert, standen am Straßenrand täschchenschwingend Spalier, stellten müde eine Mischung aus Arroganz und Ruchlosigkeit zur Schau oder offerierten aggressiv ihre dienstbereite Lust. Waren sie der Grund, warum ich langsam fuhr? War es die Faszination bunt erleuchteter Fenster, die Einblicke nicht nur gewährten, sondern forderten? Das alles fand da draußen statt, ich saß im Auto und hatte damit nichts zu tun. Warum sollte ich nicht ein bißchen schauen? Oder war es nur ein vor mir fahrender Wagen, der zur Langsamkeit zwang? Und war es jener Wagen, der dann abrupt ausscherte und anhielt, oder ein anderer, der schon zuvor am Straßenrand gestanden hatte, aus dem Wagner gestiegen war? Wagner mit seinem Knollengesicht, das jetzt im Schein des roten Lichtes glühte, als sei es aus prallen, reifen Früchten zusammengesetzt wie ein Porträt von Arcimboldo, dessen hervortretende Augen das Angebot musterten und dann plötzlich auf mich gerichtet waren, mich erkannten. Diese Wagnerschen Basedowaugen! Wagner, dessen Überraschung sogleich jenem Ausdruck wich, der, halb höhnisch, halb verständnisvoll, besagte, daß er es ja schon immer geahnt habe, daß er diesen Plaschinski durchschaut habe, Wagner, der zu einem lässigen, kollegialen Gruß in der Lage war, als begegneten wir uns im Treppenhaus der Dienststelle. Es war mein Fuß, der zuerst seine Fassung wiederfand und aufs Gaspedal trat. Waren die Mädchen kreischend beiseite gesprungen? War Wagner auf die Straße getreten und hatte mir wild gestikulierend etwas hinterhergerufen? Ich kann mich an die weitere Rückfahrt nicht erinnern, nur daß ich das Fernglas im Auto liegengelassen hatte, weiß ich noch. Wagners dreckiges Grinsen aber und seine schlüpfrigen Fragen, als wir uns am nächsten Tag im Büro begegneten, werde ich nie vergessen. Ob ich einen schönen Abend gehabt habe, wollte dieses Arschloch wissen, wie viele Akte das gestrige Theaterstück denn gehabt habe, ob es sich um ein Drama oder eine Komödie gehandelt habe und was ich von den neuen Schauspielerinnen halte, er kriegte sich gar nicht mehr ein, fragte, ob jemand auf die Bretter gelegt worden und ob meine Passion von der Inszenierung befriedigt worden sei. Und an Hansen gewandt, schlug er vor, einmal gemeinsam in dieses Theater des Kollegen Plaschinski zu gehen, so ein bißchen Kultur könne schließlich keinem schaden.

Wenn ich in letzter Zeit selbst mit dem Gedanken spiele, einen gemeinsamen Abend unter Kollegen vorzuschlagen, so hat das nur mit Anna-Sophie zu tun. Sie ist ein paar Jahre jünger als ich und sitzt im Nebenzimmer, nur durch eine Tür von mir getrennt, und ausschließlich meine Erfahrungen mit Hansens Aufdringlichkeit halten mich davon ab, unter irgendeinem Vorwand in ihr Zimmer zu gehen. Hansen und Wagner haben ihr gleich am ersten Tag das Amt des Kaffeekochens übertragen, ansonsten aber beschlossen, sie zu ignorieren. Sie selbst scheint kein Interesse daran zu haben, diesen Zustand zu ändern. Sie schweigt meist und gilt trotz ihres stolzen Dekolletés, dem auch Wagner seine Aufmerksamkeit nicht versagen kann und das alles andere als nonnenhaft wirkt, als zugeknöpft. Meinen Versuchen, mit ihr ins Gespräch zu kommen, begegnet sie einsilbig, aber mit einer ausgesuchten Höflichkeit und Nachsicht, die mich kränken. So, denke ich, können nur junge Frauen Männer behandeln, die jenseits einer Altersschwelle liegen, ab der sie als Mann uninteressant werden. Als sie mir den Staubzucker vom Kragen wischte, war mir das wie die mitleidige Zuwendung erschienen, die man einem Greis gewährt. Jenem gehauchten Ach vor einigen Tagen war zwar auch kein ganzer Satz gefolgt, zumindest aber ein staunender Blick, der mich hoffen läßt, sie könne ihre Meinung von mir geändert haben. Daß diese mögliche Veränderung auf einer Lüge meinerseits beruht, stört mich vorerst nicht. Sie mag sich durch nichts von hunderten anderen Frauen ihres Alters unterscheiden, aber da der Zufall sie in meine Nähe gebracht hat, finde ich, habe ich eine Chance verdient. Dabei aber ist es geblieben. Vielleicht sollte ich sie wirklich zu einem gemeinsamen Theaterbesuch einladen, Hansens und Wagners Anwesenheit dabei wäre zwar mehr als unangenehm, würde der Sache aber vorerst etwas Unverfängliches geben und die Gefahr einer Absage ihrerseits vermindern.

Das gegenüberliegende Haus steht da wie ausgestorben, alle Fenster sind dunkel, nur gelegentlich reflektieren die Scheiben das Scheinwerferlicht eines vorbeifahrenden Autos. Pünktlich wie jeden Abend tritt ein junger Mann aus dem Hinterhaus vor die Haustür, um eine für diesen Tag letzte Zigarette zu rauchen, oder es ist die einzige, die er sich gönnt, die ihm gegönnt wird. Ich sehe ihn nur, wenn ich ganz dicht an die Scheibe trete. Er muß lange auf diesen Augenblick gewartet haben, zieht nun gierig an seiner Zigarette, die er auch vor dem Mund behält, wenn er ausatmet und der Qualm sein Gesicht für Sekunden umhüllt. Dabei sieht er immer wieder nach links und rechts, als warte er auf etwas. Oder er hat Angst, entdeckt zu werden. Zum Schluß hält er die Zigarette mit spitzen Fingern am Filter, raucht sie restlos auf und drückt den Filter in einen kleinen verschließbaren Aschenbecher, den er aus seiner Hosentasche zieht und gleich wieder hineinsteckt. Dann bleibt er eine Weile stehen, als sei die Zeit, die ihm für seine Abwesenheit zugebilligt wurde, noch nicht abgelaufen, bis er sich fast ruckartig umdreht und wieder verschwindet. Vielleicht wartet seine Frau.

Ich gehe ziellos durch die Wohnung, beginne in einem Buch zu lesen, kann mich aber nicht konzentrieren, ich habe schon lange kein Buch mehr gelesen. Auf dem Zwischenboden im Flur stapeln sich noch einige der Puzzlespiele, die mir meine Mutter geschenkt hat, nachdem ich einmal während einer längeren Krankheit aus purer Verzweiflung aus tausend Einzelteilen eine Wüstenlandschaft zusammengesetzt hatte. Eine Karawane aus mehreren Kamelen, die unter einem wolkenlosen Himmel durch riesige Sanddünen zieht, eine Sisyphosarbeit, an die ich mich nur ungern erinnere. Meine Mutter aber muß die Spiele en gros und wahrscheinlich überaus preiswert bekommen haben und ruhte nicht eher, bis sie sie nach mehreren

Geburtstagen und Weihnachtsfesten alle an den Sohn gebracht hatte, als Zugabe zum obligatorischen Geldbrief, bei dessen Übergabe es auf beiden Seiten jedesmal zu kurzen Momenten der Verlegenheit kommt. Eigentlich hätte ich sie ihr später, sorgsam zusammengesetzt und aufgeklebt, zurückschenken können, denn auch die Karawane zieht jetzt über die Wohnzimmerwand der Eltern und gilt als Beweis für ein nicht näher zu bezeichnendes Talent des Sohnes, zumindest aber für seinen Fleiß und seine Mutterliebe. Mein Gott, ich bin jetzt über vierzig, und meine Mutter hängt sich diese Karawane übers Sofa! Es ist einfach nur peinlich, diesem Ergebnis meiner wochenlangen Gebrechlichkeit zu begegnen, und so lasse ich die romantischen Ansichten deutscher Touristenziele lieber in ihren Einzelteilen verstauben, selbst die Mona Lisa lächeln zu lassen, fehlt mir die Lust. Hoffentlich wird meine Mutter nie danach fragen.

Dann schalte ich das Radio an, auf einem Sender wird ein Fußballspiel übertragen, oder nein, es ist doch der Papst, der zu einer grölenden und jubelnden Menge spricht, auf einem anderen Kanal ist in einer Diskussionsrunde von den Gefahren des Islamismus die Rede, der dritte würdigt das Lebenswerk eines viel zu früh von der Bühne zurückgetretenen Schlagersängers, von dem es heißt, er sei ein Kumpeltyp, eine lebende Legende, und sein Markenzeichen sei eine bunte Kollektion von Freundschaftsbändchen am Unterarm. Anfangs gelangweilt, zunehmend amüsiert, zappe ich mich durch die Programme, immer schneller, so daß sich die Satzfetzen zu einem abstrusen Palaver vermischen und die Sprecher nicht mehr voneinander zu unterscheiden sind. Nur der Glaube an Jesus Christus … verbreitet Angst und Schrekken … die Menschen aber wollen ehrliche Lieder… Halleluja, denke ich und schalte das Radio aus.

Manchmal lese ich auch die Zeitung so. Ich überfliege die Schlagzeilen, lese die Bildunterschriften, vertiefe mich in einzelne Artikel, verliere dann aber schon nach einigen Absätzen das Interesse und bin am Ende nicht mehr in der Lage, das eine dem anderen zuzuordnen, aber ich würde nie auf den Gedanken kommen, meine sogenannte seriöse Zeitung gegen ein Blatt einzutauschen, das meinen Lesegewohnheiten vielleicht viel eher entspräche. Ich habe schließlich ein anderes Niveau als dieser Wagner! Oft legt er seine Zeitung auf den Tisch, man kann dann ja gar nicht anders, als daraufzuschauen. Ein Blick genügt, und man ahnt, daß es jeden zweitklassigen Prominenten geradezu drängt, beobachtet zu werden und die Ergebnisse dieser Beobachtungen dann als Bild oder Artikel in der Zeitung zu sehen, alles in der Hoffnung, irgendwann doch noch ein erstklassiger Prominenter zu werden. Seit Anna-Sophie mit am Tisch sitzt, legt Wagner die Zeitung so hin, daß das Aktfoto von der Rückseite zu sehen ist.

Vor einigen Wochen bin ich auf einen Artikel gestoßen, der über einen Prozeß gegen Mitglieder der Aktionsfront Deutschland berichtete, die Anklage lautete auf schwere Körperverletzung und die Verwendung verfassungsfeindlicher Symbole. Drei namentlich nicht genannte, als jugendliche Chaoten bezeichnete Täter hatten in einem Gasthof der Kleinstadt Neukamlitz eine Schlägerei angezettelt, bei der, so hieß es, ein mutmaßlich der linken Szene zuzurechnender junger Mann verletzt worden sei, ein schweres Schädel-Hirn-Trauma und diverse Hämatome waren diagnostiziert worden. Allerdings sei unklar geblieben, welcher der drei Beschuldigten für den letztlich entscheidenden, zur Verletzung führenden Schlag als Urheber verantwortlich zu machen sei. Auch habe im Verlauf des Prozesses nicht zweifelsfrei geklärt werden können, ob der tätlichen Auseinandersetzung eine verbale

Provokation, vielleicht sogar ein tätlicher Angriff von seiten des späteren Opfers vorausgegangen war. Der Wirt, Heinz M. (58), von der Verteidigung als Zeuge benannt, habe sich an den genauen Tathergang nicht erinnern, aber einen der Tat vorausgehenden reichlichen Alkoholgenuß beider Seiten eidesstattlich bezeugen können. Das Opfer sei von ihm als einschlägig bekannt und an früheren Auseinandersetzungen nicht unbeteiligt beschrieben worden. Es handele sich, wurde Heinz M. zitiert, um einen notorischen Querulanten. An dieser Stelle habe der Richter wegen lautstarker Unmutsbezeugungen durch Sympathisanten des Opfers mit der Räumung des Saales gedroht. Die Aussage des Wirtes aber, so wurde weiter berichtet, habe beim zuständigen Richter zu Zweifeln an der Eindeutigkeit der Sachlage geführt, demnach sei das Ergebnis des Abends zwar kategorisch zu verurteilen, sein Zustandekommen aber bei vorurteilsfreier Bewertung, zu der ein Gericht nun einmal angehalten sei, nicht zweifelsfrei rekonstruierbar gewesen. Auch das Opfer habe sich in Widersprüche verstrickt und seine Glaubwürdigkeit damit selbst in Frage gestellt. Diesmal hatte ich den ganzen Artikel gelesen und so erfahren, daß die Verhandlung mit Bewährungsstrafen für die drei Schläger zu Ende gegangen war. Auf einem Foto, das die Beteiligten beim Verlassen des Gerichtsgebäudes zeigte, waren die Gesichter nicht zu erkennen gewesen, doch ich war sicher, dass es sich um die gleichen handelte, die auch mich bedroht hatten. Auf Zimmermann fehlte jeder Hinweis.

Jetzt versuche ich mich noch einmal jenes Abends in Neukamlitz zu erinnern. Aber so sehr ich mich auch bemühe, mir ein mögliches Gespräch zwischen den Jungmännern der Aktionsfront und Zimmermann, vielleicht auch nur einige Worte ins Gedächtnis zu rufen, es will nicht gelingen. Waren am Nachbartisch die Köpfe zusammengesteckt worden? Hatte der von Zimmermann Zurückgedrängte Rache geschworen? Ich weiß es nicht, nur die tätowierte Faust, auf der Finger für Finger das Wort Hass buchstabiert wurde, sehe ich noch immer vor mir, als sei es gestern gewesen, auch das silberne Totenkopfsiegel, ich könnte sogar jede Falte im Tischtuch beschreiben, die gelben Plastenarzissen, aber das sind alles nur Einzelheiten, die noch lange kein fertiges Bild ergeben. Ein Hinweis, der die Beziehung Zimmermanns zur Aktionsfront Deutschland erklären könnte, ist nicht zu finden. Manchmal, denke ich, helfen auch die Kleinigkeiten nicht weiter. Ich habe es auch mit Fakten versucht und noch einmal im Computer nachgeschaut, ich selbst muß ja Zimmermanns Daten damals in den Antrag eingetragen haben, aber natürlich hatte ich sie mir nicht gemerkt. Nun, in Verbindung mit dem Wohnort Neukamlitz und dem Vornamen, habe ich gehofft, würde sich die Zahl der möglichen Kandidaten eingrenzen lassen. Aber nichts, es gibt auch in Neukamlitz keinen Zimmermann, auf den die Anhaltspunkte passen, der Mann muß tatsächlich umgezogen sein. Oder gibt es überhaupt keinen Klaus Zimmermann, ist das vielleicht nur der Deckname eines V-Manns?

Und dann fällt mir ein, daß es ja vielleicht sogar Glück gewesen ist, daß ich damals im Ratskeller von Neukamlitz gesessen habe, ich allein und nicht auch noch jener junge Mann, von dem in der Zeitung die Rede gewesen ist. So jedenfalls bin ich fast zum Opfer geworden, das ist ein gutes Gefühl, nicht auszudenken, wenn ich als Zeuge zugegen gewesen wäre. Hätte ich auch dann angestrengt auf meine Kohlroulade gestarrt oder den Blick des letzten Staatsratsvorsitzenden gesucht? Hätte ich eingegriffen oder schnell vom Wirt die Rechnung verlangt? Aber der Wirt wäre ja nicht dagewesen, der hatte sich rechtzeitig davongemacht, ich hätte also dagesessen mit einem Schein in der Hand, denn in solchen Momenten hat man es natürlich nie passend. Nur schnell weg und seine Ruhe haben, hätte ich vielleicht gedacht, aber wo ist der Wirt? Man könnte den Schein einfach auf den Tisch legen und auf das Wechselgeld verzichten, wieviel aber wäre mir meine Ruhe wert gewesen, zwanzig Euro, fünfzig Euro, oder hätte ich die Zeche geprellt? Aber warum nicht in Ruhe aufessen? Was passiert denn eigentlich? Ein kleiner Streit unter Einheimischen, wer kennt sich schon aus in den hiesigen Gepflogenheiten, ein bißchen Schubsen, ein paar Schläge, mein Gott, der wird doch noch einen Spaß verstehen, hinterher trinken sie ein Bier zusammen und alles ist vergessen, eine Kleinstadtepisode, Halbstarkenrituale, alles halb so schlimm, und wenn nicht einmal der Wirt als Hausherr eingreift, der sich schließlich auskennen muß, als Fremder macht man doch in solchen Situationen immer alles falsch, selbst wenn man die besten Absichten hat, einem Fremden gegenüber halten sie in so einem Kaff letztlich alle zusammen.

Später gehe ich noch einmal ans Fenster, vielleicht kann mich Zimmermann auch vor meinen Gedanken retten, aber drüben ist nur Finsternis. Vielleicht, denke ich, sollte ich wieder einmal die Scheiben putzen.

Die Morgenstunden eines Sonnabends haben mit dem Freitagabend eine Gemeinsamkeit; im gegenüberliegenden Haus herrscht eine quälende Dunkelheit. Mögen andere den Montagmorgen verfluchen, wenn ihnen bewußt wird, daß der Stein, den sie eine Woche lang den Hang hinaufgerollt haben, nach den zwei Tagen des Verschnaufens, die ihnen vergönnt waren, wieder am Fuße des Berges liegt, mein Montag ist der Sonnabend. Der Wecker ist nicht gestellt, trotzdem stehe ich auf wie immer, die da drüben aber verschlafen die schönsten Stunden des Tages. Nur manchmal hocken die Stillsitzer mit starrem Blick im düsteren Zwielicht vor ihren Computern, doch ich weiß dann nie, ob sie noch immer oder schon wieder da sitzen. Ich habe es längst aufgegeben, mir über den Inhalt ihrer Studien oder Spiele Gedanken zu machen, mir ist es egal, ob ihre Aktien steigen oder fallen, es ist ja im Grunde belanglos, und ich warte an solchen Tagen auf die Helligkeit.

Ich sitze am Tisch und warte, bis es hell wird, vor dem Fenster geht das viel schneller als in der Wohnung, die die Dunkelheit noch eine Weile in ihren Mauern zu halten scheint, so wie sie die Hitze eines Sommertages noch einige Stunden konserviert, während sich draußen die Luft nach einem Gewitter längst abgekühlt hat. Zuweilen gehe ich deshalb ein Stück durch die Straßen, die jetzt noch fast menschenleer sind, selbst die alte Frau, die mir sonst mit stoischer Ruhe und leerem Blick den *Wachturm* entgegenhält, schläft noch, nur die ersten Hundebesitzer führen widerwillig ihre Tiere aus. Sie bleiben gähnend stehen, wenn die Hunde an einer Hauswand oder einem Laternenpfahl das Bein heben, sie sind mit ihren Gedanken weit weg, und wenn die Hunde weitertrotten, sieht es aus, als führten die Tiere ihre Besitzer an der Leine. Die letzten Kneipengänger torkeln nach Hause, und manchmal kommt einer mit hochgezogenen Schultern und aufgestelltem Kragen, den ich für einen geflüchteten Liebhaber halte. Er hat es eilig, noch ein paar Minuten, dann stehen die Kinder an seinem Bett, werden seine Abwesenheit bemerken und ihre Mutter wecken, die heute, so war es abgemacht, endlich einmal ausschlafen darf. Da ich keinen Hund bei mir habe und meinen Kurs die Bordsteinkante entlang mühelos halte, würde ein Beobachter mich vielleicht auch für einen solchen verspäteten Heimkehrer halten, und das wäre mir nicht unangenehm, aber, um die Wahrheit zu sagen, niemand kümmert sich um mich. Ich mag diese morgendliche Kühle, in der selbst das Frösteln angenehm ist, frösteln statt zu denken, denke ich, und dieses einzigartige Licht in den Straßenschluchten, in dem Melancholie und Hoffnung für wenige Minuten eine wohltuende Balance finden. Wenn ich dann wieder die Treppe zu meiner Wohnung hinaufsteige, stelle ich mir manchmal vor, das Haus würde in diesem Moment zusammenstürzen, und frage mich, ob sich meine Überlebenschancen mit jeder Stufe, die ich nehme, verbessern oder verschlechtern.

Ich versuche mich zu erinnern, wann die Unsichtbaren, von denen ich nun wenigstens den Familiennamen zu kennen glaube, in das Haus gegenüber eingezogen sind. Vor einem halben Jahr, da bin ich mir sicher, hatte die Wohnung noch leergestanden, bei günstigem Licht konnte man sogar das Innere erkennen. Dann war ich von meiner Reise zurückgekommen, und vor dem Fenster hing plötzlich diese silberne Folie, die das Licht der Abendsonne reflektierte und mich blendete, bis endlich der langsam aufsteigende Schatten unseres Hauses das Fenster erblinden ließ und ich sah, daß es nichts zu sehen gab. Aber wann genau ist das gewesen? Auf die Erinnerung ist in diesem Fall mal wieder kein Verlaß. Man müßte sich wirklich alles aufschreiben, denke ich, jede Kleinigkeit, jedes Detail, und zwar so, wie man es im Augenblick sieht, ohne Ordnung und Wertung, vielleicht würde sich daraus irgendwann ein System ergeben. Dreimal schon habe ich in den letzten Jahren begonnen, ein Tagebuch zu führen und habe es zweimal nach einigen Tagen wieder aufgegeben, weil ich über die Banalität der Einträge erschrocken bin. Wetterkapriolen, wann wie viele Überstunden, die Anrufe meiner Mutter und was sie sagte, natürlich die Beobachtungszeiten, einmal eine Erkältung samt Fieberkurve, zweimal allein ins Kino und in welchen Film. Ist das wirklich mein Leben? Beim letzten Versuch habe ich mich nicht mit den täglichen Erlebnissen zufriedengegeben, sondern auch versucht, mein sogenanntes Innenleben zu protokollieren, meine Gefühle, als könne ich meine Gefühle wirklich festhalten, bin dann aber zu dem Schluß gekommen, daß es besser ist, mein Leben als gegeben zu akzeptieren, als die Zweifel und neurotischen Spekulationen, wie es anders hätte verlaufen können, auch noch schriftlich festzuhalten. Außerdem habe ich sowieso geschummelt. Noch eine Woche, dann nimmst du dir einen Strick, denkt man und schreibt etwas von schlechter Laune. Mir selbst gegenüber erlaube ich mir keine Indiskretion. Nichts ist schwieriger als Ehrlichkeit zu sich selbst, und was man sich in Gedanken vielleicht noch eingesteht, wird unerträglich, wenn man es aufschreiben soll, unerträglich oder einfach nur albern. Und was soll man über sein Leben später angesichts von Problemen denken, die man schon Jahre vorher genauso aufgeschrieben hat? Wort für Wort, und nichts hat sich geändert, alles bleibt Papier, nichts als Papier.

Die nur halbherzig angelegten und von längeren Pausen unterbrochenen Dossiers über meine Nachbarn scheinen mir ein letztes Relikt dieser Aufzeichnungen, haben aber den Vorteil, für mein Leben ohne Konsequenz zu sein. Manchmal träume ich von einer Art kollektivem Tagebuch, aus dem sich eine Bilanz ziehen ließe, etwas, das unterm Strich als Fazit stehenbleibt, nicht in Euro und Cent wie bei einer Rentenakte, aber doch irgendwie mit den Kriterien eines Sachbearbeiters meßbar. Doch sicher würde ich daran scheitern, und es bliebe auch da nur eine gigantische Menge Papier oder Datenmüll auf einer Festplatte.

Wann also könnte Zimmermann eingezogen sein? Im letzten halben Jahr bin ich nur zweimal für mehrere Tage verreist. Es ist lächerlich, dabei überhaupt von Reisen zu reden, aber ich fahre selten weg, da neigt man schnell zu großen Worten. Einmal habe ich meine Eltern besucht, die andere Reise gehörte in die Rubrik delikate Angelegenheiten, ich erinnere mich nur ungern daran. Natürlich muß ich gerade deshalb ständig daran denken.

Meine Eltern hatte ich über die Weihnachtsfeiertage besucht, soviel ist sicher. Die Unregelmäßige hatte wieder diese bunte Lichterkette ins Fenster gehängt und war dahinter für einige Tage abgetaucht, während rechts oben ein kleiner Weihnachtsmann auf dem Fensterbrett stand, der jedesmal mit dem fetten Hintern wackelte, wenn der Schauatmer ihn aufzog und dann seine morgendlichen Posen zeigte. Wie üblich war ich vor der Abfahrt zu meinen Eltern in das Porzellangeschäft in der Seitenstraße gegangen, um ein Teil des Kaffeeservices zu kaufen, das meine Mutter einige Jahre zuvor zu sammeln begonnen hatte. Auch diesmal war ich der einzige Kunde und hatte den Verdacht, die in die Jahre gekommene Besitzerin des kleinen Ladens halte ihr ganz offensichtlich schlecht laufendes Geschäft nur deshalb geöffnet, damit meine Mutter eines Tages ihr Kaffeeservice endgültig komplettieren konnte. Ich hoffte, der Tag der erstmals vollständigen Nutzung würde nicht mit dem Leichenschmaus zusammenfallen. War es diesmal die fünfte Tasse oder endlich das Sahnekännchen? Egal, die Freude meiner Mutter jedenfalls war mir auch in diesem Jahr echt erschienen, und so hatte auch ich mit freudiger Überraschung reagiert, als sie mit ihrem Geschenk für mich ein neues Kapitel der Mißverständnisse zwischen Mutter und Sohn eröffnete. Der Vorrat an Puzzlespielen schien aufgebraucht, und diesmal fehlte sogar der eigentlich obligate Geldbrief, stattdessen hatte sie mir Bettwäsche gekauft, und zwar eine komplette Garnitur für ein Doppelbett. Dabei besitze ich gar kein Doppelbett! Meine Mutter weiß das genau. Das Blumenmuster war dem auf dem Kaffeeservice nicht unähnlich, meine Mutter hielt das für modern, die Farbe, ein psychedelischer Grundton, nannte sie etwas gewagt, aber ich sei ja noch jung. Und selbstverständlich Baumwolle, das sei immer noch das beste. Selbst wenn die Möglichkeit nicht auszuschließen war, daß es sich auch dabei um ein Sonderangebot handelte, der Preis im Vergleich mit einem Einzelbett also vielleicht günstig war, die doppelte Breite des Lakens blieb und schien mir einer gewissen Anspielung nicht zu entbehren, so jung war ich nun auch nicht mehr. Mein Vater beäugte mich argwöhnisch und schien peinlich berührt, als ich das Geschenk auspackte, offenbar hatte er sich mit seiner Skepsis nicht gegen seine Frau durchsetzen können, aber er schwieg. Beim Kaffeetrinken entschuldigte sich meine Mutter, weil die Zuckerdose und die Keksschale noch nicht zum Service paßten, und sie schenkte ihrem Sohn ein Lächeln, in dem das Wissen um die Verläßlichkeit ihrer konspirativen Absprache nicht zu übersehen war. In zwei Jahren, sagte dieses Lächeln, wird alles komplett sein und das Fest perfekt.

Der zweiten Reise hatte eine fixe Idee zugrunde gelegen. Einige Wochen zuvor hatte ich auf eine Kontaktanzeige geantwortet. Obwohl ich derartige Inserate schon seit längerem las, war mir bisher nie der Gedanke gekommen, eine solche Anzeige zu beantworten. Ich hatte mich vielmehr damit begnügt, aus den wenigen verstümmelten Worten Sätze zu bilden, und den Sätzen waren zuverlässig Bilder gefolgt, es war ein Spiel gewesen, nicht mehr. Ich war dabei nicht wählerisch, ich hatte mich in Gedanken an der Seite von Frauen aller möglichen Größen und

Haarfarben in das hektische Leben der Metropolen gestürzt, war mit ihnen an einsamen Stränden gewandert, ich hatte die Möglichkeit erwogen, fremden Kindern ein liebevoller Vater zu sein und erotische Zweitbeziehungen ohne Verpflichtungen geführt, war je nach Bedarf einfühlsam, optimistisch, spontan, leidenschaftlich und romantisch gewesen oder sogar leicht dominant, Prinz auf einem Schimmel, bester Freund oder letzte Chance, ich hatte fast mühelos Herz, Verstand und Humor bewiesen, je nachdem, was die Schreiberinnen der Anzeigen von ihrem potentiellen Partner verlangten. Das alles war folgenlos geblieben. Auch die Anzeige, auf die ich letztlich geantwortet hatte, bot auf den ersten Blick für Hoffnungen keinen Anlaß. Eine selbstbewußte Enddreißigerin namens Julia, brünett, mittelgroß und intelligent, mit Interesse für Literatur, Survivaltouren und alles, was Spaß macht, war auf der Suche nach einem männlichen Pendant. Ich hätte mich vielleicht schon beim Spurenlesen im südamerikanischen Regenwald gesehen, einen Márquez im schmalen Gepäck, wäre da nicht jener rätselhafte Nachsatz gewesen, der sich jeder Umsetzung in Bilder verweigerte, indem er das eben schwarz auf weiß Geschriebene in Zweifel zog: Ich bin nicht Julia! Ich war mir nicht sicher, welche Art von Prüfung dem möglichen Kandidaten mit dieser Aussage auferlegt werden sollte, doch auf merkwürdige Weise hatte sich im Geheimnisvollen dieses Satzes für mich sofort eine Klarheit offenbart, die nach einer Antwort verlangte. Auch diese Antwort, an deren genauen Wortlaut ich mich nicht erinnere, war für mich zunächst nicht mehr als ein Spiel gewesen, und da ich jegliches Interesse an einer Begegnung hatte vermissen lassen, war mit einer Reaktion ihrerseits eigentlich nicht zu rechnen. Wider Erwarten aber war es nicht nur zu einer Entgegnung gekommen, ein Briefwechsel hatte sich entwickelt, in dessen Verlauf Offenheit und Rückzug, Vertrautheit und Ablehnung in einer Art und Weise umschlugen, die mich in eine nie gekannte Spannung versetzt hatten.

Wie in letzter Zeit immer, wenn ich mich vor Fremden erklären soll, hatte ich Julia meinen Beruf verschwiegen. Ich hasse den Tonfall dieses Ach ja?, in dem einerseits Zweifel liegt, ob es sich bei dieser Tätigkeit überhaupt um einen Beruf handeln kann, zumindest um einen sinnvollen, zumal, wenn ihn Männer meines Alters ausüben, andererseits die freudige Überraschung über die unerwartete Chance, endlich Aufklärung in einer eigenen, natürlich immer besonders kniffligen Angelegenheit zu erhalten, eine Überraschung, der zumeist prompt eine entsprechende Frage folgt. Anfangs hat es mich amüsiert, ja sogar ein wenig stolz gemacht, wie sie mich, sich mit scheuen Blicken vergewissernd, daß keiner zuhört, wegen einer Banalität ins Vertrauen ziehen zu müssen glauben, als handele es sich bei Gelddingen um die allergrößte Intimität; später war es mir nur noch lästig. Jeder, der um meinen Beruf weiß, scheint sich, wenn er mich sieht, plötzlich an seine zukünftige Rente zu erinnern.

Julia gegenüber hatte ich mich als Theaterregisseur ausgegeben. Theaterregisseur, obwohl mir zuerst Kameramann eingefallen war, erst als ich das Wort niederschreiben wollte, wurde Theaterregisseur daraus und ich fand sofort Gefallen daran, Theaterregisseur, das Wort hatte einen Klang, und ich begann die Sache auszuschmücken. Ich hatte, soviel weiß ich noch, von einer bevorstehenden Premiere berichtet, von Schwachstellen im Stück eines bekannten Autors, die es mit eigenen Einfällen zu überspielen gelte, ein preisgekrönter Autor und dennoch so viele Schwachstellen, hatte ich mich entrüstet, im Grunde ein unspielbares Stück, und natürlich laste alles auf meinen Schultern, Dramaturgie, Bühnenbild, Kostüme, keiner verstehe mehr seine Arbeit, ich sei von Dilettanten umgeben, dazu der Zeitdruck, das viel zu knappe Budget, es sei einfach fürchterlich. Ich hatte ihr einen Plaschinski vorgespielt, den sie meiner Meinung nach erwartete. Das Theater sei ein Haifischbecken, da brauche es Überlebensstrategien und Kondition, von täglichem Morgensport hatte ich geschrieben, natürlich bei jedem Wetter nackt am geöffneten Fenster, und von Büchern, ohne Bücher könne ich überhaupt nicht leben, außerdem sei meine Freiheit mir wichtig und jede Regelmäßigkeit verhaßt. Ich hatte mich wichtig machen wollen und war enttäuscht, daß sie darauf überhaupt nicht einging. In ihren Briefen fand sich selten etwas, das direkt und unverschlüsselt Auskunft über die Schreiberin gegeben hätte, und wenn doch, so hatte ich immer das Gefühl, die beschriebenen Realitäten würden einer Überprüfung nicht standhalten, Julia schien sich mit jedem Brief neu zu erfinden. Merkwürdig war nur, daß ich für eine solche Überprüfung nie einen Anlaß sah, ich nahm es hin, selbst der Eindruck, ich als Adressat dieser Briefe sei, wenn nicht unwichtig, so doch beliebig austauschbar, stachelte mein Interesse eher an, als es erlahmen zu lassen. Je ausschweifender die Briefe waren, desto mehr schienen sie zu verschweigen, manchmal kamen auch nur Karten, die verschwommene Fotografien zeigten, oder solche, bei denen das eigentliche Motiv nur als winziger Anschnitt oder Schatten zu erkennen war, einmal auch nichts als eine Wiese mit einem umgefallenen Gartenstuhl. Auf den Rückseiten standen rätselhafte Sätze wie: Wir alle sind die Folge dessen, was wir denken, oder: Unsere Handlungen sind nie so gut und nie so schlecht wie unsere Wünsche.

Vielleicht wäre das so weitergegangen, hätte ich mich nicht für diese Reise entschieden. Aus meiner Neugier war Begehren geworden und dieses Begehren irgendwann so groß, daß ich mich zu einer bloßen Fortsetzung des Spiels nicht mehr in der Lage sah. Hatte ich da Mutters Bettwäsche schon bekommen? Ohne Ankündigung hatte ich mich also auf den Weg gemacht, ich war mit dem Zug gefahren und hatte die Verbindung so gewählt, daß eine Rückreise am gleichen Tag unmöglich war. Auf den Gedanken, sie womöglich nicht anzutreffen, war ich gar nicht gekommen, und auch die Wahl des Zuges war weniger der Angst geschuldet, von Julia wieder nach Hause geschickt zu werden, als der Befürchtung, mich selbst könne im letzten Moment der Mut verlassen. Die Bilder in meinem Kopf indes waren eindeutig, ich würde Julia im Sturm erobern, und ich hatte nicht den geringsten Zweifel daran, daß eben dies von mir erwartet wurde.

Das Ergebnis war umso verheerender gewesen. Sie hatte ihre Wohnungstür nur einen Spaltbreit geöffnet und sie, nachdem ich mich vorgestellt hatte, sofort wieder zugeschlagen. Ich hatte nicht einmal Zeit gehabt, sie richtig anzusehen, ihr Gesicht hatte im schmalen Streifen der Öffnung nur ein Auge, über die Wange spannte eine Kette, am Kopf war kein Körper, ich würde diese Julia, die nicht Julia sein wollte, nicht wiedererkennen, sie würde ewig ein Phantom bleiben. Nur an die Tür, die vor mir ins Schloß gefallen war, erinnere ich mich, an das Schild mit ihrem Namen, der in einer stilisierten Handschrift in einem Oval aus bunt bemalten Blüten und Ornamenten stand, ein Schild aus Salzteig oder Modelliermasse, und vor meinen Füßen der Abtreter, auf dem wie zum Hohn das Wort *Willkommen* stand. Es war wie bei einem meiner Puzzlespiele, das genau in dem Moment, da ich das letzte Teil einfügen wollte, von der Tischplatte gefegt wurde. Es war viel schlimmer. Hinter der Tür hatte ich ihre Stimme gehört, jemand, hatte die Stimme gesagt, habe sich in der

Tür geirrt. Mir war sofort klar, daß sie mit ihrem Freund oder Ehemann sprach.

Was blieb mir also übrig, ich hatte nach einem Hotel gesucht und war froh gewesen, das Haus einer bekannten Kette zu finden. Der Preis war mir egal, das Hotel mit seinem Einheitsdesign schien mir neutraler Boden und geeignet, späteren Erinnerungen vorzubauen. Die Rezeptionsdame hatte gefragt, ob ich ein Zimmer mit Aussicht wolle, ich hatte kein Zimmer mit Aussicht gewollt. Den Vorsatz, es am nächsten Tag noch einmal bei Julia zu versuchen oder sie vor dem Haus abzupassen, hatte ich abends an der Hotelbar nach mehreren Gläsern Wodka dann doch noch gefaßt. Ich saß zwischen zwei, drei anderen Männern, die ich nicht anschaute, im Spiegel an der Wand gegenüber zwischen all den Flaschen aber beobachtete, wahrscheinlich Geschäftsreisende. Wir schwiegen und rauchten konzentriert, ich war das Rauchen nicht gewohnt und kämpfte gegen den Schwindel, doch meine Absicht wurde mit jedem Glas, das der Barkeeper wortlos und geübt über die polierte Fläche des Tresens schob, trotziger. In der Nacht konnte ich kaum schlafen, mir brummte der Schädel und aus dem Nachbarzimmer war das laute Stöhnen eines Liebesaktes zu hören, danach rauschte die Dusche, deren Zuleitung direkt in der Wand hinter dem Kopfende meines Bettes verlegt zu sein schien.

Am nächsten Morgen hatte ich meinen Vorsatz verworfen, ich wollte nur noch weg, um diesem Paar nicht auch noch begegnen zu müssen. Ich war schon sehr früh, noch vor dem Frühstück, durch die fremden Straßen zum Bahnhof gegangen, den kleinen Rucksack lässig über eine Schulter geworfen, den Kragen der Jacke hochgeschlagen, eine Hand in der Hosentasche und bemüht, unauffällig zu erscheinen. Noch nie war mir eine Stadt so leer erschienen, und doch hatte ich das Gefühl, beobachtet zu werden. Ein Fremder, der sich nach einer Nacht mit einer Frau aus dem Staub macht, wie oft hatte ich das von anderen gedacht, nun erschien mir jeder Schritt wie eine falsche Bewegung.

Erst auf der Rückfahrt hatte ich kurzzeitig das Gefühl, auf einer Reise zu sein. Ich stand im Gang des Zuges, auf schlingerndem Grund, der mich immer wieder zu kleinen Korrekturen meiner Haltung zwang. Draußen glitt alles viel zu schnell vorüber, Gebüsche hoben und senkten sich, die Hügel buckelten wie Tiere und schienen zu wandern, wie Schnüre gezogene Koppelzäune jagten über die Wiesen, spalteten sich plötzlich auf, fanden sich wieder oder verloren sich hinter einer Kuppe, die gleich darauf, wie ausgetrieben von den unvermittelt ins Sichtfeld peitschenden Bäumen, dem Blick entschwanden. Mein Blick schwang eine Weile im sanften Auf und Ab der Stromleitungen, fiel dann jäh ins Nichts, um gleich darauf, durchflirrt vom Astwerk mannshoher Sträucher, eine Böschung zu erklimmen, wo er gegen das leuchtende Gelb eines Ortsschildes stieß und von diesem, ohne dessen Schriftzug entziffern zu können, mitgerissen wurde, so daß meine Schläfe beim schlagartigen Wenden des Kopfes gegen die Scheibe stieß. Gerade als ich meinen Kopf wieder in Fahrtrichtung drehte, schlug plötzlich eine totale Schwärze über mir zusammen, schwoll das gleichmäßige Geräusch der Fahrt zu einem Dröhnen, vor dem ich von der Scheibe zurückwich, bis es nach wenigen Sekunden gleichsam platzend wieder erstarb und ich nun, da der Zug dem Tunnel entfuhr, für Augenblicke geblendet, auf eine weite Ebene sah. Flüchtig nur sah ich das Haus, viel zu kurz, um es später beschreiben zu können, und doch lang genug, daß sich alles, für das ich angesichts der vorbeigleitenden Landschaft, und auch früher schon, keinen Namen und keinen Ort gefunden hatte, daß sich alle Sehnsucht nun auf dieses Haus vereinte und ich in ihm für einen Moment in aller Klarheit das mögliche, aber unerreichbare Ziel meiner Reise sah.

Ich hatte Julia noch zwei Briefe geschrieben, die allerdings unbeantwortet geblieben waren. Die Tage meiner Reise sind im Kalender angestrichen, ich brauche nur nachzusehen. Sind das die Tage gewesen, an denen Zimmermann ins Haus gegenüber eingezogen war?

Die Regentropfen der letzten Tage sind längst getrocknet, haben aber auf der Scheibe kleine Leerstellen zurückgelassen, an deren Unterkanten der graue Schmutzfilm zu winzigen Bögen zusammengeschoben ist. Vor einigen Tagen hatte es noch einmal geschneit, der Schnee auf den schwarzen Schiefern des gegenüberliegenden und nach Süden zeigenden Oberdaches war aber sofort wieder getaut, an der Traufe hatten sich Eiszapfen gebildet, lange, spitze Zähne, die am folgenden Tag immer kürzer wurden, einige stürzten ab und zerschellten auf der Straße, andere lösten sich langsam, hingen aber noch eine Weile schräg und zusammengebacken wie abgekaute Stümpfe einer Zahnprothese. Außerdem hat die neue Dachrinne schon wieder ein Leck, links oben an der Wand hat das Wasser eine Spur hinterlassen. Wäre der Schaden einige Meter weiter rechts, denke ich, würde Bismarck bei jedem Regen Rotz und Wasser heulen, oder Blut und Tränen.

Ich öffne das Fenster, ich will gerade den Wassereimer aufs Fensterbrett stellen, als auch das Fenster der Unregelmäßigen geöffnet wird und sich der nackte Schauatmer von rechts oben zeigt. Was will der bei der Unregelmäßigen? Ich starre ihn an und bin so verblüfft, daß ich mit dem Eimer gegen das untere Querholz des Rahmens stoße. Wasser schwappt auf meine Hose, ich springe fluchend einen Schritt zurück, reiße dabei den Eimer mit, der mit einem dumpfen Poltern zu Boden fällt und seinen Inhalt ins Zimmer ergießt. Als ich, verstört und noch unfähig, mich von der Stelle zu rühren, wieder aufsehe, zeigt sich der Schauatmer plötzlich oben rechts, der Nackte aber steht noch immer am Fenster der Unregelmäßigen. Ich brauche eine Weile, um das Gesehene einzuordnen, der Fremde scheint alles mitbekommen zu haben und grinst. Dann dreht er seinen Kopf zur Seite und spricht einige Worte, wahrscheinlich zur Unregelmäßigen. Ich renne ins Bad, ziehe mich um und beginne dann die Pfütze im Zimmer aufzuwischen. Als ich den Eimer wieder gefüllt habe und erneut auf das Fensterbrett stelle, ist der Fremde einige Schritte zurückgetreten und hat sich, noch immer nackt, auf einen der Stühle gesetzt, über dessen Lehne die rote Bluse hängt. Weitermachen, denke ich, ganz ruhig weitermachen. Unsere Blicke treffen sich, als ich beginne, die Scheibe einzuseifen und der Fremde mit einer lässigen Handbewegung jemanden, ganz sicher die Unregelmäßige, zu sich heranwinkt. Auch sie ist nackt, als sie aus der Deckung tritt, sich vor den Fremden stellt, langsam auf ihn zugeht und sich schließlich rittlings auf seine Schenkel setzt. Sie schlingt ihre Arme um seinen Hals, er fährt ihr durchs Haar, legt sein Kinn auf ihre Schulter und schaut dabei unverwandt in meine Richtung. Ich arbeite verbissen weiter, ziehe den Scheibenwischer übers Glas und zwinge mich, nicht hinüberzusehen. Dann aber stelle ich den Fensterflügel so, daß ich das Paar als Spiegelbild direkt vor Augen habe. Die Unregelmäßige bewegt sich langsam und regelmäßig auf und ab, der Fremde hat seine Hände in ihren Hintern gekrallt, über dessen Ritze sich die geschwungenen Linien eines Tattoos wie ein Geweih in die Breite ziehen. Wütend schlage ich ihr das Fensterleder über die Schultern, meine Hand zittert. Der Fliegenschiß auf der Scheibe läßt sich nicht entfernen, so schnell und angestrengt ich den Lappen auch hin und her bewege. Schließlich hauche ich meinen Atem gegen das Glas; der nackte, wippende Rücken der Unregelmäßigen verschwindet im Nebel. Wenig später, als sie von dem Fremden gestiegen ist und sich umdreht, gelingt mir noch ein Blick auf ihre Brüste, die sich heben, als sie mit beiden Händen nach den Fensterflügeln greift und diese entschlossen zuklappt. Die rote Glasträne pendelt hin und her.

Weitermachen, denke ich wieder, einfach weitermachen. Ich darf mir nichts anmerken lassen und muß auch die restlichen Fenster putzen. Irgendwann muß ja etwas passieren, vielleicht sogar in der Zimmermannschen Wohnung. Aber es ist das Fenster der Sportfreundin Fischer, das jetzt geöffnet wird. Ich fürchte schon, das ganze Haus könne mir auf die Schliche gekommen sein und sich gegen mich verschworen haben, denn auch sie beginnt nun, ihre Fenster zu putzen. Ist das Zufall oder soll auch das eine Provokation sein? Dann ist es vielleicht besser, zum Angriff überzugehen, denke ich, nehme all meinen Mut zusammen und grüße sie freundlich. Sie grüßt zurück, völlig unbefangen, wie mir scheint. Ich wedele unbeholfen mit dem Putzlappen und komme mir erst, als die Gymnastin sich, den ganzen Körper in einen eng anliegenden Sportanzug gepreßt, kühn auf die Fensterbank schwingt und darauf balancierend das Oberlicht putzt, etwas lächerlich vor. Sie scheint mir in diesem Moment so unerreichbar wie nie zuvor. Ich leide an Höhenangst und würde es nicht einmal wagen, innerhalb der Wohnung aufs Fensterbrett zu steigen. Im Bad müßte ich sogar auf die Wanne klettern, um das Fenster zu erreichen, zum Glück hängt dort das Periodensystem der Elemente und macht das Putzen überflüssig. Als ich das Wasser vorsichtig ins Toilettenbecken schütte, kommt mir der Gedanke, die Gymnastin könne sich an meiner Höhenangst und meinem Hüftspeck vielleicht gar nicht stören, sie ist schließlich selbst sportlich und unerschrocken genug, um so etwas bei anderen suchen zu müssen. Aber noch bevor der letzte Rest der grauen Brühe gurgelnd verschwindet, kommen mir solche Spekulationen über die geheimnisvollen Wege der Liebe allzu gewagt vor. Gegensätze ziehen sich an, das ist doch auch nur so ein blöder Spruch meiner Mutter, die für alle Konstellationen einen Spruch auf Lager hat, solange der nur ihre Hoffnung nährt, irgendwann doch noch zu einer Schwiegertochter zu kommen. Ich drücke den Spülknopf und zwinge mich, an etwas anderes zu denken. Vor dem Fenster hängt das Periodensystem der Elemente, da ist alles schön übersichtlich und wohlgeordnet, nur in Höhe der Halbmetalle ist die Karte etwas stockfleckig. Chemie, denke ich, immerhin eine Wissenschaft, bei der sich die Ergebnisse viel besser voraussagen lassen. Die chemischen Eigenschaften eines Elements werden von der Zahl der Elektronen bestimmt, da ist nichts zu machen, ich habe einfach eine andere Elektronenzahl.

Der blonde Lockenkopf ist das ganze Wochenende nicht hinter den Grünpflanzen aufgetaucht. Gestern glaubte ich, eine flüchtige Bewegung zu sehen, aber es war wohl nur ein Schatten oder ein Lichtreflex, der von der Straße her über die Scheibe huschte. Auf dem Fensterbrett sah ich eine Gießkanne stehen, die einmal eine Kaffeekanne gewesen sein muß, irgendwann, dachte ich, wird sie damit ihre Pflanzen gießen, ich brauche nur zu warten. Ich habe den ganzen Abend gewartet, bin einmal sogar am Küchentisch eingenickt, bis das Läuten sämtlicher Kirchenglocken, mit dem die Stadt jedes Jahr ihrer Zerstörung durch die Bombenangriffe gedenkt, mich aufschreckte und ich enttäuscht ins Bett ging.

Die Gymnastin steht wie jeden Morgen ahnungslos vor dem Spiegel und kämmt ihr Haar. Ach Manuela, du siehst einfach großartig aus! Seit gestern weiß ich Bescheid, da nämlich hat mich der Computer nicht im Stich gelassen, Familienname, Straße, Hausnummer, das hat genügt, schon hatte das Gerät sein Wissen ausgespuckt, schade nur, daß dieses Wissen vorerst mein Geheimnis bleiben muß. Manuela hat nächste Woche Geburtstag, ist zehn Jahre jünger als ich. Schulausbildung, dann offenbar ein Praktikum, vierundfünfzig Monate Studium an einer Pädagogischen Hochschule, danach regelmäßige Pflichtbeiträge. Die Höhe der zu erwartetenden Altersrente vielversprechend, eine gute Partie, würde meine Mutter vielleicht sagen. Nichts Besonderes also, beinahe eine makellose Bilanz, wäre da nicht diese merkwürdige Unterbrechung. Ein Jahr Ansprüche aus Erziehungszeiten hat der Computer gemeldet. Na wenn schon, höre ich meine Mutter sagen, ein Kind ist kein Beinbruch. Wo aber ist das Kind? Ich habe die Gymnastin noch nie mit einem Kind gesehen, schon gar nicht lebt ein Kind in der Wohnung, so etwas wäre mir nie und nimmer entgangen. Die Gymnastin und ein Kind, das ist unvorstellbar, genauso unvorstellbar aber ist es, daß der Computer sich irrt. Denn an was soll man sich halten, wenn sich der Computer einer staatlichen Behörde irrt?

Auf dem Weg ins Büro gehe ich die Möglichkeiten durch. Scheidung mit Verlust des Sorgerechts durch höchstrichterliche Anordnung, aber müßte es dann nicht wenigstens Besuche geben, gemeinsame Wochenenden? Oder sollte sie freiwillig auf das Besuchsrecht verzichtet haben? Das Kind kann gestorben sein oder die Gymnastin hat es zur Adoption freigegeben. Ich habe von solchen Fällen gehört, aber so etwas passiert gleich nach der Geburt, nach einem Jahr ist es ziemlich unwahrscheinlich. Ein Einschreiten des Jugendamtes scheint ausgeschlossen, die Frau hat einen Hochschulabschluß und geht einer geregelten Arbeit nach. Ich ertappe mich bei dem Gedanken, daß ich, wenn überhaupt, der Unregelmäßigen einen solchen Schritt viel eher zutraue als Manuela, als sei einer Frau, die zu so makellosen und anmutigen Bewegungen in der Lage ist, soviel Tücke nicht zuzutrauen. Zumindest bin ich bereit, der Gymnastin allein wegen der Makellosigkeit ihrer Bewegungen und des unbefangenen Lächelns, das sie mir beim Fensterputzen gewährt hat, mildernde Umstände zuzubilligen, während sich die Unregelmäßige mit ihrer zerstreuten Fahrigkeit und den zweifelhaften Männerbesuchen verdächtig macht, wahrscheinlich trinkt sie sogar.

An der Haltestelle muß ich lange auf den Bus warten, weil eine Kolonne von Polizeifahrzeugen gerade die Stadt verläßt, beinahe gemächlich, wie eine Herde grüner Tiere ziehen die Autos vorüber, in ihren Fonds türmen sich Helme und Schilde, an den Fenstern sieht man die müden Gesichter der Polizisten, die sehr jung sind, unter ihnen auch viele Frauen, einige sind eingeschlafen, ihre Köpfe zur Seite gesunken, die Schläfen kleben wie Saugnäpfe an den Scheiben. Später, schon im Bus stehend, unweit der Stelle, an der vor ein paar Tagen Manuela gestanden hatte und von mir beobachtet worden war, scheint mir das Wort Tücke für den zu beschreibenden Sachverhalt unpassend. Was heißt denn Tücke? Sicher hat es schwerwiegende Gründe gegeben. Was aber, wenn die ganze Arglosigkeit nur gespielt, die traumwandlerische Sicherheit nur Maskerade ist. Dann kann man wirklich von Tücke reden und es muß irgendwelche Indizien geben, die ich bisher übersehen habe. Vielleicht ist sogar gerade die Indizienlosigkeit, die ja keinesfalls Zufall, vielmehr das Ergebnis größter Anstrengung sein kann, das allersicherste Indiz. Vielleicht ist sie von Ehrgeiz zerfressen und geht um irgendwelcher sportlichen Erfolge willen, wenn nicht über Leichen, so doch über das Wohl des von ihr geborenen Kindes. Wer kennt sich denn schon aus in dieser Turnerwelt? Sie könnte auch Polizistin sein, irgendeinem gefährlichen Spezialkommando angehören, denke ich und bin erleichtert, als der Bus sein Ziel erreicht hat und ich mich endlich in meine Arbeit stürzen kann.

Vielleicht lag es ja an den Spekulationen über Manuela, daß ich Anna-Sophie heute morgen skeptischer betrachtete als gewöhnlich. Dabei ist Anna-Sophie gerade heute zum ersten Mal in mein Zimmer gekommen. Noch vor dem Frühstück hat es an der Tür geklopft, leise, zögernd, und dann, obwohl ich schon Ja gesagt hatte, noch einmal. Hansen konnte es also nicht gewesen sein. Mein zweites Ja hat wohl trotzdem unfreundlicher geklungen als es gemeint war, muß ich mir nun, da ich längst wieder allein bin, sagen. Sie wolle nicht stören, hat sie gesagt, weil ich, nachdem sie eingetreten war, zunächst keine Anstalten machte, meine Arbeit zu unterbrechen. Ich hatte nicht einmal aufgeschaut und ihren Gruß nur mit einem Kopfnicken erwidert, sie mußte mich für unhöflich halten. Sie hat gar nicht versucht, den wahren Grund ihres Kommens mit irgendeiner fachlichen Frage zu bemänteln, nannte ihn aber auch nicht und schwieg zunächst. Etwas verlegen stand sie neben der Tür und schaute sich im Zimmer um, das sich ja in nichts von ihrem eigenen Zimmer unterscheidet, abgesehen vielleicht von der Farbe des obligatorischen Kunstdrucks und dem Kaktus natürlich, der seiner imposanten Größe wegen auf dem Fußboden steht und den Vorteil hat, daß er keiner Pflege bedarf und sich kaum verändert. Immer brennt hier künstliches Licht, selbst in den Mittagsstunden, wenn die zum Innenhof weisenden Fenster in der Sonne liegen und wir die Jalousien herunterlassen, damit auf dem Bildschirm etwas zu erkennen ist. Ich habe es immer vermieden, mich in diesem Zimmer einzurichten, ich finde es lächerlich, wie Hansen und Wagner ihre Wände vollgeklebt haben, mit Kalendersprüchen und Karikaturen, die alle möglichen Schwächen zu Tugenden erheben und zumeist das Beamtentum verspotten, wie sie auf ihren Schreibtischen alberne Figürchen und Nippes aufgestellt haben, Erinnerungen zweiter Klasse, für die es zu Hause längst keine Verwendung mehr gibt. Natürlich haben Hansen und Wagner auch ihre ganz persönlichen Kaffeetassen, über deren Verwendung sie mit Argusaugen wachen, Anna-Sophie hatte das am Anfang zu spüren bekommen. Die Höhe einer Rente falsch berechnen, das könne vorkommen, das nehme man einer Neuen nicht übel, hatte Wagner gesagt, aber wenn er seinen Kaffee aus Hansens Tasse trinken müsse, könne er sehr ungemütlich werden.

Erst als Anna-Sophie fragte, ob ich schon die neue Hamletinszenierung im Stadttheater gesehen habe, schaute ich auf und legte den Stift beiseite, ärgerte mich aber sogleich darüber, weil es gerade jetzt wichtig gewesen wäre, etwas in der Hand zu haben. Nervös knetete ich unter der Tischplatte meine Finger. Es war idiotisch, daß ich nun aufstand, ihr den Rücken zukehrte und im Schrank nach irgendeiner Unterlage zu suchen vorgab. Noch nicht, sagte ich, fügte aber sofort hinzu, daß ich selbstverständlich darüber gelesen habe. Hamlet eine Frau, ich finde das interessant und mutig, stammelte ich und war froh, dabei nur die Rücken der Ordner vor Augen zu haben. Daß Anna-Sophie sich einige Schritte auf mich zubewegte und nun direkt vor dem Schreibtisch stand, nahm ich als Zeichen, daß es nicht falsch gewesen sein konnte, die Besetzung der Hamletrolle mit einer Frau interessant und mutig zu nennen. Ich versuchte mich eines Kommentars über die Inszenierungen des Stadttheaters, den ich vor ein paar Tagen zufällig gelesen hatte, zu erinnern, natürlich hatte ich ihn nur überflogen, trotzdem nannte ich es nun wie der Kommentator schon einen Fortschritt, daß man offenbar allmählich wieder beginne, richtige Theaterstücke auf die Bühne zu bringen. So viele Roman- und Filmadaptionen wie in der letzten Spielzeit, plapperte ich den Kommentator nach, das sei doch der Tod des Theaters. Sie gab mir recht, aber ich hatte den Eindruck, daß sie meinen Einwurf wie eine Selbstverständlichkeit abtat, die eigentlich keiner Erwähnung wert sei; sie wollte nicht von ihrer Hamletfrau lassen. Ob ich Hamlets Zögern für weiblich halte, wollte sie wissen. Ich drehte mich um und starrte sie an. In der Frage glaubte ich eine Herausforderung zu hören, ihr Gesicht aber war arglos. Ihre Augenbrauen sind rasiert, oder nennt man das gezupft, ich kenne mich mit solchen Sachen nicht aus, jedenfalls betonen die dünnen schwarzen Striche, die sich über ihren Augen leicht wölben, die Blässe ihrer Haut und geben dem Gesicht etwas maskenhaftes, selbst ihr Blick scheint manchmal wie durch schwarz geränderte Schlitze aus einer seltsamen Tiefe zu kommen, wie aus Augen, die zu einem anderen, unter der Maske liegenden Gesicht gehören. Im Büro trägt sie ihr Haar immer streng zurückgekämmt, es hat einen rötlichen Schimmer und wird am Hinterkopf von einer Spange zusammengehalten, über der sich meist eine breite Hornplatte wölbt, die wahrscheinlich aus Kunststoff ist, das alles sieht aus wie eine Panzerung.

Ich ahnte, daß ich mich mit meiner leichtsinnigen Bemerkung vor ein paar Tagen in eine ausweglose Situation gebracht hatte, meine Kenntnisse über das Theater reichen vielleicht aus, Wagner und Hansen zu beeindrucken, Anna-Sophie aber schien sich wirklich auszukennen, von ihrer Frage war ich überfordert, ich nannte sie spannend. Der Rest ist Schweigen, dachte ich verzweifelt und stammelte, während ich hilfesuchend meinen Kaktus ansah, etwas von der trügerischen Eindeutigkeit der äußeren Erscheinung. Ich dachte dabei viel eher an Manuela als an Hamlet. Diese Akte zum Beispiel, hörte ich mich sagen, nichts als Kontinuität, nichts als Folgerichtigkeit, man könne glauben, sie sei nicht nach einem realen Leben angelegt, sondern eine amtliche Vorlage, nach der sich jemand dann mit seinem Leben gerichtet habe, das sei doch langweilig. Sie behielt ihre Maske auf, und ich wußte nicht weiter. Schade, daß ich ausgerechnet jetzt einen Termin beim Chef habe, sagte ich und hielt die Akte wie zum Beweis nach oben und wollte schon fragen, ob man sich nicht mal nach Feierabend unterhalten wolle, doch zum Glück wurde mir die Tragweite dieser Frage rechtzeitig bewußt, für ein Gespräch übers Theater war es viel zu früh, und ich schwieg.

Sofort nachdem sie mein Zimmer verlassen hatte, viel zu schnell und offenbar von meiner Antwort enttäuscht, wie mir schien, versuchte ich mich im Internet über Hamlet kundig zu machen, aber alles, was ich fand, hatte den hölzernen Charme von Schülerweisheiten, schien mir viel zu festgelegt, jedenfalls alles andere als originell und deshalb ungeeignet, vor Anna-Sophie wiederholt zu werden, zumal sie sich ja bisher nicht dazu geäußert hatte. Meine Angst, das Gespräch könne durch ihr Verlassen des Zimmers für immer beendet sein, war aber größer als die vor dem Eingeständnis meines Halbwissens, und so flüsterte ich ihr beim Frühstück, als Wagner und Hansen den Raum betraten, die Worte Rosenkranz und Güldenstern zu und war erleichtert, daß sie lächelte. Natürlich grinste Wagner, er sieht immer nur, was er sehen will, und das mußte für ihn in diesem Fall eindeutig sein. Wagner ist ein Trottel, er ist nicht neugierig genug, um dem Schein zu mißtrauen, doch ich hoffte in diesem Moment, daß er recht haben könnte. Denn Anna-Sophie hatte nicht nur gelächelt, sie hatte mich angelächelt.

Gleich nach Dienstschluß fahre ich ins Reha-Zentrum. Ich leide seit Monaten unter Rückenschmerzen, wahrscheinlich ist das ständige Sitzen schuld, aber erst nach langem Zögern hatte ich mich dazu durchgerungen, einen Arzt aufzusuchen. Ich gehe ungern zu Ärzten, vielleicht sollte ich Anna-Sophie einmal fragen, ob sie dieses Zögern für männlich hält. Dem Arzt war nichts anderes eingefallen, als mir zu mehr Bewegung zu raten, er hat mich an das Reha-Zentrum überwiesen, Arbeit an Geräten, allein die Vorstellung ist schauderhaft. Erst als das Rezept zu verfallen drohte, die Schmerzen unerträglich geworden und nicht mehr zu ignorieren waren, hatte ich mich schließlich bereitgefunden und mir einen Termin geben lassen, es war wie eine Kapitulation des Geistes vor dem Körper. Ich kam vom Regen in die Traufe, denn schon die Planung der Bekämpfung meiner Rückenbeschwerden bereitete mir erhebliche Kopfschmerzen. Ich habe seit meiner Schulzeit keinen Sport mehr getrieben, hatte aber sofort wieder den muffigen Geruch schweißfeuchter Bodenmatten in der Nase. Allein der Kauf der entsprechenden Kleidung erwies sich als schwierig. Mein Geiz und die Überzeugung, daß es sich dabei um völlig überflüssige Dinge handelte, sind mit meinem Rest an Eitelkeit kaum zu vereinbaren gewesen. Ratlos und frustriert habe ich vor schier endlosen Reihen sogenannter Jogginghosen gestanden, mal hatte mich die geckenhafte Buntheit gestört, mal die Extravaganz der Schnitte und Details, an den unmöglichsten Stellen gab es Taschen und Reißverschlüsse, deren Funktion ich nicht einmal erahnen konnte. Eine Hose, deren Farbe und Preis meinen Vorstellungen einigermaßen entsprach, zeigte, obwohl als Zielgruppe Wesen der Gattung unisex ausgewiesen waren, als ich sie aus der Reihe zog, eine grauenhafte Straßsteinapplikation in Höhe der Schenkel. Ähnliche Modelle waren mit kindlichen Comicfiguren verunstaltet, die Designer solcher Kleidungsstücke müssen entweder infantil sein oder sich über jede Art von sportlicher Betätigung der Unterschicht lustig machen.

Die Hoffnung, meine Rehabilitation so heimlich wie möglich hinter mich zu bringen, zerschlägt sich sofort nach Betreten des Zentrums. Es ist ein Neubau in einem Hinterhof und sieht wie eine Mischung aus Klinik, Turnhalle und Fabrikgebäude aus. Die mir angedrohten Geräte stehen in einem Raum, der vom Empfangstresen nur mittels einer riesigen Glasscheibe abgetrennt ist, hinter der ein Jüngling mit Bodybuilderfigur gerade einen alten Mann vom Rollstuhl auf eine Streckbank hievt. Der Alte trägt ein weißes, ärmelloses Unterhemd aus den Zeiten des Turnvaters Jahn, doch er wirkt alles andere als frischfrommfröhlichfrei. Ist das eine Rache für meine heimliche Passion, daß ich mich hier zur Schau stellen soll? Ich tue mir jetzt schon leid, doch mein eigentliches Martyrium soll erst beginnen, denn auf dem Formular meines Trainingsplans, das mir die Praktikantin hinterm Tresen aushändigt, steht in der Rubrik Trainer der Name Manuela Fischer.

Wenige Minuten später stehe ich vor ihr, verschwitzt schon vor der ersten Bewegung, und verfluche meinen Geiz beim Kauf der Hose, die viel zu kurz ist und schon nach den wenigen Schritten vom Umkleide- zum Trainingsraum ausgebeulte Knie hat, zudem von einer Farbe ist, die an Jahrzehnte alte Kartoffelsäcke erinnert. Soll ich es Glück nennen, daß Manuela in mir nicht den ängstlichen Fensterputzer zu erkennen scheint? Sie begrüßt mich jedenfalls ohne jede Spur von Vertrautheit, aber auch ohne Verlegenheit. Wie ein geprügelter Hund folge ich ihr, höre ihren Erklärungen zu, die nur wiederholen, was an Erklärungen auf kleinen Tafeln an der Wand hängt und dort von überaus biegsamen Figuren der Gattung unisex vorgeführt wird, manchmal sieht sie dabei aus dem Fenster, wo nichts zu sehen ist außer Gebüsch vor einer Brandmauer, kein Himmel. Ich leide vor allem unter ihrer Nachsicht, wenn sie nach einem prüfenden Blick auf meinen Körper die Anzahl der Gewichte an einem der Folterinstrumente reduzieren zu müssen glaubt. Das wird wohl etwas viel für uns sein, sagt sie. Sagt sie es höhnisch oder höre ich es nur so? Gern würde ich sie vom Gegenteil überzeugen, habe aber selbst meine Zweifel. Und dann diese Wir-Form, als sei ich krank oder nicht ganz richtig im Kopf! Als ich auf einem bockähnlichen Gerät knie, die Unterschenkel in eine Art Schraubstock eingezwängt, und über einem gepolsterten Metallbuckel unter Schmerzen, die ich mühsam zu verbergen suche, Rumpfbeugen vollführe, korrigiert sie meine Haltung. Nicht soviel Hohlkreuz, sagt sie und legt mir ihre Hand mit sanftem Druck von unten auf den Bauch. Die Berührung ist angenehm und doch peinlich. Ich bin wohl ein bißchen schwanger, versuche ich einen Scherz, erschrecke aber sofort über meine Worte. Sie schweigt eisern. Habe ich sie getroffen, oder sind ihr solche albernen Bemerkungen alternder Männer einfach zuwider? Ich bin völlig verkrampft, weshalb sie mir mit einer genervt wirkenden Kopfbewegung bedeutet, Platz zu machen, und sich dann selbst auf den Bock kniet. Und da sind sie wieder, ihre Bewegungen, bei deren Anblick ich noch mehr ins Schwitzen gerate. Sie verschränkt ihre Hände im Genick und fordert mich auf, genau hinzusehen. Ich starre also gebannt auf ihre Brüste, die sich unter dem engen Dress deutlich abzeichnen, folge der sich wellenartig bewegenden Linie ihres Rückens bis zum Gesäß, wo sie sich zu einer atemberaubenden Rundung wölbt. Ob ich alles sehe, fragt sie völlig arglos, doch ich fühle mich ertappt, bringe bloß ein blödes Nicken zustande und zupfe an meiner schlampigen Hose herum. Na dann wollen wir mal, sagt sie und gibt den Bock wieder frei. Sie behandelt mich wie ein Neutrum, und das scheint nicht an meiner Unisex-Hose zu liegen. Ein anderes Gerät, bei dem es gilt, die Gewichte durch Öffnen und Schließen der Schenkel zu bewegen, gleicht einem Gynäkologenstuhl, ich bin froh, daß Manuela auf eine Vorführung verzichtet. Sie lächelt nie, ich weiß in ihrem Gesicht Ernsthaftigkeit und Langeweile nicht zu unterscheiden, doch in der routinierten Freundlichkeit, mit der sie mich von Gerät zu Gerät führt, glaube ich eine Spur Spott zu erkennen, die mich kränkt. Mein nächster Termin, das ist mir sofort aufgefallen, fällt mit ihrem Geburtstag zusammen, soll ich ihr dann einfach gratulieren? Bevor ich eine Antwort finde, ist meine Zeit bereits abgelaufen, Manuela wendet sich von mir ab und begrüßt schon den nächsten Kandidaten. Ach, da ist ja unser Skiunfall, sagt sie und ich ahne, daß ich ihr Rückenschmerz bleiben werde. Ich nehme mir vor, fürs erste eine neue Hose zu kaufen, beschließe dann aber, nicht mehr hinzugehen.

Als ich später in meiner dunklen Küche stehe und auf Manuela warte, schmerzt mein Rücken stärker denn je. Wir werden eine Erstverschlimmerung haben, hatte Manuela gewarnt, aber verdammt, es sind allein meine

Schmerzen! Ich weiß, daß mir nur Bewegung etwas Linderung verschaffen kann, und gehe in meiner Wohnung hin und her. Wie ein Gefangener seine Zelle, so durchmesse ich meine Wohnung, in der ich mich, wie man sagt, mit geschlossenen Augen zurechtfinde, aber wenn ich die Augen wirklich einmal schließe, wage ich kaum einen Schritt, während mich die Dunkelheit nicht stört. Ich würde auch im Zimmer der Unregelmäßigen im Dunkeln umhergehen können, ohne irgendwo anzustoßen, denke ich, ich weiß, wo alles seinen Platz hat, die Kommode, der Tisch, das Bett, von dem nur ein Teil des cremefarbenen Eisengestells über das Fensterbrett ragt, dieses Anstaltsbett, das wahrscheinlich nie gemacht wird und wo sie sich mit ihren Liebhabern vergnügt, wenn sie nicht gerade auf einem Stuhl auf ihnen reitet, ich würde wahrscheinlich sogar die rote Bluse im Schrank finden, denke ich, vor meinem Schrank im Flur stehend, und probiere es gleich aus. Ich taste das Innere meines Schrankes nach meinem blauen Pullover ab, öffne die Augen, versuche ihn ins spärliche Licht des Fensters zu halten, Volltreffer, na also. Vielleicht hängt die Bluse aber noch immer über dem Stuhl, liegt irgendwo auf dem Fußboden, denke ich, während ich schon wieder in der Wohnung umhergehe. Eine genaue Beobachtung ist unter diesen Umständen nicht möglich, ich denke an Anna-Sophie und wie es wäre, mit ihr ins Theater zu gehen. Ich habe überhaupt kein Interesse an Theater, würde mich aber bemühen, die Rolle eines Theaterbesuchers so gut wie möglich zu spielen, wie auch die meisten um mich herum, davon bin ich überzeugt, versuchen würden, diese Theaterbesucherrolle möglichst authentisch zu spielen, zumindest so, wie sie es vorher bei anderen Theaterbesuchern, in ihren Augen Profis ihres Fachs, abgeschaut haben. Nach jeder Runde durch meine Wohnung kehre ich ans Fenster zurück, mit einer gewissen Spannung, als könne sich in der kurzen Zeit eine entscheidende Veränderung ergeben haben. Bei den Stillsitzern ist dergleichen nicht zu erwarten, trotzdem versuche ich jede vom Fenster aus wahrgenommene Bewegung auf meinem kurzen Gang in Gedanken fortzusetzen. Ich sehe die Unregelmäßige ins Zimmer kommen, eher schlurft sie, sie trägt einen taubenblauen Bademantel, der sich bei jedem Schritt unterhalb des Gürtels öffnet, hat eine Zigarette lässig zwischen den Lippen klemmen und zerzaustes Haar, vielleicht kommt sie gerade aus der Dusche, vielleicht ist sie aber auch betrunken. Immerhin, sie hat eine Flasche in der Hand. Schon wieder im Flur, stelle ich mir vor, wie sie nun an der Zigarette zieht, wie die Zigarette kurz nach oben klappt und aufglüht, sich wieder senkt, und die Unregelmäßige die Augen wegen des Qualms zusammenkneift, Asche fällt auf den Boden, auf die rote Bluse vielleicht, gleich wird sie einen Schluck aus der Flasche nehmen. Manuela ist sicher Nichtraucherin, und wenn sie im Foyer des Theaters lässig und elegant zugleich das Standbein wechselt und das Sektglas zwischen den Fingern hält, denke ich im Schlafzimmer, dann so, wie die anderen, bei denen es immer so aussieht, als wüßten sie nicht wohin damit, sich wünschen, ein Sektglas zu halten. Mir Anna-Sophie so vorzustellen, fällt schwer, wahrscheinlich würde sie es für dekadent halten, mit einem Sektglas im Theaterfoyer rumzustehen, und stattdessen mit ernster Miene im Programmheft blättern. Als ich zurück zum Fenster komme, sehe ich die Unregelmäßige mit der vermeintlichen Schnapsflasche Blumen gießen. Dann stellt sie die Flasche zwischen die Töpfe, fährt sich mit der freigewordenen Hand durchs Haar, es ist eine Geste ohne jede Eitelkeit, viel eher wirkt sie panisch...

Und dann brennt plötzlich bei Zimmermann Licht. Ein weißes, grelles Licht in dem bisher verhängten Fenster, eine nackte Glühbirne an der Decke, deren Schein bis in meine Küche fällt, so daß ich erschrocken einen Schritt zurücktrete. Der Raum ist vollkommen kahl und hat im Gegensatz zum dunkelroten Zimmer nebenan kanariengelbe Wände, ich werde es das gelbe Zimmer nennen. Die Tür zum Flur steht offen, in einer Ecke, direkt auf den Dielen, liegt eine Matratze mit einem Schlafsack, olivgrün, wie vom Militär. Die blanken Dielen, der leere Raum, man kann sich vorstellen, wie die Schritte hallen, wie jedes gesprochene Wort in der Luft zu zittern beginnt. Eine Durchgangsstation, denke ich, ein Flüchtlingsquartier, und habe meine Rückenschmerzen vergessen. Vielleicht ist Zimmermann nie eingezogen, wahrscheinlich ist er abgetaucht, hat der blonde Lockenkopf ihm nur Unterschlupf gewährt, aber wieso steht dann der Name an der Wohnungstür und auf dem Klingelschild? Ich setze mich auf die Ecke des Küchentischs und bin entschlossen, den Platz nicht eher zu räumen, bis ich den Gesuchten zu Gesicht bekomme. Wie lange habe ich auf diesen Augenblick gewartet! Die Küchenuhr tickt, ich weiß nicht, warum mich dieses alltägliche Geräusch plötzlich verunsichert. Ich glaube, an nichts zu denken, habe aber das Gefühl, daß gerade jetzt, da ich mich bemühe, nichts zu verpassen, irgend etwas an mir vorbeigeht, daß mir etwas entgleitet und unwiederbringlich verloren ist, etwas, das mit dem Ticken der Uhr zu tun hat, mit der Dunkelheit in meiner Wohnung und den erleuchteten Fenstern im Haus gegenüber. Obwohl ich ja schon die ganze Zeit allein bin, fühle ich mich jetzt einsam und weiß nicht einmal, auf was ich warte. Vergeht die Zeit im Dunkeln langsamer?

Ich sitze in der Dunkelheit und sehe den Jungen, der damals über die Dorfstraße nach Hause gegangen ist. Der Junge braucht nichts zu sehen, um alles zu wissen. Schon oft ist er diesen Weg gegangen, allein, über die Pflasterstraße, die jetzt zum Bach hin jäh abfällt, rechts die Wiese mit den Heuschobern und den ovalen Betonteilen, die aufgereiht wie die Glieder eines riesigen Wurms dem Lauf des Baches folgen und darauf warten, sein Bett zu kanalisieren, vorbei an den hölzernen Telegrafenmasten mit den Abdrücken der Klettereisen zur Linken und an der Milchrampe, deren morsche, von Moos bewachsene Bohlen nur noch spärlich einige wie verrostet wirkende Brennesseln überdachen. Er weiß um die hüfthohen, schirmartigen Blätter der Pestwurz unter der Brücke, die bald braun und schlaff wie nasse Lappen aus Sackleinen von den Stengeln hängen werden und deren modrigen Gestank er schon jetzt zu riechen glaubt. Stetig schneller läuft er, rennt bald mit immer größeren Schritten, Sprüngen gar, teils aus eigener Kraft, teils weil der Hang es ihm vorgibt, droht schon vornüberzustürzen und breitet im letzten Moment die Arme aus, einem Schwan gleich, der den Boden unter seinen Füßen nach einigen letzten, ins Leere gehenden Schritten zurückläßt. Für einige Augenblicke ist er sich der unter ihm in der Dunkelheit liegenden Pflasterstraße nicht mehr sicher, will nichts wissen, um sehen zu können oder zumindest zu träumen vom Blick durch die Fenster in die Zimmer der Häuser, wo unter dem gelben Licht der Lampen Menschen um gedeckte Tische sitzen, im Sessel in einer Zeitung lesen oder auf weichen Teppichen liegend mit ihren Kindern spielen. Ein Anblick, der den Jungen fasziniert und anrührt, der sich vor ihm in der Luft hält wie die Lerchen über den Feldern, bis sein Fuß hart auf dem Pflaster aufsetzt, er strauchelt und sich nach einigen kläglichen Hüpfern mit schmerzverzerrtem Gesicht den Knöchel reibt.

Wie lange sitze ich schon so da? Die Uhr tickt voller Gleichmut. Und dann kommt plötzlich Zimmermann oder der, den ich für Zimmermann halte. Er kommt durch die Tür, läuft quer durch das Zimmer bis zur Matratze, wo er den Schlafsack mit einer Hand hochhebt, als suche er etwas, ihn gleich wieder fallenläßt, sich noch einmal im leeren Raum umsieht und wieder verschwindet. Ich habe keine Zeit, mir sein Gesicht genauer anzusehen, erkenne nur den weißen Verband, der fingerbreit über den Brauen den Schädel umspannt und nur am Hinterkopf ein Büschel Haare freigibt, die aufragen wie bei einem exotischen Krieger.

Eine Kopfverletzung also. Etwas in der Art ist ja zu erwarten gewesen, wegen eines Schnupfens kommt schließlich kein Krankenwagen, und dann auch noch die Polizei. Dennoch rührt es mich jetzt. Vor allem bleiben die Fragen, wer Zimmermann wo eine solche Verletzung wie zugefügt haben könnte? Ein Unfall, ein Verbrechen? Ist es in der Wohnung des blonden Lockenkopfes passiert oder hat er sich, die Verletzung schon am Kopf, womöglich nach einer Flucht in ihre Wohnung gerettet? Vielleicht ist sie seine Schwester. Und ist der Zimmermann von gegenüber wirklich jener Zimmermann, mit dem ich in Neukamlitz in der Kneipe gesessen habe? Es sind zu viele Fragen ohne Antwort, und ich brauche jetzt etwas, an dem ich mich festhalten kann, eine mögliche Version, die ich in Gedanken durchspiele, mag sie auch noch so vage sein und jedes Beweises entbehren. Wenn man die Wirklichkeit nicht kennt, muß man sich an die Möglichkeiten halten. Ich denke, man kann das Interesse an einer Sache aus zwei Gründen verlieren, wenn man zu lange nichts in der Hand hat oder wenn man alles zu wissen glaubt.

Was könnte also an jenem Abend in Neukamlitz passiert sein? Vielleicht, stelle ich mir vor, ist Zimmermann nach meinem überstürzten Rückzug aus dem Ratskeller zunächst noch eine Weile allein an meinem Tisch sitzengeblieben. Stumm, die Hände auf dem Tischtuch, vor sich sein leeres Glas und der Rest Bier in meinem, den keiner mehr trinken wird, der Schaum trocknet langsam zu blasigen Schlieren. Er starrt vor sich hin, in der Kneipe herrscht eine angespannte Ruhe, nur der Wirt hantiert gelangweilt im Spülbecken; das Plätschern des Wassers, Gläser klirren, dann trocknet er sich die Hände an einem Geschirrtuch ab. Der mit der tätowierten Hand sitzt wieder am Tisch und dreht nervös an seinem Siegelring. Was soll er auch sagen? Höchstens ein leises Raunen am Stammtisch, ein verschämtes Gemurmel, nur einer, stelle ich mir vor, ein ganz Junger vielleicht, wird es noch nicht begriffen haben und wirft sich in die Brust. Dem habe man es gegeben, prahlt er lauthals, fast eingeschissen habe der sich und dann feige verpißt, dieser elende Staatsknecht. Betretenes Schweigen, düstere Blicke, kaum, daß jemand den Kopf hebt. Ach ja, sagt Zimmermann plötzlich herausfordernd und dreht sich um, und nun, was nun? Er sucht nach Worten, er ist wütend. Ob er denn hier nur von Idioten umgeben sei? Erstens Disziplin, zweitens Disziplin, drittens Disziplin, wie oft er das nun schon gepredigt habe! Ob das wirklich so schwer zu begreifen sei? Warum das nicht in ihre hohlen Schädel hineinwolle? Wer wisse denn, wo der jetzt hinrenne und sich ausheule, und in ein paar Tagen stehe es dann in der Zeitung, die linke Journaille mit ihrer scheinheiligen Toleranzhuberei würde doch nur auf so eine Gelegenheit warten und gleich die ganze Stadt an den Pranger stellen, ein gefundenes Fressen sei das für die. Wann immer jemand irgendwo über die Stränge schlage, würde von Neukamlitzer Verhältnissen die Rede sein, und der Neukamlitzer Bürger würde sich fragen, wem er das zu verdanken habe. Man dürfe sich nicht provozieren lassen und sich potentielle Sympathisanten nicht zu Feinden machen, im Herzen aber müsse man wissen, wo man hingehöre, ins Herz könnten die Schnüffler nicht schauen, niemand könne einem ins Herz schauen. Traditionspflege, Brauchtum, Jugendarbeit, Feuerwehrdienst, vor allem aber Ordnung und Disziplin, tadelloses Auftreten, anders könne man das Volk nicht für sich gewinnen, und man müsse das deutsche Volk doch für sich gewinnen, den einfachen Mann auf der Straße, den braven Bürger. Es gehe um die große Sache, sagt er und verstummt plötzlich, als sei er sich der Vergeblichkeit seiner Worte bewußt geworden, müde winkt er ab. Der Wirt hinterm Tresen wackelt mit dem Kopf, man kann nicht erkennen, ob er zweifelt oder zustimmt, dabei zieht er ein Glas aus dem Spülbecken. Flopp! Auf den Endsieg, sagt jemand, als habe er auf dieses Zeichen gewartet, und hebt sein Glas, er habe, verkündet er höhnisch, heute eine brave alte Dame über die Straße geführt. Keiner lacht. Der Tätowierte dreht den Totenkopf nach innen, jetzt sieht es aus, als trage er einen Verlobungsring, seine rechte liegt versteckt unter der linken Hand. Heinz, eine Runde für diese Schwachköpfe, ruft Zimmermann halb resigniert, halb belustigt, eine Runde auf meine Rechnung und dann geordneter Rückzug.

Oder Zimmermann könnte, das Glas in der Hand, zum Tresen gegangen sein, hat, vom Wirt argwöhnisch beäugt, das Geld auf das feuchte Blech gelegt, sein Bier im Stehen ausgetrunken und ist dann, wortlos, wie er gekommen ist, wieder verschwunden. Vielleicht hat er mich gesucht. Ist wie ich, umgeben von Gespenstern, über den leeren, nächtlichen Marktplatz und durch die angrenzenden dunklen Gassen gelaufen, hat wie ich das Hallen von Schritten gehört, ohne jemanden zu sehen. Vom Wind getrieben, rollt eine leere Blechbüchse scheppernd übers Pflaster, irgendwo jammert eine Katze. Währenddessen hat Heinz fluchend die Münzen aus der Lache genommen, sie am Geschirrtuch abgetrocknet und die immer noch verdutzten Mitglieder der Kameradschaft gefragt, wie lange sie sich das noch bieten lassen wollen. Dieser Zimmermann spiele sich noch immer auf, als sei er hier der Sheriff, aber die Zeiten hätten sich zum Glück geändert, der habe nichts mehr zu sagen, er jedenfalls habe es satt, wie der hier den Zampano spiele. Immer wenn Zimmermann auftauche, gebe es Ärger, das gehe nun schon seit Jahren so.

Einen wie Zimmermann gibt es in jedem Dorf und in jeder Kleinstadt, denke ich und stelle ihn mir vor, damals vor zwanzig Jahren, ein jugendlicher Bandenchef, verehrt von seinen Freunden, gefürchtet von seinen Feinden, die er jeweils mit viel Geschick gegeneinander auszuspielen weiß. Und immer die Jahrgangsschönste im Arm. Einer, den sie hassen oder beneiden, den aber alle kennen, über den sie reden hinter vorgehaltener Hand, noch nach Jahren, wenn sie es mit dem Stolz derer, die damals dabeigewesen sind, ihren jüngeren Brüdern und Neffen erzählen, die es dann ihrerseits ehrfurchtsvoll weitererzählen, als wären auch sie dabeigewesen. Zimmermann, klein, aber zäh und einen Bums in den Fäusten, zäh wie Leder, sagen sie, hart wie Kruppstahl, Spartakiadesieger, wenn er gewollt hätte, und wäre damals ja fast zu den Deutschen Meisterschaften, sagen sie, vielleicht sogar international, eine Traumkarriere, irgendwann sogar Profi im Westen, Preisboxer, aber notorisch renitent, immer mit dem Kopf durch die Wand, das konnte nicht gutgehen, und wohl damals auch zu viele Westverwandte, an den Direktiven bornierter Sportfunktionäre k.o. gegangen, dafür Jugendwerkhof und dann strahlender Sieger dutzender Kneipenschlägereien und richtiger Saalschlachten, das gab es damals nämlich noch, Mann gegen Mann oder diese gegen jene, das gehörte damals dazu, ohne daß die Presse gleich eine Sensation witterte oder die Polizei in Mannschaftsstärke anrückte. Ein falsches Wort, ein schiefer Blick, sagen sie mit Kennermiene, und schon hattest du eine in der Fresse. Der guckt schon so, daß man Angst bekommt. Einen wie Zimmermann sollte man nicht zum Feind haben, das weiß jeder in der Stadt, auch Jahre später noch.

Wie es denn heute aussehe in Neukamlitz, fragt der Wirt, stelle ich mir vor, Döner-Buden und Asia-Märkte, Dosenbier zum Schleuderpreis, und der schöne Jugendclub, den sie damals mit vereinten Kräften aufgebaut hätten, sei eine Bruchbude, eine Schande sei das, die Schule geschlossen, da säßen jetzt die Bonzen wie in einem goldenen Käfig, dafür sei Geld da. Und wer habe denn letztes Jahr den Marktplatz gepflastert? Polen und Portugiesen, wo hier in der Gegend früher jeder Dritte Steinsetzer war, so sehe es doch aus! Und dieser Zimmermann rede von Ordnung und Disziplin. Er möchte mal wissen, auf welcher Gehaltsliste der stehe. Die nächste Runde gehe aufs Haus, ruft Heinz, eine Runde für alle, aber diesem Zimmermann müsse man endlich mal seine Grenzen zeigen. Wenn er noch so jung und kräftig wäre wie sie, er wüßte schon, was zu tun sei. Prost Kameraden!

Es ist schon spät, und bei Zimmermann ist es längst wieder dunkel, nur die Tür zum Flur steht noch einen spaltbreit offen, im Rahmen hängt ein schmaler Streifen Licht, dessen Schein fahl und sich verbreiternd über den Fußboden fließt und erst vor der Matratze versickert. Über das blanke Parkett sehe ich eine Katze durch die Dämmerung schleichen, bei dem spärlichen Licht ist sie natürlich grau. Dafür ist rechts oben jetzt Festbeleuchtung, die Fenster sind geschlossen, aber in allen Zimmern brennt Licht, es strahlt bis in meine Küche und wirft den

Schatten des Fensterkreuzes auf den Fußboden. Die Wohnung des Fensterschließers wirkt viel größer als gewöhnlich, ein Saal, durch den fremde Köpfe und Oberkörper gleiten wie Stabpuppen in einem Schattentheater. Alle Möbel müssen aus dem Weg geräumt worden sein, Tische, Stühle, ein Sofa vielleicht, aber ich kenne in dieser Wohnung ja ohnehin nur die Möbel, die nah am Fenster stehen und über die Gürtellinie des Schauatmers ragen. Wahrscheinlich wird eine Party gefeiert, denn plötzlich werfen die Figuren ihre Arme in die Luft, wippen mit den Köpfen. Eine junge Frau streicht sich mit den Händen theatralisch am Hinterkopf hoch, fächert ihr langes schwarzes Haar auf und läßt es wieder durch die Finger gleiten. Die Tanzenden sehen, wenn man die Musik nicht hört, wie Wahnsinnige aus, alle zucken und verrenken und schütteln sich, mechanisch, als habe man sie aufgezogen, bis jemand ein Fenster öffnet und die Bewegungen in dem Augenblick, da die Musik ins Freie schwappt, einen Sinn bekommen und nun harmonisch und beinahe fließend wirken. Aber es ist nur ein kurzer Moment, denn gleich darauf kommt der Fensterschließer und waltet seines Amtes. Ein stummer Disput entbrennt, der, der das Fenster geöffnet hat, lacht und breitet seine Arme aus, als habe er die ganze Welt zu verschenken, während der Fensterschließer seine Hände auf dessen Brust legt und den Gestikulierenden sanft und doch energisch beiseiteschiebt. Der aber schlägt die fremden Hände wütend von seiner Brust und wendet sich mit einer wegwerfenden Handbewegung ab, um sich gleich darauf wieder in die Menge der Tanzenden zu werfen. Mein Nachbar bleibt noch eine Weile am Fenster stehen und schaut besorgt zu unserem Haus herüber. Ich mache mir einen Spaß daraus, gerade jetzt das Licht anzuschalten, so daß er glauben muß, der Lärm habe mich geweckt. Wie gesagt, es ist nichts zu hören, trotzdem regt mich diese Party plötzlich auf, der besorgte Blick kann doch nicht darüber hinwegtäuschen, daß diesen arroganten Schnösel mein Nachtschlaf ebensowenig interessiert wie Zimmermanns Kopfschmerzen. So eine Party mitten in der Woche ist einfach eine Frechheit, man müßte eigentlich die Polizei benachrichtigen. Ich habe Rückenschmerzen, ich muß morgen ins Büro! Was macht eigentlich Manuela, wo ist die Unregelmäßige? Alles dunkel, sollten die etwa auch eingeladen sein? Und wenn schon, ich pfeife auf solche Partys! Immerhin, Manuela tanzen zu sehen, das hätte seinen Reiz, aber auf dieser Party, vielleicht noch mit diesem Schaumschläger, nein, das muß ich mir nicht zumuten. Und was kann so einer schon für Leute kennen? Solche selbstverliebten Typen, die ihre Rennräder mit ins Schlafzimmer nehmen. Dauerpraktikanten, die schon mit Mitte Zwanzig zu mir ins Büro kommen, um sich ihre Rentenansprüche ausrechnen zu lassen. Die gern fröhlich sein wollen und dann wenigstens lauthals und mit angestrengter Unbekümmertheit zeigen müssen, wie fröhlich sie sind. Oder diese jungen Mädchen, die schon in der Grundschule die Pubertät gelernt haben und dann nicht mehr viel dazu, die nachts auf den Straßen mit einer dieser bunten Flaschen Pseudobier ein bißchen rumstehen, angemalt und verkleidet und parfümiert und selbstverständlich bauchfrei bei jedem Wetter, die gerufen werden wollen, damit sie kichern können oder sich kollektiv entrüsten, die aufgeregt die Wochenendlangeweile ins neueste Handy diktieren und auch noch per Foto alles festhalten müssen, wie zum Beweis. Tun so, als wären sie die ganze Nacht auf einer ehrenamtlichen Werbetour für Zahnspangen, Winterbräune oder ewige Jugend. Diese Schauläufer sollen gefälligst die Vorhänge zuziehen und mich mit ihren gespielten Ekstasen verschonen.

Früher als gewöhnlich gehe ich ins Bett, aus Trotz, wie ich mir eingestehen muß. Im Schlafzimmer ist es still, in meinem Kopf aber geht diese Party weiter, viel lauter und ausgelassener, damit ich mich besser aufregen kann. Es tut gut, sich einmal richtig aufregen zu können.

Manchmal wache ich tief in der Nacht auf, allein aus dem Drang, etwas zu sehen, nichts zu verpassen. Vielleicht passiert ja gerade jetzt etwas Aufregendes, etwas, das alles verändert. Ich kann nicht eher einschlafen, bis ich die Treppe hinunter und zum Fenster gegangen bin, um mich zu vergewissern, ja wessen eigentlich? In der Regel ist alles dunkel, und ich kehre enttäuscht ins Bett zurück.

Meistens bin ich nicht unzufrieden, manchmal sogar froh, hier im Büro sein zu können. Alles ist vertraut, der Schreibtisch, die Aktenschränke, der Kaktus auf dem Fußboden. Jedes Formular liegt an seinem Platz, auch die Erläuterungen zu den Formularen. Die meisten Fragen der Besucher oder Anrufer kann ich beantworten, ohne viel nachzudenken. Ich arbeite stetig und gewissenhaft, aber leidenschaftslos. Die Art der Arbeit entspricht mir, ich frage mich nicht, ob es eine gute Arbeit ist, ich weiß, was aus mir geworden ist, manchmal habe ich das Gefühl, ein Fachmann zu sein. Es hat etwas Beruhigendes, daß auf dem Schild neben der Tür mein Name steht, daß die Zeit vergeht und jeden Monat pünktlich ein Gehalt überwiesen wird. Über meine Rente brauche ich mir keine Sorgen zu machen. Manchmal freue ich mich sogar, wenn Hansen in mein Zimmer kommt, wir wechseln ein paar belanglose Worte, ohne Argwohn und mit dem sicheren Gefühl für die Fragen, die besser nicht gestellt werden sollten. Er ist kein Freund, aber ein guter Kollege und irgendwie dankbar, daß es dieses Zimmer mit meinem

Namen neben der Tür gibt. Ich kenne seine Witze und lache an der richtigen Stelle. Ohne Hansen ist die Abteilung nicht denkbar, er gehört zum Inventar. Einmal war seine Krawatte mit bunten Punkten übersät, sie sah aus, als sei sie aus einem der Kunstdrucke gefertigt. Wagner hatte natürlich gespottet, Hansen wolle beim Chef punkten, hatte er gesagt, aber ich vermute, es ist eher Wagner, der nach Höherem strebt. Hansen hat keinen Ehrgeiz, ich glaube, er ist, was seine Karriere betrifft, mit sich zufrieden. Über Wagner reden wir übrigens nie, und gerade Wagners Abwesenheit scheint der Grund zu sein, warum sich Hansens Gesichtszüge in solchen Momenten entspannen. Wie ein Körper nach langem Luftanhalten beim Ausatmen in sich zusammensinkt, scheint sein Gesicht plötzlich zu erschlaffen, die Wangen bekommen etwas Fließendes, selbst der halbmondförmige Schatten unter seinen Augen rutscht ein wenig herab, Hansen sieht müde aus, doch gleichzeitig auf merkwürdige Weise erleichtert. Trotzdem glaube ich, er verehrt Wagner heimlich wie einen bösen Geist, unter dem er leidet, ohne den er aber nicht sein kann.

Hansen hat einige Tage Urlaub genommen, er wird heute nicht kommen. Ich sitze an meinem Schreibtisch, bald ist Frühstückspause, die Tüte mit den Pfannkuchen ist fleckig vom langsam durch das Papier sickernden Fett, plötzlich fällt mir die Unregelmäßige ein.

Es muß am Morgen nach der Party gewesen sein, ich war auf meinem morgendlichen Weg zum Spätshop. Wenige Minuten zuvor hatte ich geglaubt, sie könne auf dieser Party gewesen sein und schlafe noch, nun lief sie auf einmal vor mir her. Ich weiß nicht, woran ich sie erkannte, vielleicht hatte ich anfangs nur das Gefühl, es könne die Unregelmäßige sein, plötzlich aber wollte ich wissen, wie sie heißt. Sie betrat den Laden, ich zögerte einen Augenblick und folgte ihr, weil ich mir sagte, du folgst ihr ja nicht, du gehst einfach in diesen Laden wie jeden Morgen. Sie ging sofort zum Ladentisch, ich blieb etwas abseits vor einem der Regale stehen, die aus dünnen, ungehobelten Latten gezimmert sind, ein Wunder, daß sie nicht unter der Last der Konservendosen und Weinflaschen zusammenbrechen. Die Verkäuferin sah an ihr vorbei und grüßte mich freundlich, aber die Unregelmäßige drehte sich nicht um. Einen Moment lang schien es, als habe sie vergessen, was sie kaufen wollte, dann verlangte sie Zigaretten und eine große Flasche Jägermeister, ihre Finger zitterten, als sie in der Gesäßtasche ihrer ausgewaschenen Jeans nach Geld suchten. Als sie dann endlich einen zerknüllten Geldschein herauszogen, fielen einige Münzen aus der Tasche. Sie klimperten zu Boden, einige rollten über die Fliesen, die Verkäuferin verzog das Gesicht und schaute mich vielsagend an. Eine der Münzen rollte in meine Richtung und fiel dann um, schnell stellte ich einen Fuß darauf und wendete mich wieder den Regalen zu, die Münze schob ich unter eine der Obststiegen. Manchmal tue ich Dinge, die mich selbst überraschen. Die Unregelmäßige bückte sich, sammelte leise fluchend ihr Geld auf und wäre dabei beinahe vornübergekippt. Ich hatte sie schon nackt gesehen, jetzt aber schämte ich mich, sie zu beobachten. Ihr Haar war ungekämmt und mit einem Gummi notdürftig zusammengehalten, eine Strähne hing ihr ins Gesicht. Ihre Lippen waren blaß und rissig, der schwarze Lidstrich verwischt, vielleicht hatte sie geweint, ich bemerkte es, als sie mich kurz ansah, sie stutzte, wußte aber nichts zu sagen.

Die komme fast jeden Tag, sagte die Verkäuferin, nachdem die Unregelmäßige gegangen war, die wohne ganz in der Nähe und arbeite im Finanzministerium, das behaupte sie jedenfalls. Sie gehe das ja nichts an, es interessiere sie auch nicht, ihr seien alle Kunden recht, und diese sei die Schlechteste nicht, aber die erzähle es ihr immer wieder ungefragt, und da wisse man doch gleich Bescheid. Meist komme die am Vormittag, sie selbst habe ja immer nur Frühschicht, abends und nachts, das sei nichts für sie, das traue sie sich auch gar nicht, sie als Frau und dann nachts allein, nein, die komme also vormittags und behaupte, gerade Urlaub zu haben oder Überstunden abzufeiern, sie glaube das natürlich nicht, soviel Urlaub könne niemand haben, und ich hätte ja selbst gesehen, was mit der los sei. Eigentlich bedauernswert, aber was solle man machen, jeder sei schließlich für sich selbst verantwortlich. Sie frage ja auch keiner, wie sie jeden Monat die Miete zusammenbringe und ihre Nachtkräfte bezahle, als kleiner Laden habe man es heutzutage schwer, deshalb könne man jetzt bei ihr auch Lotto spielen, demnächst werde sie vielleicht sogar ins Paketgeschäft einsteigen, man müsse schließlich sehen, wo man bleibe. Und jetzt auch noch die höheren Steuern, die Sozialabgaben und man müsse ja auch noch fürs Alter vorsorgen, die Rente könne man vergessen, ich machte mir darüber vielleicht noch keine Gedanken, ich sei ja noch jung, aber die Rente sei nichts als ein einziger Schwindel. Moderate Absenkung, wenn sie das schon höre! Ob ich nicht auch mal tippen wolle, der Jackpot liege gerade bei zehn Millionen, da lohne es sich wenigstens mal so richtig. Sie wisse ja selbst, das sei heute alles nicht einfach mit der Arbeit und überhaupt, aber man müsse sich deshalb nicht gleich so gehenlassen, Finanzministerium, das seien ihr die Richtigen. Nein, sie wisse nicht, wie sie heiße, aber wenn es mich interessiere, wie gesagt, es gehe sie ja nichts an, aber sie könne ja mal unauffällig nachfragen, sie habe heute übrigens wieder diese wunderbaren Pfannkuchen, ganz frisch, warum ich das denn wissen wolle? Nur so, soso, nur so, es gehe sie ja auch wirklich nichts an. Und selbst? Ich wußte nicht, was sie meinte und sagte, daß ich heute keine Pfannkuchen wolle. Die Linie, sagte ich und klopfte mir auf den Bauch. Beruflich meine sie. Es war das erste Mal, daß wir mehr als das Nötige miteinander sprachen, und mir wurde sofort klar, das war ein Fehler, in Zukunft würde ich nun immer mit ihr reden müssen. Das geht Sie gar nichts an, dachte ich und sagte Sozialarbeiter. Ach deshalb, alles klar, da werde sie sich mal erkundigen, Sozialarbeiter, das sei interessant, sie sehe ja auch so manches, sie könne mir da Dinge erzählen, die glaube ihr keiner, soviel Elend, aber ich wisse ja selber, man hänge sich da nicht ungefragt rein, und solange die Leute zahlten, aber berufsmäßig, das sei natürlich etwas anderes. Wie viele Pfannkuchen ich denn nun wolle? Zwei, sagte ich entnervt und wollte nur noch weg.

Plötzlich klingelt das Telefon. Plaschinski, sage ich und höre staunend zu, wie dieser Plaschinski dem Anrufer ganz selbstverständlich Ratschläge erteilt. Wenn ich mir zuhöre, halte ich mich für kompetent, manchmal sogar für eine Autorität. Je unsicherer ich bei einem Problem bin, desto überzeugter versuche ich zu klingen, das ist es, was man mit der Zeit lernt, reden, einfach immer reden. Man muß den Leuten ein Gefühl von Kompetenz vermitteln. Bei einfachen Dingen fürchte ich oft, der Fragesteller glaube mir nicht, ich wirke unsicher, mache lange Pausen, suche nach komplizierten Fachbegriffen, stelle Gegenfragen, die mit der Sache nichts zu tun haben. Irgendwann wird so aus der einfachsten Frage ein komplexes Problem, und ich gewinne meine Sicherheit zurück. Man darf die Leute nicht glauben lassen, sie könnten irgendwann selbst auf die Lösung gekommen sein und ihr Anruf sei überflüssig gewesen, man muß sie mit ihren Problemen ernst nehmen, dann fressen sie einem aus der Hand.

Als ich aus dem Laden kam, stand die Unregelmäßige noch vor der Tür und fragte, ob ich Feuer hätte. Ja, sagte ich, ging aber noch einige Schritte weiter, bis ich vom Inneren des Ladens nicht mehr zu sehen war, denn ich war sicher, daß die Verkäuferin uns beobachtete. Die Unregelmäßige folgte, ich hielt ihr die Flamme hin, etwas linkisch, wie ich fand, und wußte nicht, was ich sagen sollte, also sagte ich, daß ich nicht rauche, aber immer ein Feuerzeug bei mir hätte. Sie rauche, habe aber meist kein Feuer bei sich, sagte sie und versuchte ein Lächeln. Es war eigenartig, ihr Gesicht so nah vor mir zu sehen. Wenn man nur flüchtig hinsah, konnte man meinen, sie habe leicht hervorstehende Wangenknochen, doch die Wölbungen waren weich und fleischig, sie sahen aus wie gepolstert und waren voller geplatzter Äderchen, wie das Sumpfgebiet auf einer Landkarte, dachte ich. Das Lächeln mißlang, ihre Brauen schoben sich zusammen und über der Nasenwurzel entstand eine kleine, senkrechte Kerbe. Irgendwo müßten wir uns schon begegnet sein, sagte sie. Nicht daß ich wüßte, log ich, aber da sie es auch nicht wußte, kam es mir nicht wie eine Lüge vor. Sie überlegte, vergaß an ihrer Zigarette zu ziehen, und ich schaute auf die Uhr, worauf ihr plötzlich einfiel, es eilig zu haben, sie murmelte etwas von Terminen und ging grußlos davon.

Oft, wenn ich am Schreibtisch sitze, kritzle ich etwas auf den Rand eines Blattes, ich sehe meinen Fingern zu, und dann fällt mir plötzlich ein Fremdwort ein, das ich irgendwo gehört habe, aber im Moment nicht gebrauchen kann. Androgyn, denke ich zum Beispiel und muß erst nachschlagen, was das Wort androgyn bedeutet. Dann suche ich jemanden, auf den das Wort passen könnte. Hansen ist androgyn. Ich nehme mir vor, bei der nächsten Gelegenheit das Gespräch auf Hansen zu bringen, um das Wort androgyn anbringen zu können.

Wenn ich ganz leise bin, kann ich hören, wie Anna-Sophie im Nachbarzimmer telefoniert. Einmal, die Tür stand offen, sah ich, wie sie sich beim Telefonieren die Lippen balsamierte, ein Anblick, der mich rührte, gleichzeitig aber ein wenig befremdete. Manchmal lacht sie, ich kann mich an kein dienstliches Telefonat erinnern, bei dem ich gelacht hätte, und der Chef hat alle privaten Gespräche vom Büro aus verboten. Ich habe das meiner Mutter gesagt, trotzdem ruft meine Mutter immer wieder an, in letzter Zeit vor allem, um mir zu sagen, wie schön es sei, als Rentnerin so viel Zeit zu haben, und mit Stolz fügt sie hinzu, daß die Rentensumme, die ich ihr vorhergesagt habe, jeden Monat stimme und pünktlich eingehe. Ich glaube, sie hält das für mein Verdienst. Oder sie will wissen, ob ich eine neue Pfanne brauche oder ein neues Topfset, von dem es beim Teleshopping nur noch wenige Exemplare gebe und das unerhört günstig, ich müsse mich also schnell entscheiden. Da ich nie eine neue Pfanne brauche, auch keine, deren Beschichtung im Weltraum entwickelt wurde, will sie hören, wie es mir geht. Ich lache nicht. Wenn ich schweige, denke ich, kann sie nicht hören, wie es mir geht, aber sie behauptet, daß ich Probleme hätte. Sie höre das doch, sagt sie. Meist erkenne ich sie schon am Klingeln des Telefons, aber da das unmöglich ist, weigere ich mich, daran zu glauben. Plötzlich fällt mir ein, daß ich letzte Nacht geträumt habe, mit einer Frau zu schlafen, am Morgen wußte ich nicht mehr, welche Frau das gewesen ist, jetzt glaube ich, von Anna-Sophie geträumt zu haben. Manchmal träume ich noch von Julia; obwohl ich ihr Gesicht nicht kenne, bin ich am Morgen sicher, von ihr geträumt zu haben. Mit ihr könne ich doch über alles reden, sagt meine Mutter.

Am Telefon ist Anna-Sophie ein anderer Mensch, weniger streng und nicht so reserviert, falls ich sie irgendwann einmal ins Theater einladen möchte, sollte ich sie vielleicht anrufen. Hamlet eine Frau?, das ist mir ziemlich egal, solange nur Anna-Sophie eine Frau ist. Wie lange bin ich nicht im Theater gewesen? Schon als Student hat es mich gelangweilt, auf diesen, wie heißt er denn gleich, ach ja, Godot, auf diesen Godot zu warten oder irgend so einem antiken Gemetzel zwischen Kulissen aus Pappmaché zuzusehen, angesichts der übertriebenen Gesten war mir meist peinlich zumute. Immer wenn einer von diesen Helden, deren Namen ich nie richtig zuordnen kann, gemeuchelt auf die Bretter sank, polterte es hohl, und es wurde eine Menge Staub aufgewirbelt, der noch lange im Scheinwerferlicht tanzte. Staub, das ist Theater für mich, aufgewirbelter Staub, künstlicher Nebel, eimerweise Theaterblut und dieses hohl klingende Gepolter. Meine Lieblingssitze waren die billigen Plätze in den seitlichen oberen Logen, so nah wie möglich über der Bühnenkante, von wo aus zwar nur ein kleiner Teil der Bühne zu überblicken war, dafür aber konnte man in die Gesichter der Zuschauer im Parkett und in den Rängen sehen, und das war wirklich Theater. Auf der Bühne spielten sich Dramen ab, in manchen Gesichtern Komödien oder umgekehrt. Auf der Bühne wird immer etwas behauptet, im Zuschauerraum aber findet es statt. Vorn fiel sich ein Paar in die Arme, im Parkett entzog eine Frau ihrem Begleiter energisch die Hand und im ersten Rang versuchte jemand ein Niesen oder Gähnen zu unterdrücken. Während auf der Bühne der sterbende Held seinen letzten Monolog röchelte, kramte eine Dame ihren Schminkspiegel aus der Tasche und feuchtete mit spitzer Zunge ihre Lippen an.

Plötzlich greife ich zum Telefon und rufe Anna-Sophie an. Noch bevor sie ihren Namen nennen und fragen kann, was sie für mich tun könne, sage ich, daß ich Hamlet für androgyn halte. Sie lacht, ich höre es gleichzeitig durch das Telefon und durch die Tür. Es ist ein befreiendes Lachen, so als habe sie ihre Frage längst bereut und sei nun froh, wie geschickt ich das Schweigen beendet habe. Wahrscheinlich weiß sie selber keine Antwort, aber am Telefon hat das Schweigen immer etwas Bedrohliches, besser man redet und redet. Vielleicht gibt es keinen größeren Beweis für Vertraulichkeit, als gemeinsam am Telefon zu schweigen. Jeder Mensch habe einen Januskopf, sagt sie und lacht nicht mehr. Nun wird es also intellektuell, denke ich. Mir wird immer unwohl, wenn es bei einem Gespräch allzu abstrakt zugeht. Manche haben verschiedenfarbige Schnürsenkel, sage ich und genieße ihre offensichtliche Verwirrung. Dann aber merke ich, daß der Ball nun bei mir liegt, ich müßte jetzt etwas sagen und lade sie zu einem Glas Wein ein. Ihr Schweigen wird immer bedrohlicher. Heute, das sei ganz schlecht, sagt sie, morgen passe es ihr auch nicht, diese Woche sei es überhaupt schwierig. Ich höre, wie sie ihren Kalender umschlägt, und sage etwas von zeitnah und eintakten. Sie lacht. Nächsten Dienstag? Ich brauche keinen Kalender, um ja zu sagen, tue aber, als überlegte ich. Also gut, am Dienstag. Wir verabschieden uns und könnten, würde jetzt jemand die Tür öffnen, einander dabei zusehen.

In der Mittagspause ist Wagner froh, daß wir ihm an Hansens Stelle zuhören. Auch wir sind froh, ihm zuhören zu können und nicht über unsere Verabredung sprechen zu müssen. Wir tun, als habe das Telefongespräch gar nicht stattgefunden. Wagner gehört zu jenen Menschen, die, wenn sie reden, jede andere Tätigkeit unterbrechen. Er kann nicht zwei Dinge gleichzeitig tun, ich weiß nicht, ob Anna-Sophie das für eine männliche Eigenart hält. Er spricht über das perfekte Verbrechen, er sei überzeugt, daß es das perfekte Verbrechen gebe, nur im Fernsehen werde das aus verständlichen Gründen nicht gezeigt, im Fernsehen würden alle Verbrechen aufgeklärt, das Fernsehen habe schließlich einen Bildungsauftrag.

Ob er denn einen Plan habe, will Anna-Sophie wissen und schiebt sich einen Löffel Suppe in den Mund, sie scheint tatsächlich am perfekten Verbrechen interessiert, jedenfalls fragt sie ohne jeden Spott. Mir aber gönnt sie einen Blick, als sei ich längst ihr Komplize bei der Vorbereitung eines solchen perfekten Verbrechens. Falls Wagner einen Plan hat, scheint er ihn nicht durch eine Indiskretion gefährden zu wollen, er grinst nur. Ich habe mir über das perfekte Verbrechen noch nie Gedanken gemacht, das perfekte Verbrechen ist wie die große Liebe, denke ich, gebe aber immerhin zu bedenken, daß man nie vor unerwarteten Beobachtern sicher sein kann, worauf Wagner mich mißtrauisch von der Seite mustert. Eine perfekte Planung, behauptet er, und die Gabel, mit der er gerade in seiner Assiette stocherte, steht dabei still, eine perfekte Planung beziehe ja gerade solche Eventualitäten ein und mache sie sogar ganz bewußt zu einem Rädchen in ihrem Getriebe. Dem unerwarteten Beobachter müsse etwas vorgespielt werden, man müsse ihm Futter geben, damit er später ahnungslos jeden Verdacht entkräften könne. Aber das sei eben auch die Crux, ein perfekter Plan sei gar nicht das Schwierigste, aber das Wissen, einen solchen Plan nie offenbaren zu können, sei unerträglich, die eigene Genialität verheimlichen zu müssen, daran müsse man zerbrechen. Vielleicht hat er recht, es wäre ein Triumph, ihm jetzt von meiner Verabredung mit Anna-Sophie zu erzählen. Anna-Sophie hat ihre Suppe ausgelöffelt, sie drückt den Styroporbecher zusammen, der mit einem überraschend lauten Knall zerbricht. Ihre Finger, an denen nun Reste der Suppe kleben, leckt sie ab und ist dabei so kindlich selbstvergessen, daß Wagner mir einen Blick zuwirft, der wohl bedeuten soll, mit Frauen über das perfekte Verbrechen reden zu wollen, sei vergebliche Mühe.

Nachdem ich das Büro am Nachmittag verlassen hatte, diesmal vor Anna-Sophie, die, als ich kurz in ihr Zimmer hineinschaute, um mich zu verabschieden, leicht resigniert auf einen Stapel Akten wies, spielte ich mit dem Gedanken, heimlich auf sie zu warten und herauszufinden, warum sie sich heute nicht mit mir treffen wollte. Doch während ich mir vorstellte, wie ich ihr in gebührendem Abstand folge, wie ich stehenbleibe, wenn auch sie verharrt, vor einem Schaufenster vielleicht, wie sie dann wieder schnell geht, als werde sie verfolgt, und ich meine Schritte beschleunige, um die Grünphase einer Ampel noch zu erreichen, bei der sie die Straße überquert hat, wie ich sie für Augenblicke aus dem Blick verliere, bis ich ihre beige Lederjacke wieder zwischen all den anderen Rücken entdecke, während ich mir vorstellte, ihr Schatten zu sein wie in einem Kriminalfilm, da fiel mir unser Gespräch mit Wagner ein. Was, dachte ich, wenn Zimmermann einen Plan hat, der mich, wie Wagner andeutete, mit einbezöge? Die wochenlang verhängten Fenster, der Abtransport im Krankenwagen, dann der Kopfverband, mit dem er durch das nun plötzlich einsehbare Zimmer gelaufen war, so auffällig, daß ich ihn sehen mußte und doch zu kurz, um die Situation genau erfassen zu können, all das konnte kein Zufall sein und kam mir plötzlich verdächtig vor. Ich konnte nicht auf Anna-Sophie warten, ich mußte auf meinen Posten.

Drüben geht die Unregelmäßige in ihrem Zimmer hin und her, sie trägt ein eng anliegendes Kleid aus schwarzem Trikot, dessen rechter Träger von der Schulter gerutscht ist. Mal bleibt sie am Tisch stehen, um irgendwelche Papiere zu ordnen, mal sucht sie etwas in einem Schrank, dann fällt ihr etwas aus der Hand, vielleicht der Schraubverschluß, denn auf dem Tisch sehe ich die Flasche Jägermeister stehen, sie bückt sich, versucht es aufzuheben, greift aber ins Leere und muß es noch einmal versuchen. Das, was mir sonst wie ein fahriges Gehabe erscheint, ist heute wie ein ruhiger, gleichmäßiger Monolog aus Bewegungen, den ich durch keine eigene Bewegung zu unterbrechen wage. Es mag lächerlich sein, ihr so andächtig dabei zuzusehen, doch jetzt, da mir das bewußt ist, fühle ich mich wohl dabei, und es ist mir egal, ob die Unregelmäßige wirklich unschlüssig und zerfahren ist oder ob sie das alles nur spielt. Selbst als sie, nachdem sie sich eine Zigarette angezündet und im Aschenbecher liegengelassen hat, das Zimmer für eine Weile verläßt, genieße ich das Gefühl, mit dieser fremden Wohnung eine Zeitlang allein gelassen zu werden. Erst jetzt fällt mir die bunte Vielfalt der Stile und Stillosigkeiten auf, ein Biedermeierschank, daneben Regale von IKEA und eine Bahnhofsuhr, ein Stuhl nach Thonet und einer aus giftgrünem Kunststoff, und überall steht, hängt oder liegt etwas, Berge von Papier, leere Flaschen, Bücherstapel, Kleidungsstücke, die ganze Wohnung ist mit einem Hauch von Trödelmarkt überzogen. Es ist trotzdem eine angenehme Ruhe, die von diesem erleuchteten Fenster der Unregelmäßigen ausgeht. Vielleicht, denke ich, wäre es viel besser, wenn ich ihren Namen nie erfahre. Und plötzlich, gerade als die Unregelmäßige wieder ins Zimmer kommt, in Jeans und Pullover jetzt und eine Hand am Ohr, klingelt bei mir das Telefon. Ich lasse es klingeln, zweimal, dreimal, viermal, und sehe, wie sie das Kinn leicht hebt und lauscht. Ich warte lange. Dann nehme ich ab, niemand meldet sich, sie senkt im gleichen Moment langsam ihre Hand und schaut in meine Richtung.

Ich habe gehofft, an diesem Abend in Sachen Zimmermann voranzukommen, doch da drüben lag alles im Dunkeln, nur einmal zuckte das Licht auf, ging aber sofort wieder aus, später spiegelte sich ein heller Streifen vom Nachthimmel so schön in seinem Fenster, daß ich meinen Beobachtungsposten aufgab und zum rückwärtigen Wohnungsfenster ging. Der Himmel war voll brodelndem Teer und hatte knapp überm Horizont einen klaffenden Riß, eine tiefe, von blutiger Watte geränderte Scharte, in der es golden glänzte. Eine Weile stand ich gerührt am Fenster und hatte Zimmermann und mit ihm das ganze Haus vergessen.

Doch jetzt, da ich im Bett liege und die Augen schließe, schaut mich wieder die Unregelmäßige an. Wie das Licht, in das man zu lange gestarrt hat, nach seinem Verlöschen noch eine Weile sichtbar bleibt, sehe ich ihr Gesicht. Ungläubig schaut sie zu mir herüber, während sich ihre Hand noch einmal senkt. Sie behaupte, im Finanzministerium zu arbeiten, hatte die Verkäuferin gesagt, daß sie trinkt, habe ich selbst gesehen. Trinkt sie, weil sie entlassen worden ist, oder ist sie entlassen worden, weil sie trinkt? Aber wahrscheinlich zerreißt sich die Verkäuferin hinter dem Rücken jedes Kunden das Maul. Wer weiß, was diese Heuchlerin über mich in Umlauf bringt, was die Unregelmäßige von mir zu wissen glaubt? Welche Vorurteile der Verkäuferin in den Augen der Unregelmäßigen zu Urteilen werden? Plötzlich bin ich voller Wut auf die Verkäuferin und deren Anmaßung, den Namen der Unregelmäßigen für mich herausfinden zu wollen. Diese Denunziantin, denke ich, diese Blockwartmentalität. Die soll sich lieber um ihren Laden kümmern, in dem einem überall die Bierkästen im Wege stehen und Staub auf den Konservenbüchsen liegt, und dann diese Kellerregale und die schäbige Kuchendose, deren Kunststoff einen Sprung hat und längst trübe geworden ist. Der ganze Deckel ist zerkratzt und voller fettiger Fingerabdrücke, neulich lag sogar eine tote Fliege zwischen den Krümeln, man sollte diesen Laden boykottieren oder, noch besser, ihr die Hygiene auf den Hals hetzen! Und die Verkäuferin selbst, diese schleimige Freundlichkeit, diese säuselnde Stimme, haben Sie dies und brauchen Sie das, diese scheinheilige Vertraulichkeit, hinter der aber die Bosheit auf der Lauer liegt. Und dann, kaum hat man ihr den Rücken zugedreht, schlägt sie zu. Wenn man wieder auf der Straße steht, zerreißt sie sich das Maul, durch die Scheibe sieht man die Lippen flattern und ahnt, wie die Krämerseele aus diesen Lippen hervorbricht, wie sich diese Schacherin an ihren Lügen berauscht. Natürlich findet sich immer jemand, der diesen verlogenen Tratsch aufsaugt und gierig hechelnd an diesem schäumenden Lästermaul klebt. Je länger ich über die Verkäuferin nachdenke, desto mehr rege ich mich auf, an Schlaf ist jetzt nicht zu denken, und ich gehe hinunter in die Küche, irgendwo wird ja wohl noch ein Schluck Schnaps zu finden sein.

Warum, denke ich, sollte das Finanzministerium keine heimlichen Alkoholiker beschäftigen? Und in den anderen Ministerien, da lasse ich mir nichts vormachen, ist es wahrscheinlich genauso. Na also, Wodka, die Flasche ist schon etwas verstaubt und viel zu warm, aber das ist mir jetzt egal. Ich trinke gleich aus der Flasche und wünsche mir, daß mich die Verkäuferin so sehen könnte, aber nachts wagt sie sich als Frau ja nicht auf die Straße, was die sich einbildet, wahrscheinlich glaubt sie, daß all die Gemeinheiten, die sie über die Leute tagsüber in Umlauf bringt, von diesen nachts in die Tat umgesetzt werden. Die Unregelmäßige ist noch wach, sie sitzt im Schein eines grellen, beinahe weißen Lichts am Tisch und scheint etwas zu schreiben. Vielleicht spielt sie nur eine Rolle, bei der ich sie beobachten soll, oder sie arbeitet an einem Haushaltsbericht, das ist nüchtern natürlich wirklich nicht zu ertragen. Oder sie ist eine Meisterin ihres Fachs und als solche, wie jeder große Meister seines Fachs, den Alltäglichkeiten des Lebens gegenüber vollkommen hilflos. Ein Kleingeist wie diese Verkäuferin würde das nie begreifen! Abteilungsleiterin, Staatssekretärin, die Unregelmäßige hatte sicher Ambitionen, aber dann haben sie ihr vielleicht eine Chefin vor die Nase gesetzt. Ausgerechnet eine Frau, bei einem Mann hätte sie sagen können, na gut, ein Mann, das ist typisch, da hast du als Frau keine Chance, aber nein, es mußte eine Frau sein. Es könnte natürlich auch so sein, daß die Chefin ihre Hand schützend über sie hält und sie deckt, ihr als Frau trotz des Alkohols immer wieder eine Chance gibt.

Der Wodka oder die Befriedigung über meine stumme Abrechnung mit der Verkäuferin hat mich in ein seltsames Hochgefühl versetzt, so daß ich der Verkäuferin, als ich wieder ins Bett gehe, schon wieder mildernde Umstände einzuräumen bereit bin. Sicher ist sie einsam, denke ich, die Kinder sind längst aus dem Haus und melden sich nicht, der Mann ist schon seit Jahren nur noch als Körper da, oder sie ist vielleicht schon das ganze Leben allein und froh, jetzt wenigstens noch ein paar Stunden als Frühschicht in diesem Spätshop arbeiten zu können. Unter die Leute kommen, wie meine Mutter es nennt. Meine Mutter, denke ich, gleich morgen muß ich meine Mutter anrufen.

Irgendwann bin ich eingeschlafen, und jetzt, da der Morgen mit seiner bleiernen Helligkeit schon bedrohlich auf dem Dachfenster lastet und beginnt, alle Gegenstände aus der Dämmerung zu schälen, erinnere ich mich eines

Traumes. Die letzten Tage der Saison haben begonnen, ich müßte sie nutzen und mich beeilen, schließe aber noch einmal die Augen, um die Bilder der letzten Nacht wachzuhalten.

Ich gehe durch eine fremde Stadt, versuche den Anschein eines Spaziergängers zu erwecken, die Schritte also in einer einem Spaziergänger gemäßen Gelassenheit zu setzen, die im Gegensatz zu meiner inneren Unruhe steht, was meine ganze Konzentration beansprucht. Als ich in die an der einen Seite von einer hoch aufragenden Häuserzeile begrenzte Nebenstraße einbiege, hat der Schatten des die andere Seite flankierenden Bahndamms, die Sonne steht schon tief, die Fassade bis zu den Fensterbänken erklommen, so daß sich nur noch mein Kopf, der mir seltsam fremd erscheint, als Schatten auf der Wand abzeichnet. An der Sonne aber, obwohl sie mein Gesicht blendet, während die Füße nun schon durch eine wie Bodennebel stehende Dunkelheit waten, liegt es nicht, schon eher am Schatten des Kopfes, der meine Aufmerksamkeit auf sich zieht und damit von den Füßen ablenkt, daß ich plötzlich stolpere, wodurch der Schatten unvermittelt abtaucht und nun, im Straucheln, das Pflaster wieder deutlich zu sehen ist. Basaltgrau liegt es vor mir. Behutsam setze ich meine Schritte, muß dabei an das Wort Katzenkopf denken, während an der Wand, in Höhe des einstigen Schattenrisses, nun zu meiner Verblüffung ein Gesicht auftaucht, das mich sofort in seinen Bann zieht. Kenne ich es? Gewiß, es kommt mir bekannt vor, vertraut sogar, aber doch nur so, wie mir beispielsweise das Gesicht einer Katze oder einer Kuh als Katzen- oder Kuhgesicht vertraut erscheint, ohne daß ich dieses Erkennen auf eine ganz bestimmte Katze oder ganz bestimmte Kuh hätte beziehen können. Der Mann, er mag in meinem Alter sein, lümmelt regungslos, auf seine

Unterarme und diese auf ein Kissen gestützt, am geöffneten Fenster und schaut hinaus. Er sieht mich an und doch, so scheint es mir, gleichzeitig durch mich hindurch, auf den Bahndamm oder den Sonnenuntergang, während ich, ihn dabei im Blick behaltend, nun mit halbgeschlossenen Lidern an dem Mann vorbei ins Innere des Raumes sehe, der von einem ungewissen, fahlen Licht, als dessen Quelle ich einen zuckenden Fernsehbildschirm ausmache, nur dürftig beleuchtet und wie in Wachs getaucht hinter dessen Rücken liegt. Eine Frau, mager und klein, wie ausgedörrt, vielleicht seine Mutter oder Frau oder Schwester, und an wen nur, denke ich, erinnert mich dieses Gesicht?, hat ihre gefalteten Hände vor sich auf einen Tisch gelegt, zwischen all die Flaschen, die dort wie vergessen stehen, wie die Frau alles um sich vergessen zu haben scheint, den flackernden Fernseher, den Mann am Fenster, sich selbst; ein puppenhaftes Wesen, eine Mumie gar, die ihren eigenen Tod vergessen hat, denke ich und bleibe stehen, berührt und betroffen von diesem Anblick. Was nun? Ich klopfe meine Taschen ab, erst die Jackentaschen, dann die Hosentaschen, als suche ich nach etwas und suche eine Legitimation für mein Innehalten, meinen Voyeurismus, doch weder der Mann am Fenster, an wen nur erinnert mich dieses aschgraue Gesicht?, noch die Frau am Tisch, lebt sie überhaupt noch?, nehmen an meinem Verhalten Anstoß, haben es vielleicht nicht einmal bemerkt, denn selbst als auf dem Bahndamm plötzlich ein Zug vorüberdonnert, sich die Gardine bauscht, sich ein Blatt von einer auf dem Fensterbrett neben dem Mann stehenden Grünpflanze löst und ich schon fürchte, auch der Mann am Fenster und die Frau am Tisch könnten nun zu Staub zerfallen, bewegen sie sich nicht. Dieses Beharrungsvermögen des Fleisches, denke ich, während der Schatten weiter die Hauswand hinaufklettert, wie ein

Leichentuch über diese Hauswand gezogen wird, und ich, jeden Anschein von Beschaulichkeit aufgebend, eilig davonlaufe.

Oder war es nicht doch so, denke ich plötzlich, daß ich, auf die Unterarme und diese auf ein Kissen gestützt, im Rücken eine Frau an einem Tisch mit leeren Flaschen, vor mir einen flackernden Fernseher, aus dem geöffneten Fenster schaute und sah, wie ein Spaziergänger, an wen nur erinnerte mich dieses Gesicht?, nach einem Augenblick der Verwirrung und nachdem ein Zug auf dem Bahndamm vorübergedonnert ist, plötzlich wie kopflos ins Dunkle floh?

Es fällt mir schwer, durch die Küche zu gehen, ohne dabei aus dem Fenster zu sehen. Ich weiß nicht wohin mit meinen Blicken, konzentriere mich auf jeden Gegenstand, den ich von der Spüle oder aus dem Kühlschrank zum Tisch trage. Teller, Messer, Tasse. Milch und Butter. Das Rühren in der Tasse. Die täglichen Rituale. Nur nicht aus dem Fenster schauen, sage ich mir. Es ist, als jucke es an einer Stelle des Körpers und man darf nicht kratzen. Ich habe das Licht angeschaltet an diesem Morgen, mich sogar mit dem Rücken zum Fenster gesetzt und in aller Ruhe zu frühstücken versucht. Ich bin unruhiger denn je, schaue immer wieder zur Uhr und gehe dann doch viel zu früh aus der Wohnung.

Im Treppenhaus sehe ich nach unten und zähle die Stufen, buchstabiere auf der Straße die Nummernschilder der parkenden Autos. Hat Zimmermann eigentlich ein Auto? Ich habe mir vorgenommen, diesmal am Spätshop vorbeizugehen, ohne etwas zu kaufen.

Im Laden sind keine Kunden, die Verkäuferin steht auf einer kleinen Stufenleiter, um etwas in eines der oberen Regalfächer zu sortieren, erst jetzt, da ich von außen in den Laden hineinschaue, fällt mir auf, wie klein sie ist.

Einen Moment lang stelle ich mir vor, wie ich den Laden doch betrete und sie, erschrocken vom lauten Ton des Türgongs, ins Straucheln gerät und von ihrer Stufenleiter stürzt, und ich weiß in diesem Moment nicht, ob diese Vorstellung mich in meinem Vorsatz, den Laden heute keinesfalls zu betreten, bestärkt oder ihn ins Wanken bringt. Jedenfalls gehe ich weiter und muß gleich darauf an diesen Witzbold denken, der vor einigen Wochen an meinem Schreibtisch gesessen hatte. Ich hatte den Raum nur kurz verlassen, wahrscheinlich wegen eines fehlenden Formulars, als ich kurz darauf plötzlich durch die nur angelehnte Tür ganz deutlich einen aufgeregten Hilfeschrei vernahm. Hilfe, schrie eine seltsam quäkende und gleichzeitig flehende Stimme, Hilfe, schnell, ich muß Sie unbedingt sprechen, so hören Sie doch endlich! Die anfangs noch wie unterdrückt klingenden Worte wurden, dabei immer lauter und dringlicher werdend, mehrere Male wiederholt, bis sie, als ich die Tür aufriß, jäh verstummten, weil der Mann, der nun ob meines heftigen Eintretens seinerseits zusammenzuckte, gerade sein Handy ausschaltete. Entschuldigung, mein Klingelton, sagte er lachend.

Obwohl ich jeden Tag zur gleichen Zeit aus dem Haus gehe und täglich den gleichen Bus nehme, fällt mir erst heute auf, wie hell es jetzt am Morgen schon geworden ist. Es scheint, als habe die Zeit, mit der sich die Tage in den letzten Wochen kontinuierlich Minute um Minute und fast unmerklich verlängert haben, über Nacht einen Sprung gemacht. Bald wird das morgendliche Kunstlicht entbehrlich, die durch die Sommerzeit gewonnene Schonfrist aufgebraucht sein. So hell ist es schon, daß ein Mann auf der Bank neben dem Imbißwagen mit der riesigen Hähnchenattrappe auf dem Dach eine Zeitung Seite für Seite schnell durchblättert, dann lange in einem Werbeprospekt liest und schließlich die gesamte Zeitung in den Papierkorb wirft. Erst als ich durch die erste Glastür der Bundesversicherungsanstalt trete und diese sich hinter mir automatisch schließt, erst als das Rauschen der Klimaanlage in der Schleuse zwischen den Türen das Zwitschern der ersten Vögel verschluckt und ein warmer Wind mir unter die Hosenbeine fährt, bin ich vom Nahen des Frühlings ausgeschlossen. Im Büro gibt es keine Jahreszeiten, das Büro ist ein Bunker, in dem die Zeit stillsteht.

Im Gang unserer Abteilung reiht sich Tür an Tür, er ist lang, scheint eigens angelegt, um die Besucher zu zermürben, und könnte einem Lehrbuch für perspektivisches Zeichnen entnommen sein. Alle Horizontalen laufen aufeinander zu und würden sich sicher berühren, wäre da nicht am Ende das Fenster, durch das tagsüber das Licht fällt und selbst bei trübem Wetter immer blendet, weshalb man nicht gleich erkennt, daß das Fenster gar kein Fenster ist, sondern ein verglaster Übergang in das benachbarte Gebäude, wo sich der Gang nach einem Knick fortsetzt und wieder Tür an Tür gereiht ist. Jetzt aber brennen die Neonröhren, die an der Decke ein Leuchtband bilden, seit Wochen flackert eine der Röhren. Die Decke ist nicht hoch, es wäre ein leichtes, sich einen Stuhl aus einem der Büros zu holen und das Flackern zu beenden, die Leuchtstoffröhre wenigstens abzustellen, aber keiner tut es, auch ich nicht. Hansen hat schon zweimal nach dem Hausmeister telefoniert, aber nichts passiert. Gerade als ich die Tür zu meinem Zimmer öffnen will, kommt Anna-Sophie aus ihrem, und das sieht nicht nach einem Zufall aus. Wie immer fällt mir diese Mischung aus Schüchternheit und Stolz auf, als sie mich fragt, wo ich denn gestern gewesen sei. Sie habe versucht, mich anzurufen, aber es sei niemand da gewesen, jedenfalls hätte ich nicht abgenommen. Glücklicherweise will sie nicht wirklich wissen, wo ich gewesen bin, es sei gestern kindisch von ihr gewesen, sagt sie, natürlich habe sie Zeit gehabt, es tue ihr leid, das habe sie mir sagen wollen. Es bleibe doch bei unserer Verabredung? Ich bin überrascht, habe aber kein Problem, ihre Offenheit mit einer kleinen Lüge zu beantworten. Mein Telefon, sage ich ohne zu zögern, manchmal spinnt mein Telefon, in den letzten Tagen hat es mehrere Ausfälle gegeben, immer wenn ich rangehe, bricht die Verbindung zusammen, ich will gleich die Störstelle anrufen. Und selbstverständlich bleibe es bei unserer Verabredung, ich freue mich darauf. Na dann, sagt Anna-Sophie, sie habe schon gedacht, ich sei ihr böse. Sie schaut mich herausfordernd an. Ich beneide alle, die in solchen Situationen Sätze wie, wie könnte ich dir böse sein, sagen können. Ich sage, daß ich jetzt die Störstelle anrufen muß, und gehe in mein Zimmer.

Ich bin froh, daß ich heute nur Telefondienst habe. Ich lasse den Apparat klingeln und hebe nicht ab, die Leute mit ihren ewig gleichen Fragen, sonst ja die einzige Abwechslung, würden mich heute nur stören. Ich lege mir Akten auf den Schreibtisch, einige links, einige rechts von mir, nur für den Fall, daß jemand hereinkommt. Man muß nicht immer arbeiten, hat Hansen einmal gesagt, aber man muß immer so tun. Es gibt so vieles, über das ich nachdenken möchte, aber wie so oft reicht schon dieser Vorsatz aus, jeden zielgerichteten Gedanken zu vertreiben. Bald habe ich wieder den Verdacht, allein, eingesperrt in einem solchen Raum, nicht denken zu können, jedenfalls keinen Gedanken, der mich zu neuen Erkenntnissen führen würde, stattdessen immer wieder nur die schon oft gedachten Gedanken umkreise und allenfalls variiere. Vielleicht rührt dieses Unvermögen einfach von einer gewissen Faulheit her, einer Denkfaulheit, zumindest aber von fehlender Kühnheit, vielleicht sogar Angst, die mich bei schwierigen Gedanken immer im Gesicherten oder in Banalitäten Zuflucht suchen läßt. Vor ein paar Minuten fiel mir der lateinische Name des Kaktus ein oder daß der Schreibtisch damals in Neukamlitz längs zur Tür gestanden hat, während der hiesige ihr frontal gegenüber steht. Jetzt denke ich an den Mann, der mir an diesem Schreibtisch einmal gegenübergesessen hat, er war eingetreten, hatte sich gesetzt, sich umgeblickt und gesagt, wie er mich um diese Ruhe und um diese Einsamkeit beneide. Es war ein Freitag und wenig los, freitags sorgen sich die Leute ums Wochenende, nicht um ihre Rente. Er sei seit Jahren Detektiv in einem großen Kaufhaus und sitze die meiste Zeit des Tages vor einem Überwachungsmonitor, die vielen Menschen, sagte er, dieses Gewimmel, dieser ständige Trubel, ich machte mir keine Vorstellung, was er alles zu sehen bekomme, immer müsse er sich konzentrieren, nichts dürfe ihm entgehen, da habe man keine Zeit, in Ruhe nachzudenken. Am Abend könne er dann keine Menschen mehr sehen, und wenn seine Frau in der Küche vor seinen Augen hantiere, habe er manchmal Lust, ihr alles aus der Hand zu schlagen. Es erstaunt mich immer wieder, wie übergangslos die Leute oft aus ihrem Leben erzählen, aber natürlich konnte ich ihm nicht sagen, wie sehr ich ihn um seinen Überwachungsmonitor beneide, wie der Anblick der erleuchteten Fenster und der dahinter agierenden Menschen im Haus gegenüber mir das Denken erst ermöglicht, das Weiterspinnen der Gedanken, die dann bezogen auf einen anderen Menschen keine Grenzen mehr kennen.

Nach einer Weile stehe ich unversehens auf, nehme meinen Stuhl und gehe auf den Gang, es ist, als tue es ein anderer, dem ich dabei nur zusehe. Erst als ich auf dem Stuhl stehe, an der Leuchtstoffröhre drehe, die daraufhin tatsächlich aufhört zu flackern, und Wagner am anderen Ende des Ganges plötzlich ruft, ach, der Hausmeister, na endlich, bin ich sicher, selbst auf dem Stuhl zu stehen. Wagner hat mich nicht erkannt und verschwindet in seinem Zimmer. Irgendwann fällt mir ein, daß ich meine Mutter anrufen wollte, ich lasse es sein, sie wird sich schon melden.

In der Frühstückspause wird wie üblich ein Kriminalfall verhandelt. Diesmal hat auch Hansen den Film nicht gesehen, aber das gilt als entschuldigt, er stammt aus dem Rheinland, und seit er, wie er es nennt, in der Diaspora lebt, ist er in der Karnevalszeit auf das Fernsehen angewiesen. Alaaf, sagt Hansen, Wagner sagt Kindesmord. Ich muß an Manuela denken. In dem Fall, den Wagner referiert, war ein Kind von den Eltern über längere Zeit mißhandelt und schließlich umgebracht worden, Mord oder Unfall, das habe nicht geklärt werden können. Zur Vertuschung der Tat war eine Entführung vorgetäuscht worden, allerdings nicht den Zuschauern, sondern nur den Ermittlern, so daß von einem spannenden Krimi nicht die Rede sein konnte. Er stehe mehr auf die klassische Tätersuche, sagt Wagner, auf das Verwirrspiel und vor allem auf handfeste Täter, diese ganze sozialkritische Tümelei um schwierige Verhältnisse, überforderte Eltern und die angebliche Gleichgültigkeit der Nachbarn, das müsse er sich nicht auch noch abends im Fernsehen ansehen. Und es gehe ihm auf die Nerven, wenn der Kommissar, der wegen Kindesmißhandlung ermittle, rein zufällig seinem eigenen Kind gerade eine Backpfeife verabreicht habe und sich deshalb unentwegt mit einem schlechten Gewissen plage. Wegen einer Backpfeife! Die hätten ja so getan, als sei eine Backpfeife schon eine Form von Mißhandlung und eine Vorstufe zum Mord. Eine harte Hand habe noch keinem geschadet, ihm nicht, und seinen Kindern werde es auch nicht schaden, und was heiße denn Wegsehen, wenn er jetzt auch noch die Erziehungsmethoden seiner Nachbarn überwachen solle, dann könne man auch gleich die Stasi wieder einführen. Ihr immer gleich mit eurer Stasi, sagt Hansen genervt, aber er wolle sich da gar nicht einmischen, er habe den Film ja nicht gesehen, wie gesagt, gestern sei die Prunksitzung gewesen. Pappnase, zischt Wagner und will gleich von einem Bankraub erzählen, bei dem die Gangster mit Clownslarven maskiert..., doch da mischt sich plötzlich Anna-Sophie ein. Wer nicht wegsehe, sei noch lange kein Denunziant, das sei nicht so einfach, sagt sie. Doch, das sei so einfach, schneidet ihr Wagner das Wort ab, ganz einfach sogar, außerdem habe sie keine Kinder, sie könne überhaupt nicht mitreden, er habe Kinder, er wisse, was das bedeute und verbitte sich schon deshalb jede Einmischung ihrerseits. Überhaupt, warum habe sie denn keine Kinder?, sie sei doch dafür im besten Alter. Mein Gott, denke ich, man hätte jetzt so schön über die Vor- und Nachteile von Clownslarven und Strumpfmasken reden können, aber da mich Anna-Sophie hilfesuchend anblickt, fühle ich mich zu dem Bekenntnis genötigt, daß ich auch keine Kinder habe und trotzdem eine Meinung. Die Sache ist wirklich nicht so einfach, sage ich. Donnerwetter, das sei ja mal ein Standpunkt, alle Achtung, Kollege Plaschinski, höhnt Wagner. Der Kollege will sagen..., versucht Anna-Sophie mir beizuspringen, doch Wagner fällt ihr sofort wieder ins Wort, ich solle gefälligst selber sagen, was ich sagen wolle. Warum nennt sie mich jetzt Kollege, denke ich und weiß nicht, was ich sagen soll. Ich schaue auf die Uhr, so demonstrativ, daß Hansen versteht und erklärt, im Rheinland hätten sie heute keine Pause, im Rheinland würden sie heute überhaupt nicht arbeiten, und außerdem verstehe er nicht, wie man an Karneval solche Filme zeigen könne. Karneval sei nicht Weihnachten, sagt Wagner, außerdem heiße es hier immer noch zum Karneval, denn zum Glück lebe man ja nicht im Rheinland. Eben, sonst … kichert Anna-Sophie plötzlich und greift drohend nach Hansens Schlips, was mich einigermaßen entsetzt. Also gut, sage ich, angenommen ich hätte eine Nachbarin, von der ich weiß, sie hat ein Kind, aber das Kind ist nie zu sehen, was soll ich dann tun? Vielleicht hält sie es in einer Abstellkammer gefangen, man hört doch immer wieder von solchen Fällen. Es passiert mir oft, daß ich Dinge, die ich eigentlich nicht erzählen wollte, auf einmal doch erzähle, einerseits bin ich dann erleichtert, andererseits erschrocken über das Gewicht, das die Gedanken, einmal ausgesprochen, plötzlich bekommen. Hansen wiegt jetzt seinen Kopf, ein bißchen sieht es aus, als schunkle er noch. Wo kämen wir denn hin, wenn wir immer gleich das Schlimmste…, stammelt er, außerdem habe jeder ein Recht auf seine Intimsphäre. Intimsphäre sei gut, Wagner sieht mich an und grinst, die Nachbarin also, sagt er, es sei also die Nachbarin, wer hätte das gedacht, aber es freue ihn natürlich für mich, nun brauche ich wohl nicht mehr in mein Theater zu fahren, was ja bisher meine Masche gewesen sei, und gleich noch eine mit Kind, das nenne er bequem. Werde ich rot? Für Anna-Sophie jedenfalls ist die Pause beendet, das werde ihr jetzt zu albern, sagt sie und läßt die Tür mit einem lauten Knall ins Schloß fallen. Ich kann es ihr nicht verdenken, auch wenn ich ihren Abgang für eine Spur zu theatralisch halte.

Zugegeben, nach dieser Frühstückspause vor ein paar Tagen hatte sich Anna-Sophie verändert. Eigentlich hatte ich befürchtet, daß sie mir ausweichen werde, was sie in den ersten Stunden auch tat, denn bei der Dienstberatung am Nachmittag setzte sie sich nicht auf den freien Platz neben mir, sondern zu Hansen, mit dem sie sich plötzlich wunderbar zu verstehen schien, sie richtete ihm sogar die Krawatte, und er spreizte sich wie ein Pfau, legte, wenn er mit ihr sprach, immer wieder seine Hand auf ihre Schulter, es war einfach ekelhaft. Doch schon am nächsten Tag schien sie ihre Taktik geändert zu haben, sie suchte nun meine Nähe. Ich will nicht behaupten, daß sie um mich kämpfte, aber es war schon auffällig, wie oft sie unter irgendeinem Vorwand in mein Zimmer kam, sie begann sogar nach der Arbeit auf mich zu warten.

Sie steht dann vor dem Eingang unserer Anstalt, einem mächtigen Portal, das ich schon immer für zu protzig hielt und dessen auf Hochglanz polierter Marmor mich an Grabsteine erinnert, eine in bezug auf unsere Aufgaben fatale Assoziation, aber wenigstens ist der Marmor echt, im Opernhaus dagegen ist er falsch, nichts als bemalter Putz. Wenn ich komme, lächelt sie, und wir gehen gemeinsam zur Haltestelle, obwohl ihr Bus in eine andere Richtung fährt, und das einige Minuten früher als meiner, so daß sie ihren Bus einmal sogar verpaßte. Auch ich weiche ihr nicht aus, versuche aber jede zufällige Berührung zu vermeiden, ich wage nicht einmal, ihr in die Augen zu sehen, als sei das nach dem, was sie nach Wagners Anspielung von mir denken muß, eine Anzüglichkeit. Sie konnte Wagners Anspielung unmöglich verstanden haben, trotzdem, irgend etwas muß sie gespürt haben. Vielleicht gibt es ja doch so etwas wie weibliche Intuition.

Einmal stand sie am Eingang und unterhielt sich, als ich kam, mit dem Wachmann, der jeden Tag seinen Dienst beginnt, wenn wir das Büro verlassen. Ein auffallend großer junger Mann in schwarzer Uniform, der mit einem schwarzen Golf kommt, an dessen Innenspiegel, dort, wo andere einen Duftbaum aufgehängt haben, eine Handschelle baumelt. Ich habe mich gefragt, was sie mit diesem Kerl zu reden hat, und bin sofort weitergegangen, sie hat mich nicht einmal bemerkt.

Ein anderes Mal begegneten wir einander in der Tür zum Kopierraum, einer winzigen, fensterlosen Kammer am Ende des Flures, in der auch die Formulare und sämtliche Vorräte an Büromaterial in bis unter die Decke reichenden Regalen gelagert werden. Sie wollte den Raum gerade verlassen, ich wollte hinein und trat einen Schritt zur Seite, versuchte mich an ihr vorbeizuzwängen, ohne sie zu berühren, so daß ich mit dem Rücken gegen den Lichtschalter stieß und wir, da auch sie einen Schritt zurücktrat, und zwar wieder in den Raum hinein, einen Moment im Dunkeln standen. Ich weiß nicht, ob aus Überraschung oder mit Absicht, jedenfalls hielt sie die Tür geschlossen, während ich nach dem Lichtschalter tastete und ihn natürlich nicht gleich fand. Das alles hatte nur wenige Sekunden gedauert, war aber von mir in den folgenden Stunden immer wieder und in allen möglichen Variationen weitergedacht worden, wobei ich für die Variante, an die ich in der konkreten Situation zwar am wenigsten gedacht, die ich mir dann aber ausgemalt und im nachhinein vielleicht sogar am meisten gewünscht hatte, kein passendes Wort fand. Ich hatte den Schalter dann gefunden und wir waren im Licht wortlos aneinander vorbeigegangen, doch es hätte passieren können, aber selbst in Gedanken wußte ich nicht, wie ich das, was hätte passieren können, nennen sollte. Es gibt so viele Wörter, aber gerade deshalb nicht das richtige. Mal klang es mir zu gestelzt, dann wieder zu vulgär und abgedroschen, es gab Wörter, die Wagner gebrauchen würde, andere paßten zu Hansen, ist es denn wirklich so lächerlich, wenn man mit Mitte Vierzig noch immer nach etwas Besonderem, etwas Einmaligem sucht?

Auch jetzt, da ich mich daran erinnere, fällt mir kein passendes Wort ein, und mir wird bewußt, daß all meine Vorstellungen vielleicht gar nicht meiner Phantasie entsprungen, sondern immer nur ein fader Abklatsch von in Filmen gesehenen oder in Romanen gelesenen Möglichkeiten einer Fortsetzung gewesen sein könnten. Vielleicht ist diese ganze sogenannte Phantasie, vielleicht ist sogar das Leben selbst nichts als ein billiges Plagiat. Und warum sollte das bezüglich der Unregelmäßigen, die jetzt gerade den Tisch deckt, und zwar, wie ich sehe, für zwei Personen, anders sein, oder bei Manuela, beim Schauatmer, bei den Stillsitzern oder auch bei Zimmermann. Vielleicht ist all das Weiterdenken, das ich mir einbilde, in Wahrheit nur ein Zurückdenken, ein sich Erinnern. Nur weil ich mich an etwas in meinem Leben erinnere, kann ich mir das Leben der anderen vorstellen.

Was Zimmermann betrifft, bin ich seit gestern gar nicht mehr allein auf meine Phantasie angewiesen, und das hat mit dem Treffen mit Anna-Sophie zu tun. Meine Mutter hätte es wohl Rendezvous genannt. Sie stammt aus einer Kleinstadt und ist erst nach der Verheiratung mit meinem Vater aufs Dorf gezogen, in ihren Augen ein Abstieg, den sie nie ganz verwunden hat. Wenn sie ihre Kaffeetasse hält, kapriziös, mit weit abgespreiztem kleinen Finger, oder ein Wort gebraucht, das ihrer Meinung nach einer feineren, städtischen Sprache entstammt, die sie für vornehm hält, so nie ohne einen spöttischen und immer etwas resignierenden Seitenblick auf meinen Vater, der für solche Dinge kein Faible habe, wie sie sagt. Er spricht einen Dialekt, den sie bäuerlich nennt, wenn er flucht, hält sie sich die Ohren zu, obwohl ich finde, daß in diesem Dialekt, der nahezu jeden Vokal betont und in die Länge zieht, selbst ein Fluch etwas Gemütliches hat. Mein Vater ignoriert jeden Henkel und läßt die Tasse, selbst die des neuen Services, in seinen riesigen Händen verschwinden, er trinkt auch den heißesten Kaffee gierig und scheint kein Gefühl für Temperaturen zu haben. Früher, wenn ich als Kind mit meiner Mutter über den Friedhof ging, zeigte sie mir die alten Familiengrüfte, die mit ihren Säulen, Giebeln und steinernen Baldachinen an der Außenmauer lagen und auf deren Grabsteinen Wörter wie Gerichtsratsgattin oder Oberinspektorenwitwe standen, und seufzte wehmütig. Und als sie später das Puzzle mit der Karawane inmitten der Sanddünen zum ersten Mal sah, nannte sie mich vigilant, zum Glück, sagte sie, sei ich nach ihr geraten.

Anna-Sophie hatte Milchkaffee bestellt, hielt die riesige Tasse lange mit beiden Händen, ohne zu trinken, ihre Finger umschlangen das Gefäß, als wollten sie sich daran wärmen, doch als sie dann trank, schien ihr die Tasse zu heiß, sie faßte sie mit den Spitzen der Daumen und Zeigefinger am oberen Rand und spreizte, als sie die Tasse zum Mund führte, beide kleinen Finger ab. Wir trafen uns in einem Café im Zentrum, in dem ich noch nie vorher gewesen war, von dem aber jeder Reiseführer behauptete, es sei der ideale Treffpunkt in der Stadt, manche behaupten, es habe einen hohen Flirtfaktor. Es gab sogar ein eigenes Piktogramm für diese Eigenschaft. Und tatsächlich war es so unwirklich, in diesem Café zu sitzen, daß ich mir zwischen all den großflächigen Wandspiegeln und verschiedenen Lampen wie ein Ausgestoßener vorkam, ortskundig zwar, aber gleichzeitig so fremd, wie sich nicht einmal ein Tourist fremd fühlen kann. Ich war nervös, die vielen Leute, die Spiegel, ich wollte Anna-Sophie ansehen und sah immer wieder an ihr vorbei. In meinem Rücken, im Spiegel aber vor mir, direkt neben ihrer Schulter, saßen zwei junge Frauen mit schwarzen Haaren, lang und glatt wie Perücken, den Pony bis über die Augenbrauen, sie sahen aus wie Zwillingsschwestern, teilten sich ein Glas Tee und waren unentwegt mit ihren Handys beschäftigt, seitlich ein schweigsames Paar, sie sah sich gelangweilt um, er kratzte mit seinem Daumennagel hingebungsvoll das Etikett von der Bierflasche, sicher, dachte ich, übernimmt der Reiseführer keine Garantie für seine Verheißung. Andere sprachen unentwegt, gestikulierten, beugten sich über die Tische, lehnten sich zurück, manche redeten viel zu laut, als daß ich ihre Gespräche hätte ignorieren können, ich konnte nicht anders, als ihnen zuzuhören.

Als ich den Vorschlag gemacht hatte, schien Anna-Sophie etwas verwundert, ich war nicht sicher, ob über die Tatsache, daß ich in diesem angesagten Café, wie es genannt wurde, verkehrte, oder weil sie den Vorschlag aus eben diesem Grund für wenig originell hielt. Mich dagegen erstaunte die Selbstverständlichkeit, mit der sie sich in dieser Umgebung bewegte, die Vertrautheit, mit der der Kellner ihr jedes Mal begegnete, wenn er an unseren Tisch kam, ja auch nur vorbeiging, während er mich ignorierte, so daß ich ihm meine Bestellung hinterherrufen mußte, die er dann auf abschätzige Art wiederholte, einen einfachen Kaffee, der Herr. Kannten die beiden sich? Der Kellner jedenfalls schien zu der Sorte Mann zu gehören, die in einer Situation wie jener im Kopierraum gehandelt hätten, statt sich danach den Kopf über das passende Wort einer bloßen Vorstellung zu zerbrechen, mich verwundert immer wieder, wie Frauen von solchen Männern offensichtlich beeindruckt sind. Künstliche Bräune, gefärbte Haare, geborgte Gesten, und ich glaubte ihm auch sein Lächeln nicht. Anna-Sophie freilich verstand es, jeden Blick, mit dem sie den Kellner ansah, und jedes Lächeln, das sie ihm gönnte, allein mit einer leichten Bewegung des Kopfes ohne die geringste Veränderung auf mich zu übertragen, was mich anfangs zwar verwirrte, mich später aber zunehmend sicherer werden ließ, ich war ja schon froh, diesem Kellner ebenbürtig zu sein.

Sie fragte mich nach jener Frau, von der ich vor ein paar Tagen im Büro erzählt hatte, natürlich war ich darauf vorbereitet und es war mir immerhin lieber, als mit Anna-Sophie übers Theater reden zu müssen. Es gelang mir, Manuela als spontanen Gedanken abzutun, nur erdacht, um Wagners Gerede Paroli zu bieten und ihr beizuspringen. Natürlich nannte ich ihren Namen nicht, was mir nicht schwerfiel, zumal auch Anna-Sophie nicht wirklich über einen möglichen Fall von Kindesverwahrlosung reden zu wollen schien, das Thema war wohl auch für sie nur eines jener Stichworte, die man sich für den Fall zurechtlegt, daß das Gespräch ins Stocken gerät oder man einen Aufschub für das eigentliche Anliegen benötigt. Denn gleich darauf, wir waren längst beim Wein und der Mann neben uns bekam eine weitere Flasche, die geleert und von ihrem Etikett befreit werden wollte, begann sie von jenem Abend zu erzählen, an dem ich, wie ich mich sofort erinnerte, beim Warten auf das Erscheinen von Zimmermann am Küchentisch sitzend eingenickt war, bis mich das plötzlich einsetzende Läuten sämtlicher Kirchenglocken der Stadt aufschreckte. Anna-Sophie war an jenem Abend in der Stadt unterwegs gewesen, um sich wie jedes Jahr in einer der Kirchen das Requiem anzuhören, war aber auf der Brücke zur Altstadt von einer Polizeiabsperrung aufgehalten worden. Ein riesiges Aufgebot habe die ganze Brücke gesperrt, erzählte sie, Polizisten hinter aufgestellten Schilden, die Visiere der Helme gesenkt, aufgeplustert in ihren rüstungsartigen Monturen, einander unterhakend und so verflochten zu einer undurchdringlichen Mauer, andere hätten etwas abseits neben ihren Fahrzeugen gestanden, die Helme am Koppel, so daß sie mit ihren viel zu kleinen Köpfen wie Käfer ausgesehen hätten. Am Himmel seien, während ich, wie ich nun schon beschämt dachte, an meinem Küchentisch eingenickt war, Hubschrauber gekreist und hätten mit ihren Scheinwerfern den Boden abgesucht, genau so, habe sie dabei denken müssen, wie die Scheinwerfer der Fliegerabwehr hilflos den Himmel abgesucht haben müssen, damals, als die Stadt im Bombenhagel untergegangen war. Und das alles, sagte Anna-Sophie entrüstet, um eine Demonstration der Rechten zu schützen, eine Schande sei das. Das Requiem habe sie vergessen können, aber auch nicht mehr zurück gekonnt, denn von der anderen Seite seien immer mehr Menschen auf die Brücke geströmt, teils, um wie sie das Requiem in der Kirche zu hören, teils, um lautstark gegen die Demonstration der Rechten zu demonstrieren. Einige hätten sogar versucht, die Polizeiabsperrung zu durchbrechen, darunter einige Vermummte mit Masken oder Tüchern vorm Gesicht. Einer von denen sei plötzlich auf die Brüstung gesprungen, wie ein Pirat, der ein Schiff entert, und sofort einige Meter auf der schmalen Sandsteinkante nach vorn gestürmt, hoch über dem Fluß und im Licht des Scheinwerferkegels, so daß unter den Polizisten am Rande der Kette eine Verwirrung entstanden sei. Mehrere Beamte hätten den jungen Mann aufhalten wollen, andere seien vor Schreck einige Schritte zurückgewichen, in der Mauer jedenfalls habe sich unversehens eine Lücke aufgetan, durch die, als sei das alles abgesprochen und geplant, einige der Vermummten mit wildem Geschrei durchgebrochen seien, und auch sie habe sich, von den Nachfolgenden gedrängt und geschoben, mit einem Mal hinter der Absperrung und im Rücken der Polizei befunden. Die Polizisten hätten sich dann wieder untergehakt und die Reihe so geschlossen, der Rückweg sei ihr also verstellt gewesen, weil es für die Polizisten nun angesichts der immer noch nachdrängenden Gegendemonstranten unmöglich gewesen sei, ihre Kette nochmals auch nur einen Spaltbreit zu öffnen. Sie habe Angst gehabt, sagte Anna-Sophie, das könne ich mir doch sicher vorstellen. Ich nickte und kam mir ziemlich blöd dabei vor. Natürlich konnte ich mir das vorstellen, auch den Demonstrationszug der Rechten, der, wie sie erzählte, trotz des Lärms ringsum wie stumm an ihr vorübergezogen sei und den sie deshalb gespenstisch nannte, ganz genau konnte ich mir das vorstellen, dieses dumpfe und sture Dahintrotten, das Flattern der Fahnen, den Trommelwirbel, dieses höhnische Grinsen im Schutz der Polizei, doch was war meine Vorstellung gegen ihre unmittelbare Zeugenschaft? Ich hatte derweil an meinem Küchentisch gesessen, ich war eingenickt und hatte erst später die abrückenden Polizeifahrzeuge gesehen! Ich wußte plötzlich nur zu genau, von wem sie sprach, als sie diesen etwas untersetzten Mann beschrieb, der sich auf der Seite der Rechten von den anderen in der Art seiner Kleidung und seines Auftretens unterschieden habe, offenbar ein Anführer, der immer wieder dazu aufgerufen habe, sich nicht provozieren zu lassen, und der dann, als es im Rücken der Polizei erst zu gegenseitigen Beschimpfungen, dann zu einem Handgemenge gekommen war, von einer Flasche oder einem Stein getroffen, blutend zusammengebrochen war und wenig später am Kopf hatte behandelt werden müssen. Ich starrte auf ihr Weinglas, an dem ihr Lippenstift einen bogenförmigen Abdruck hinterlassen hatte. Zimmermann, dachte ich und muß es, ohne zu wollen, auch gesagt haben, denn Anna-Sophie fragte mich entsetzt, ob ich diese Leute etwa kennen würde. Die Frau von nebenan beobachtete uns plötzlich interessiert. Was heißt kennen, sagte ich, natürlich kenne ich ihn nicht, er ist mein Nachbar und einmal war er in der Dienststelle, damals in Neukamlitz, lange vor deiner Zeit, als spiele die Zeit dabei eine Rolle. Ich erzählte ihr also von jenem Abend in der Kneipe, an dem Zimmermann mich gerettet hatte, und wie ich ihn später im Haus gegenüber wiedergesehen hatte, zufällig, wie ich betonte, von kennen, sagte ich, könne also keine Rede sein, während mir gleichzeitig einfiel, daß, wenn Zimmermann tatsächlich, wie Anna-Sophie erzählt hatte, erst bei dieser Demonstration verletzt worden war, er ja nicht der Mann gewesen sein konnte, der im Schutz des Regenschirms mit verschiedenfarbigen Schnürsenkeln auf der Trage gelegen hatte, denn das war ja, da brauchte ich gar nicht erst in meinen Aufzeichnungen nachzusehen, viel früher gewesen. Wer aber, dachte ich, während ich noch erzählte, war dann damals ins Krankenhaus gebracht worden? Anna-Sophie hörte mir aufmerksam zu, vergaß sogar dem Kellner zuzulächeln, der an unseren Tisch getreten war, um nach unseren Wünschen zu fragen, sie schien auf einen Höhepunkt oder eine Auflösung der Geschichte zu warten, die ich ihr aber nicht bieten konnte, es sei denn, ich würde mir einen solchen Höhepunkt ausdenken. Vielleicht ist er ein V-Mann, sagte ich leise und beugte mich dabei sogar ein wenig über den Tisch, damit der Kellner das Wort V-Mann nicht hören konnte. Ich hatte *vielleicht* gesagt, aber aus der Art, wie ich es gesagt hatte, schien Anna-Sophie auf ein *bestimmt* zu schließen. Sie schaute mich plötzlich so dankbar an, als sei durch die mögliche Existenz eines V-Manns dem Aufmarsch der Rechten jegliche Bedrohlichkeit genommen und ich als Überbringer der guten Nachricht überdies für deren Inhalt persönlich verantwortlich. Es gab keine bessere Gelegenheit, das Thema des Gesprächs zu wechseln, ja alle Gesprächsthemen überhaupt beiseitezulassen und sich ganz in Anna-Sophies Augen zu vertiefen.

Hatte mich Zimmermann erneut gerettet?, frage ich mich jetzt, da ich schon wieder Zimmermanns Fenster im Blick habe. Denn als ich vor zwei Stunden im Café meine Hand auf ihre legte, zog Anna-Sophie die ihre nicht zurück. Ich genoß den erstaunten Blick des Kellners, der sich, einige Tische entfernt beschäftigt, genau in diesem Moment nach uns umdrehte, als habe auch er diese weibliche Intuition und die Berührung gespürt. Er erinnert mich jetzt an den Schauatmer, die gleiche Selbstverliebtheit, die gleiche Arroganz. Als er wenig später auf ein Zeichen Anna-Sophies die Rechnung brachte, legte er diese wie selbstverständlich mir vor und quittierte ihren Einwand mit der Bemerkung, der Herr zahle das alles sicher gern. Also zahlte ich, wobei Anna-Sophie mir noch im Beisein des grinsenden Kellners ihren Anteil an der Zeche wortlos über den Tisch schob. In diesem Moment konnte ich sie nicht ausstehen.

Auch auf dem Weg zur Haltestelle gingen wir zunächst schweigend nebeneinander her, jeder seine Hände tief in den Taschen vergraben, wegen der Kälte, wie ich mir einzureden versuchte. Dann aber, während wir auf die Busse warteten, jeder auf den seinen, und ich überlegte, wie ich mich von Anna-Sophie verabschieden sollte, fing sie noch einmal von der Frau an, die ich vor ein paar Tagen im Büro erwähnt hatte. Die Dinge seien nicht immer so, wie sie erschienen, sagte sie, ich dürfe nicht glauben, was auf den ersten Blick zu vermuten sei, manchmal wisse man einfach nicht weiter und tue Dinge, die man später bitter bereue. Und dann, ihr Bus bog schon um die Ecke und näherte sich der Haltestelle, fiel sie mir plötzlich um den Hals. Es war eine Umarmung, die jede Zärtlichkeit vermissen ließ, eher ein Würgegriff, doch ich vermißte nichts, sie schlang ihre Arme um meinen Hals, zog meinen Kopf dabei ein Stück zu sich herunter, ihr

Körper war steif, und das konnte nicht an der Kälte liegen. Es hatte in diesem Moment etwas von Ratlosigkeit, daß ich sie küßte. Anna-Sophie ließ es geschehen, widerstandslos, aber auch ohne Leidenschaft, dann löste sie sich von mir und verschwand ohne ein Wort. Sie blickte sich nicht mehr um, als der Bus davonfuhr.

Bei Manuela brennt noch immer Licht. Während die Stillsitzer über irgendeiner Hausarbeit brüten oder, was ich für wahrscheinlicher halte, ohne ihre Ärsche zu heben in die virtuellen Welten eines zweiten Lebens flüchten, geht sie kopflos in ihrem Zimmer auf und ab, wie ich es bisher höchstens von der Unregelmäßigen kenne. Es gibt kein zweites Leben, denke ich, während die Unregelmäßige auf einem kippligen Stuhl sitzt und sich, einen Fuß gegen die Kante des Schreibtischs gestemmt, auf dem sie gestern noch am Staatshaushalt herumrechnete, die Zehennägel schneidet und Manuela nun einen fast hüfthohen Karton in die Mitte des Raumes stellt. Im ersten Moment glaube ich, es könne sich nur um eine Spielzeugkiste handeln, doch als sie den Karton im Vorbeigehen mit dem Fuß ein wenig zur Seite schieben will, fällt er um und ich sehe, daß er leer ist. Die Unregelmäßige wechselt das Bein, bei Zimmermann passiert nichts, nur die Katze sitzt auf dem Fensterbrett und schaut zu mir herüber, sie ist rot, ziemlich fett und ich habe den Eindruck, sie blinzle mir zu. Was macht den Menschen aus?, frage ich mich, als der Fensterschließer gerade seine Zigarre ausdrückt und den Stumpen in die Nacht schnipst. Was, wenn nicht seine Gedanken und Geheimnisse? In diesem Augenblick kommt es mir ziemlich sinnlos vor, hier im Dunkeln am Fenster zu sitzen und die täglichen Verrichtungen meiner Nachbarn zu beobachten. Was haben denn verschiedenfarbige Schnürsenkel mit einem Hellseher zu tun? Ich kenne einige ihrer Macken, in meinen Aufzeichnungen steht, wann Zimmermann zum ersten Mal seinen Kopfverband getragen hat, aber wie es in seinem Kopf aussieht, weiß ich nicht. Und während Manuela beginnt, Kleidungsstücke aus einem Schrank zu ziehen und in den Karton zu werfen, frage ich mich wieder, wer der Träger dieser verschiedenfarbigen Schnürsenkel gewesen sein könnte. Manchmal ist es nicht so, wie es scheint, hatte Anna-Sophie gesagt, doch was Manuela da treibt, sieht wie die hektischen Vorbereitungen zu einem überstürzten Umzug aus. Wie eine Flucht, denke ich und frage mich, vor was Monika denn fliehen könnte. Es dauert eine Weile, bis es mir bewußt wird, ich sehe Manuela und habe Monika gedacht, dabei habe ich schon seit Jahren nicht mehr an Monika gedacht.

Es ist alles schon so lange her, ich muß damals etwas über zwanzig gewesen sein, höchstens fünfundzwanzig, und Monika war meine große Liebe, zumindest war sie meine erste längere Beziehung. Wir kannten uns schon von der Schule, doch da sie drei Jahre jünger war, in jenen Jahren der Schulzeit ein gewaltiger Unterschied, hatten wir kaum voneinander Notiz genommen. Ich erinnere mich nicht, wann genau und wie wir ein Paar wurden, umso deutlicher steht mir jetzt, da Manuela ihre Sachen packt, das Ende unserer Beziehung vor Augen. Monika hatte in einer anderen Stadt zu studieren begonnen, ich steckte hier mitten in den Prüfungen, so daß wir uns nur noch an den Wochenenden sahen, ein Zustand, der für uns beide, wie ich lange Zeit glaubte, schwer zu ertragen gewesen war, besonders seit wir von Monikas Schwangerschaft wußten. Da keiner von uns damals ein Telefon hatte, schrieben wir uns fast täglich Briefe, oft mehrseitige Briefe, oder wenigstens ein kurzes Versprechen, morgen auf jeden Fall einen richtigen, also einen mehrseitigen Brief schreiben zu wollen. Oder wir hatten uns per Brief für eine bestimmte Zeit zu einem Telefonat verabredet, meist abends, Monika war manchmal in der Wohnung eines ihrer neuen Bekannten, ich stand in einer Telefonzelle, dann erzählten wir uns, was wir schon am Tag in einem Brief geschrieben hatten und was der andere am nächsten Tag noch einmal lesen würde. Was wir gemacht und wen wir getroffen hatten und was dieser gesagt hatte. Briefe, die statt eines Datums die Tage bis zum Wiedersehen, die Tage bis zum Entbindungstermin zählten und die voller Liebesschwüre und Zukunftspläne waren, bis Monika mir kurz vor dem Entbindungstermin ohne eine weitere Erklärung mitteilte, dass sie sich von mir trennen werde, und ihre schöne und gleichmäßige, fast kindliche Handschrift wenige Tage später in ein nur schwer zu entzifferndes Gekrakel überging. Sie beginne nun ihre sinistren Aufzeichnungen wie Abel Tiffauges, schrieb sie. Ich las damals noch Romane, und so verstand ich die Anspielung auf ein Buch von Michel Tournier, das wir uns an den letzten gemeinsamen Wochenenden gegenseitig vorgelesen hatten. Heute lese ich nur noch Akten und habe nicht das Gefühl, mir würde etwas fehlen. Der Grund ihrer plötzlichen Linkshändigkeit, so erfuhr ich, war ein Tropf, an dem sie hing und der ihr das Schreiben mit der rechten Hand unmöglich machte. Diese unheilvollen Briefe kamen aus einem Krankenhaus, hatten ein Datum und waren wie Nachrichten aus einer anderen, für mich schon nicht mehr erreichbaren Welt, vor allem, weil ihnen der Absender fehlte und sie mich deshalb zur Untätigkeit verdammten. Monika hatte mich auf perfide Weise kaltgestellt, warum sie mir noch weiter schrieb, sollte ich wenig später erfahren. Der letzte Brief nämlich enthielt die knappe Information, unser gemeinsames Kind sei bei der Entbindung gestorben und nur die immer noch krakelige Handschrift unterschied diesen Brief von einer amtlichen Mitteilung. Nur wegen dieser finalen Mitteilung hatte sie den Briefwechsel, der kein Briefwechsel mehr war, sondern ein brieflicher Monolog, aufrechterhalten. Denn danach hatte ich nie wieder etwas von Monika gehört, meine Briefe an die alte Adresse waren als unzustellbar zurückgekommen. Ich hatte sofort den Bekannten mit dem Telefon in Verdacht, aber auch der war plötzlich, als sei alles abgesprochen und von langer Hand vorbereitet, nicht mehr erreichbar. Meine doppelte Trauer war schon bald der Vermutung gewichen, Monika habe sich nicht nur meiner, sondern auch unseres Kindes entledigt und es zur Adoption freigegeben, eine Vermutung, die sich für mich allmählich zur Gewißheit steigerte, einer Gewißheit, die keines Beweises bedurfte, weil ihr jeder Widerspruch fehlte. Monika und das von ihr weggegebene Kind, das ist eine Geschichte, die in meiner Erinnerung ohne Motive und Gründe auskommt.

Damals war ich überzeugt, daß es nie wieder einen Tag geben konnte, an dem ich nicht an Monika und das Kind denken würde, ein Leben lang würde ich um sie trauern, alles andere wäre mir wie ein Verrat vorgekommen, aber wie gesagt, ich habe seit Jahren nicht mehr an Monika und das Kind gedacht. Doch jetzt, da Manuela ihren Kleiderkarton gefüllt hat und verschließt, rechne ich nach, wie alt das Kind denn heute sein muß, und stelle fest, daß es gar kein Kind mehr und längst erwachsen ist. Wie sollen da väterliche Gefühle aufkommen? Ich hoffe, es kommt nicht eines Tages jemand und behauptet, ich sei sein Vater. Auch wenn ich an Monika denke, empfinde ich nichts.

Es ist spät geworden. Manuela, denke ich, wird irgendwann umziehen, alle sind irgendwann umgezogen. Aber vielleicht hat sie auch nur etwas für die Altkleidersammlung zurechtgemacht oder für einen Hilfskonvoi, irgendwo gibt es ja immer eine Katastrophe. Bin ich nicht immer im Dunkeln getappt, wenn ich mich als Hellseher versucht habe? Sie hat ja nur einen Pappkarton voll Kleidungsstücke gepackt, nichts anderes habe ich gesehen. Und ich habe plötzlich an Monika gedacht, weil Manuela kein Kind hat, aber eine Erziehungszeit in ihrer Rentenakte steht. Vielleicht bin ich nicht einmal ein Beobachter, vielleicht sehe ich immer nur das, was ich schon immer mit mir herumschleppe.

Frische ist unser Trumpf steht auf dem Lastwagen, der einige Meter vor mir unter einer Straßenlampe hält. Die Worte bilden unterhalb einer grinsenden Schweineschnauze einen Halbkreis. Zwei Männer springen aus dem Lastwagen und gehen entschlossenen Schrittes zu dessen Rückseite. Obwohl ich sehe, daß die Männer die Griffe der Tür herunterziehen, habe ich den Eindruck, die Türen würden von innen aufgestoßen. Tatsächlich scheint es, als würden die Männer vom Schwung der schweren, dick isolierten Metalltüren überrascht, denn als die eine mit den Worten *Frische ist* nach links, die andere, auf der *unser Trumpf* steht, nach rechts klappt, die Schweineschnauze sich teilt und den Blick auf die Ladefläche freigibt, springen sie, ihnen ausweichend, einen Schritt zurück und geraten dabei ins Straucheln. Dann klettern sie ins Innere des Wagens, in dem in dichten Reihen und kopfüber Schweinehälften hängen. In den toten Körpern steckte noch die Bewegung der Fahrt, oder sollten sie etwa…, haben sie die Türen…, denke ich, doch nein, die ausgeweideten Rippenbögen schimmern matt, die Vorderfüße baumeln bodenlos, während die hinteren sich, die Klauen trotzig zum Victory-Zeichen gespreizt, in Reih und Glied in die Luft recken. Gleich darauf werden sie von den roten, fleischigen Händen der Männer gepackt, die nun, blutige Kapuzen über den Köpfen, je eine der Kadaverhälften von den Haken heben, sich mit geübtem Griff über die breiten Schultern ziehen und mit ihnen, gefolgt von einer Wolke eisigen Nebels, von der Ladefläche springen, so daß sanfte Wellen durch die rosafarbenen Schwarten der Schweinekörper laufen wie ein letztes Zucken längst vergangenen Lebens. Als die Männer die Straße überqueren, wippen die Ohren der toten Schweine im Rhythmus der Schritte, und ich sehe auf ihren halben Gesichtern das gleiche irre, fratzenhafte Grinsen wie in den Gesichtern der Männer.

Gestern habe ich beschlossen, den Spätshop in Zukunft einfach zu meiden und mein Frühstück heute in der Fleischerei zu kaufen. Nun, angesichts der grinsenden Schweinehälften, ist mir der Appetit vergangen. Also doch wieder der Spätshop, denke ich, aber schon als ich den Laden betrete und die Verkäuferin mir, noch bevor ich die Tür hinter mir schließen kann, mit dem freudigen Übereifer einer Streberin den Namen Beate zuruft, bereue ich diesen Entschluß. Beate, ruft sie aufgeregt, Beate Hohoff, und kommt dann sogar hinter dem Verkaufstresen hervor, um mir den Namen noch einmal leise und mit einer Geste der Vertraulichkeit zu wiederholen. Bloß keine Neugier zeigen! Na die von neulich, ich wisse schon, die aus dem Finanzministerium, fügt sie, da ich sie fragend ansehe, ungeduldig hinzu. Sie erwartet ein Zeichen meiner Dankbarkeit, aber ich habe mir vorgenommen, ihr kein Zeichen der Dankbarkeit zu geben, stattdessen beuge ich mich interessiert über die zerkratzte Kuchenschachtel und frage, obwohl ich nicht blind bin, was es denn heute Schönes gebe. Na klar doch, sagt sie, sie verstehe, Diskretion, sie könne schweigen wie ein Grab, ich müsse das entschuldigen, aber sie habe schon gestern den ganzen Tag vergeblich auf mich gewartet, wo ich denn gestern gewesen sei, und es sei ja auch nicht einfach gewesen, aus dieser verstockten Frau etwas herauszubekommen, aber wem sage sie das, mir müsse sie ja nichts erzählen. Sind die frisch?, frage ich und zeige auf die Pfannkuchen. Selbstverständlich, bei ihr sei alles frisch. Kommt die doch früh am Morgen rein, verlangt zwei Schachteln Zigaretten und eine Flasche Jägermeister und will dann mit einem Hunderter bezahlen. Wahrscheinlich habe es am Vortag Stütze gegeben, oder die Dame arbeite schwarz, ich wisse schon, was sie meine. Ihre Hand zeichnet eine Horizontale in die Luft, sie errötet. So früh am Morgen, und dann mit einem Hunderter! Dann geben Sie mir zwei, sage ich und bleibe stur. Natürlich habe sie nicht rausgeben können, aber gleich geistesgegenwärtig nach der Geldkarte gefragt, ab zehn Euro gehe es ja mit der Geldkarte. Beate Hohoff, wie gesagt, so habe es auf der Karte gestanden, was ich denn nun unternehmen wolle? Abwarten, sage ich, abwarten und beobachten. Klar doch, sagt sie, auf sie könne ich zählen, ich hätte einen aufregenden Beruf, das müsse sie schon sagen, und Diskretion, immer Diskretion, sie habe verstanden. Sie reicht mir die Tüte, und da ich das Geld nicht passend habe, nehme ich noch eine Zeitung mit.

An diesem Morgen berichten alle Zeitungen in großen Schlagzeilen vom Gesetzentwurf zur Einführung der Rente mit siebenundsechzig, und ich ahne sofort, daß das Telefon heute nicht stillstehen wird. Die Leute glauben ja alles, was in der Zeitung steht, und bekommen bei solchen Meldungen immer gleich Panik und wollen wissen, was nun zu tun sei, oder sie werden frech und bezichtigen einen, an einem solchen Gesetzentwurf maßgeblich mitgewirkt zu haben. Angst und vorauseilender Gehorsam auf der einen Seite, Frechheit und Unverfrorenheit auf der anderen, das ist es, mit was ich mich seit Jahren herumärgern muß. Und natürlich verwechseln diese Leute ihre Anmaßung immer gleich mit Courage, auf die sie sich etwas einbilden, sie halten ihr Mißtrauen und ihre Selbstgerechtigkeit für Renitenz gegenüber einer Ordnung, zu der sie nichts beigetragen haben, die sie aber in der Regel ausnutzen, wann immer sie können, und deren Diener sie beschimpfen. Bestimmt wird auch meine Mutter anrufen, obwohl sie längst Rentnerin ist, aber selbstverständlich wird sie sich als meine Mutter zu einer Stellungnahme berufen fühlen.

Auch die Verkäuferin maßt sich nach einem flüchtigen Blick auf die Zeitung an, die Rente mit siebenundsechzig eine Frechheit zu nennen, ausgedacht an den Schreibtischen von Politikern und Beamten, die sich immerzu kräftig selber bedienen und von denen keiner wisse, was das denn überhaupt sei, eine richtige Arbeit. Ich könnte ihr jetzt sagen, daß die Regelung für sie überhaupt nicht zutrifft, aber ich will mich nicht verraten, und außerdem kann ich eine gewisse Schadenfreude nicht verhehlen. Sie können doch froh sein, noch ein wenig länger unter den Leuten zu sein, sage ich, Sie werden das schon schaffen. Das hält sie wohl für ein Kompliment, jedenfalls lächelt sie und will wissen, ob ich morgen wiederkäme. Ich stammle auf dem Weg zur Tür etwas von Außendienst in der Provinz, wo die Dinge noch viel mehr im Argen lägen als hier in der Stadt, und daß so etwas dauern könne, sie solle solange schon mal die Augen offen halten.

Als ich aus dem Laden komme, ist es längst hell. Schräg gegenüber haben zwei Männer begonnen, die Fassade eines erst vor einigen Wochen sanierten Hauses zu reinigen. Das Erdgeschoß ist völlig mit Graffitis übersät. Aus den Düsen der Dampfreiniger spritzt das Wasser gegen die Wand und rinnt dann als dreckige Brühe über den Fußweg. In ihren roten Overalls, mit Schutzbrillen und

Atemmasken im Gesicht und eingehüllt in den Nebel sehen die Männer wie Außerirdische aus. Die Passanten wechseln die Straßenseite, plötzlich aber tritt ein Mann aus dem Nebel, trotz der morgendlichen Kühle ist er nur in ein rosafarbenes, locker fallendes Tuch gehüllt, die dünnen bleichen Arme sind nackt, der Hals aber ist dick umschlungen von einem Palästinensertuch, über dem der kahlrasierte Kopf schwebt, als gehöre er nicht dazu. Der Mann läuft mitten auf der Straße und zieht ein kleines Gepäckwägelchen hinter sich her, auf den mit Haltegummis ein Lautsprecher gespannt ist. Zuerst ist nur das Rauschen des Wassers zu hören, je weiter er sich aber von den Arbeitern entfernt, desto deutlicher wird die Musik, eine monotone, sphärische Melodie, in die sich zunehmend klarer ein Hare Krishna mischt. Immer wieder Hare Krishna, Krishna, Krishna, Hare Krishna, noch als der Mann längst um die Ecke gebogen ist, ist es zu hören.

Einer der beiden Männer reißt sich plötzlich die Maske vom Gesicht und nickt mir freundlich zu. Sein Gesicht ist so rot wie der Overall, auf der Stirn klebt eine feuchte Haarsträhne, ich kenne ihn nicht. Oft begegne ich Leuten, die mich grüßen, obwohl ich sie nicht kenne. Vielleicht haben sie mir irgendwann im Büro gegenübergesessen, doch ich kann mich nicht an sie erinnern, es sind einfach zu viele. Sie aber erkennen mich wieder, wie ich die Frau vom Schalter der Bank auf der Straße wiedererkenne oder den Mann, der vor Monaten meine Waschmaschine reparierte, sich daran aber natürlich nicht erinnern kann. Manchmal habe ich dann das Gefühl, eine gewisse Bedeutung zu besitzen.

Obwohl das Thema Arbeit während der Frühstückspause tabu ist, fängt heute auch Hansen gleich mit der Rente ab siebenundsechzig an. Er will wissen, was wir davon halten und ob wir auch schon so viele Anrufe bekommen hätten. Natürlich haben wir schon oft über die Rente mit siebenundsechzig diskutiert, über Versorgungslücken und Säulenmodelle, wir kennen alle Argumente und Gegenargumente auswendig und haben keine Lust, uns auch noch in der Frühstückspause darüber zu unterhalten. Wagner winkt nur ab, das System sei tot, sagt er, mausetot, soviel sei sicher, an den Extremitäten habe schon die Leichenstarre eingesetzt, alles weitere nach der Obduktion. Anna-Sophie schaut mich an, sie lächelt und denkt bestimmt nicht an die Rente mit siebenundsechzig. Ich wollte ihr eigentlich einen Pfannkuchen anbieten, lasse es aber sein und denke an Beate Hohoffs lücken- und makellose Erwerbsbiographie, die sich bestimmt mühelos auch bis siebenundsechzig fortsetzen ließe. Ich habe es nämlich wieder nicht lassen können, mich über die Dienstanweisung hinwegzusetzen und gleich am Morgen im Computer nachzusehen. Ich war von der Regelmäßigkeit der Unregelmäßigen überrascht, sie arbeitet beim Finanzamt, und ich freue mich schon darauf, die Verkäuferin mit dieser Nachricht zu erschrecken. Ich weiß nicht, was mit Hansen heute los ist, er ist immerhin der Älteste von uns, Wagner nennt ihn deshalb und wegen der Farbe seiner Anzüge manchmal unseren grauen Panther; Hansen hat also am wenigsten Grund, sich über die neue Rentenregelung aufzuregen, ihn würde es sowieso nicht betreffen. Ein Dachdecker zum Beispiel, sagt er dennoch, wir sollten uns einmal den berühmten Dachdecker vorstellen, der noch mit über sechzig..., Wagner aber fällt ihm sofort ins Wort, der Honecker sei längst tot, sagt er und fragt, ob wir wüßten, daß man mit Hilfe des Entwicklungsstandes von Fliegenlarven den Todeszeitpunkt einer aufgefundenen Leiche bestimmen könne. Er sagt Maden und beißt danach genüßlich in sein Schinkenbrot. Anna-Sophie verzieht das Gesicht und stochert in ihrem Salat, als suche sie plötzlich nach Maden. Hansen ist entsetzt, ein wenig tut er mir leid, er rückt nervös am Knoten seiner Krawatte, die heute schwarz ist, schwarz mit gelben Käsestückchen und kleinen Mäusefiguren aus einem Comic, er sieht einfach lächerlich aus. Wagner ist entschlossen, seine Attacke fortzusetzen, scheint aber einen Moment zu überlegen, ob Hansen ihr Ziel sein soll oder Anna-Sophie, die nun jedes Blatt umständlich von allen Seiten betrachtet, bevor sie es in den Mund schiebt. Es ist der Mund, den ich gestern geküßt habe. Das kommt mir jetzt merkwürdig vor, es ist etwas ganz anderes, mit ihr allein zu sein, als jetzt, da Wagner und Hansen mit am Tisch sitzen. Wenn ich mit Anna-Sophie allein bin, fällt es mir leicht, ihr jede Schwäche und jede Eigentümlichkeit nachzusehen, manche ihrer kleinen Marotten finde ich sogar liebenswert, jetzt aber regt es mich auf, wie affektiert sie vor Wagner und Hansen in ihrem Salat herumstochert, und anstatt ihr beizuspringen, amüsiert es mich, als Wagner sie weiter provoziert. Dabei, denke ich, habe ich gerade erst begonnen, sie kennenzulernen! Natürlich müsse man die äußeren Bedingungen wie Temperatur und Feuchtigkeit berücksichtigen, doziert Wagner, vor allem aber die spezifischen Verhaltensweisen, denn während … er unterbricht seine Rede, um das Messer abzulecken, das er dazu quer über die weit herausgestreckte Zunge zieht … die Buckelfliege ihre Eier im Boden über verscharrten Leichen ablege und die Maden von dort zielsicher in den Leichnam wanderten, bewegten sich die Maden bestimmter Schmeißfliegenarten zur Verpuppung vom Kadaver weg, er finde das höchst interessant. Wasserleichen übrigens seien ein eigenes Kapitel, er habe von einem Fall gehört… Obwohl Anna-Sophie ihre Gabel nun weglegt, ist es Hansen, der zuerst die Fassung verliert. Er finde dieses Gerede nicht nur geschmacklos, sondern an einem Tag wie heute eines Mitarbeiters der Rentenversicherungsanstalt für unwürdig. Er hat eine merkwürdige Vorstellung von Berufsehre und tut so, als seien wir wirklich für den Gesetzentwurf verantwortlich. Er springt auf und will den Raum verlassen, dreht sich aber an der Tür noch einmal um und sagt mit leiser, tränenerstickter Stimme, außerdem habe er vor einigen Tagen auf tragische Weise seinen Hansi verloren. Dann geht er und schlägt die Tür wütend ins Schloß, worauf Wagner ihm, Vorsicht, der Vogel!, hinterherruft. Und das geht nun auch mir zu weit, denn Hansen hatte uns ja erzählt, wie sein geliebter Wellensittich gestorben war. Er hatte das Tier wie üblich frei im Zimmer fliegen lassen, aber vergessen, die Tür zu schließen. Als er seinen Fehler bemerkte und die Tür zuwerfen wollte, war der Vogel schon auf dem Weg, er war schneller als Hansen, aber zu langsam für die Freiheit und deshalb von seinem Besitzer zwischen Tür und Rahmen so eingequetscht worden, daß er wenig später den Folgen seiner Verletzung erlag.

Ich stehe mit Anna-Sophie schon auf dem Flur vor den Türen zu unseren Zimmern, hinter denen auch jetzt die Telefone unaufhörlich piepen, als ich ihr endlich sagen kann, daß ich Wagner für einen Idioten halte und sie es nicht nötig habe, sich von ihm derart provozieren zu lassen. Ich finde nicht, daß ich lüge. Sie verschwindet wortlos hinter ihrer Tür, ihr Telefon piept noch, als ich schon Plaschinski, was kann ich für Sie tun in das meine sage.

Meine Stimme muß sehr routiniert klingen, denn der Anrufer schweigt und erkundigt sich nach einigen Sekunden unsicher, ob er mit einem Computer spreche, was ich verneine, worauf er beginnt, mir atemlos sein Leben zu erzählen. Eine Weile lasse ich ihn reden, die Leute wollen das so, man muß sie reden lassen, ich höre wieder das

Telefon im Nachbarzimmer, das niemand abhebt, der Mann ist gerade bei der Wende angekommen, er spricht von den Wirren der Wende und beginnt sich in seinem eigenen Leben zu verhaspeln, als ich ihn barsch unterbreche; ich bin schließlich kein Computer. Ich brauche Unterlagen, sage ich, Nachweise, er müsse vorbeikommen, aber es eile ja nicht. Daß es ausgerechnet mit seiner Angelegenheit keine Eile haben soll, beleidigt ihn fast, aber das kenne ich ja, die Leute sehen immer nur sich und ihr kleines Problem, nicht das Ausmaß meiner Aufgaben. Er könne jederzeit kommen, versuche ich ihn zu beruhigen, aber er ist mißtrauisch und will einen Termin, also bekommt er seinen Termin zu einer der ohnehin öffentlichen Sprechzeiten. Wenn ich ein Computer wäre, denke ich, wäre seine Zeit jetzt abgelaufen, doch der Anrufer muß unbedingt noch die Geschichte der Firma loswerden, für die er zwei Jahre gearbeitet hat. Nie sei er krank gewesen, zwei Jahre lang habe er nicht einen Tag gefehlt und keinen Feierabend gekannt, das alles für einen Hungerlohn, unregelmäßig und bar auf die Hand, er habe die Firma ja fast als seine eigene betrachtet, sein Chef aber sei, wie sich nachher herausgestellt habe, ein windiger Hund gewesen. Er redet sich in Rage, während er von seinem Chef erzählt, der immer nur Geld aus der Firma abgezogen und sich nach deren Pleite abgesetzt habe auf Nimmerwiedersehen, male ich Maden auf meinen Notizblock, erst ganz kleine, die sich gekrümmt wie Kommas um das Logo der Bundesversicherungsanstalt winden, dann eine große, zusammengesetzt aus lauter Wülsten, wie Wagners Gesicht. Nun habe er nichts in der Hand, sagt der Anrufer resigniert, er wisse nicht einmal, ob dieser Verbrecher seine Rentenbeiträge je abgeführt habe, wahrscheinlich sitze der jetzt irgendwo im Süden unter Palmen und lache sich ins Fäustchen, die Behörden aber zuckten nur mit den Schultern und behaupteten, das alles gehe sie nichts an. Ich verspreche, die Sache zu prüfen, das aber, sagt er, sei ihm schon mehrfach versprochen worden, erst sagten alle, es gehe sie nichts an, dann wollten sie die Sache prüfen, er glaube mir kein Wort, er glaube überhaupt niemandem mehr, vierzig Jahre lang habe er geglaubt, damit sei nun Schluß. Ich habe gelernt, ruhig und höflich zu bleiben, dafür werde ich schließlich bezahlt. Das bißchen Arbeit, sage ich immer, kann jeder lernen, aber Geduld und Höflichkeit im Angesicht des Klienten, das ist die wahre Kunst unseres Berufes. Aber wie soll ich ruhig und höflich bleiben, wenn bei Anna-Sophie im Nachbarzimmer unaufhörlich das Telefon klingelt, ohne daß sie abnimmt? Also verspreche ich noch einmal, was ich schon versprochen habe, bestätige erneut den bestätigten Termin und lege auf. Nach einer Weile höre ich doch noch die Stimme von Anna-Sophie, die nun aber selbst eine Nummer gewählt haben muß, denn vorher war das Telefon gerade einmal still gewesen. Sie spricht sehr leise, von einem gelegentlichen Schluchzen unterbrochen, wie mir scheint, und als ich mein Ohr an die Tür lege, höre ich, wie sie sich schneuzt. Wie soll man da in Ruhe arbeiten?

Ich sitze auf meinem Beobachtungsposten und warte. Auch gegenüber kommt man jetzt nach Feierabend schon eine ganze Weile ohne Licht aus, vorerst sind es nur helle Flecken von einem Gesicht oder einem Kleidungsstück, die man gelegentlich hinter den dunklen Scheiben sieht, während von Bismarck an der Fassade die Gesichtszüge noch genau zu erkennen sind. Sie bleiben hart und ungerührt, auch als eine Taube zwischen den Dornen auf seinem Kopf zu landen versucht. Nach einigen vergeblichen Versuchen, bei denen sie wild mit den Flügeln schlägt, dreht sie ab und landet einige Meter weiter auf einem Draht, den man erst wahrnimmt, als die Taube sich auf ihm niederläßt. Das alles gibt mir Zeit, an Anna-Sophie zu denken. Ich habe mich den ganzen Tag nicht dazu durchringen können, zu ihr hinüberzugehen, aber sie hätte ja auch zu mir kommen können, wenn sie etwas bedrückt, die Tür ist schließlich nicht abgeschlossen. Ich sehe gar nicht ein, warum man als Mann immer den ersten Schritt machen soll. Da wollen die Frauen emanzipiert sein, jedenfalls reden sie immer davon, doch dann warten sie und wollen in den Arm genommen werden, oder sie heulen sich am Telefon bei einer Freundin aus.

Auf dem Nachhauseweg habe ich heute eine Bekannte getroffen, an der Seite ihres Mannes oder Freundes, ich habe ihn noch nie gesehen, ein großer, vierschrötiger Kerl, ich konnte mich über ihren Geschmack nur wundern. Sie waren mir auf dem Fußweg entgegengekommen, und sie hatte in dem Moment, da sie mich sah, ihre Sonnenbrille nach oben geschoben und sich ins Haar gesteckt. Zunächst hatte ich geglaubt, sie fürchte, ich könne sie hinter den dunklen Gläsern nicht erkennen, dann aber sah ich das blaue Auge und war so erschrocken, daß ich, obwohl sie ihre Schritte verlangsamte, einen Moment zögerte und bestimmt sogar stehengeblieben wäre, um mit mir ein paar Worte zu wechseln, mit einem flüchtigen Gruß schnell an ihr vorbeiging. Vielleicht wollte sie mir ein Zeichen geben, denke ich jetzt, einen stummen Hilferuf, den ich ignoriert habe. Und hat dieser Typ sie nicht sogar weggezogen? Aber was heißt denn überhaupt Bekannte, ich bin gar nicht sicher, wann wir uns das erste Mal begegnet sind, ich kenne ihren Namen nicht, weiß nicht, was sie macht, sie muß aber irgendwo in der Nähe wohnen, denn wir treffen uns oft auf der Straße, haben irgendwann begonnen, einander zu grüßen, so wie man einander im Viertel eben grüßt, wenn man sich fast täglich auf der Straße trifft, anfangs nur flüchtig, inzwischen wirklich wie alte Bekannte, aber das gibt ihr noch lange nicht das Recht, mich in so eine Sache hineinzuziehen. Und als Gespräche kann man die paar Worte, die wir manchmal miteinander gewechselt haben, nun wirklich nicht bezeichnen. Ich denke also gar nicht daran, mich in ihre Privatangelegenheiten zu mischen, so was bringt nur Unannehmlichkeiten, man will helfen und, wer weiß, am Ende hat man selber noch ein blaues Auge.

Plötzlich steht jemand an Zimmermanns Fenster. Ich habe ihn nicht kommen sehen, er hat das Fenster schon geöffnet, und wie er jetzt dasteht, fast eingeklemmt zwischen den nicht vollständig zurückgeschlagenen Flügeln, wirkt er genau so verloren wie damals im Büro in Neukamlitz, als ich ihn zum ersten Mal gesehen hatte. Kein Zweifel, es ist Klaus Zimmermann. Den Kopfverband trägt er nicht mehr, nur auf der Stirn ist unter einer nach vorn fallenden Haarsträhne noch ein kleines Pflaster zu erkennen. Er tritt ein Stück zurück, um sich, wie ich sehe, eine Jacke überzuziehen, wahrscheinlich will er die Wohnung gleich verlassen. In diesem Moment tue ich, was ich noch nie getan habe, ich stehe auf, greife nach meiner Jacke und verlasse die Wohnung, ich will vor ihm auf der Straße sein. Bevor ich die Wohnungstür zuschlage, sehe ich noch, wie er sein Fenster schließt, dann renne ich schnell nach unten, gehe aus unserem Haus, überquere die Straße, so daß ich schon vor seinem Haus stehe, als er aus der Tür tritt.

Hallo, sage ich mit gespielter Überraschung und bleibe direkt vor ihm stehen. Zimmermann kann nicht anderes, als ebenfalls stehenzubleiben, erstaunt hält er inne, scheint mich aber sofort erkannt zu haben, trotzdem helfe ich ihm auf die Sprünge. Na das ist ja eine Überraschung, sage ich, damals in Neukamlitz, Klaus Zimmermann, nicht wahr, Sie erinnern sich doch, endlich kann ich mich bedanken, wer weiß, was passiert wäre, wenn Sie damals nicht rechtzeitig eingegriffen hätten. Ja, ja, er erinnere sich, das sei doch selbstverständlich gewesen und nicht der Rede wert. Er ist es also, denke ich und sage, doch, doch, das war schon mutig von Ihnen, so was traut sich nicht jeder, wohnen Sie jetzt hier? Ich glaube, er überlegt, was er mir sagen soll, ja, sagt er dann, aber erst ein paar Wochen. Und da ich schweige, mir seine Schuhe ansehe und nichts Auffälliges finden kann, fügt er hinzu, daß er aus beruflichen Gründen habe umziehen müssen. Versetzt?, frage ich. So könne man es nennen. Schon wieder jemanden gerettet?, ich zeige auf sein Pflaster. Er greift sich an die Stirn, als müsse er sich des Pflasters erst vergewissern. Ach das, eine Lappalie, nur ein Kratzer, mehr nicht. Die Katze, sagt er, bevor ich weiterfragen kann. Ich habe auch eine Katze, lüge ich, ein liebes Tier, aber manchmal eben unberechenbar, doch Zimmermann will nicht über Katzen reden. Er will überhaupt nicht reden, er will weg. Es habe ihn gefreut. Ich gebe den Weg nicht frei, frage, wie ich mich revanchieren könne. Das sei nicht nötig, wirklich nicht, er weicht meinem Blick aus. Vielleicht trinkt man ja mal ein Bier zusammen, schlage ich vor, meine Freundin übrigens würde Sie auch gern kennenlernen, Sie als meinen Retter. Das werde sicher schwierig, er habe momentan wenig Zeit, Termine, immer Termine, er sei gerade dabei, sich etwas Neues aufzubauen. Dann vielleicht später, lasse ich nicht locker, Sie haben doch sicher ein Telefon. Zimmermann möchte lieber meine Nummer, ich habe nichts zum Schreiben dabei, er verspricht, sich die Nummer zu merken. Ich sage ihm die Nummer und weiß, daß er nicht anrufen wird. Also dann, bis später vielleicht. Wohin ich wolle, fragt er und bedauert, in die andere Richtung zu müssen. Schade, sage ich. So gehen wir auseinander, erst als ich ihn nicht mehr sehe, kehre ich um, er soll nicht wissen, daß ich im Haus gegenüber wohne.

Als ich wieder aus dem Fenster sehe, sitzt Zimmermanns Katze regungslos wie eine Plastik zwischen den Grünpflanzen des zweiten Zimmers. Sie sieht nicht aus, als ob sie irgend jemandem einen Kratzer zufügen könnte, schon gar nicht Zimmermann, aber es stimmt schon, diese Tiere sind unberechenbar. Wieder scheint sie mir zuzublinzeln, aber dann erkenne ich es, Zimmermanns Katze hat nur ein Auge. Sollte er etwa ein Herz für schwache Geschöpfe haben?

Vielleicht sollte ich meine alte Bekannte anrufen und fragen, wie es ihr geht, denke ich, stattdessen wähle ich Anna-Sophies Nummer. Sie ist erstaunt, besonders als ich sie frage, ob ich heute noch vorbeikommen könne. Ich muß mit dir reden, sage ich und bin sicher, daß sie ja sagen wird, aber sie sagt, es sei schon spät, ob ich es nicht am Telefon sagen könne oder morgen im Büro. Nein, sage ich, das geht nicht, und verkneife mir noch rechtzeitig die Bemerkung, daß man ja nicht immer reden müsse; sie schweigt. Vielleicht ist Zögern doch weiblich, versuche ich sie zu locken und weiß, als sie lacht, daß ich gewonnen habe. Also bis gleich. Sie habe gar nichts im Haus, höre ich, was meine Mutter auch immer sagt, wenn sich plötzlicher Besuch ankündigt. Du genügst mir vollkommen, sage ich und lege schnell auf. Zu meiner eigenen Überraschung bin ich ganz ruhig, sogar ein wenig enttäuscht, denn plötzlich glaube ich alles, was sich in den nächsten Stunden abspielen wird, deutlich vor mir zu sehen, es ist ebenso voraussehbar wie unausweichlich und deshalb, verglichen mit dem Schwebezustand, der zwischen mir und Anna-Sophie in den letzten Wochen geherrscht hat, beinahe reizlos. Ich sehe es vor mir, als sei ich dabei nicht

Akteur, sondern weiter der Beobachter, der das Geschehen hinter einem der Fenster im Haus gegenüber verfolgt.

Ich bin noch nie in Anna-Sophies Wohnung gewesen, ich habe mir nicht einmal Gedanken gemacht, wie es dort aussehen könnte. Bis vor ein paar Tagen war Anna-Sophie ja nicht mehr als eine Kollegin.

Die Straße liegt in einer der sogenannten besseren Wohngegenden, schon fast im Grünen, am oberen Rand eine Anhöhe, gegen die die immer weiter wachsende Stadt brandet, ohne sie bezwingen zu können. Wenn man sich umsieht, kann man ein Meer aus Lichtern sehen, ich bleibe stehen, und mir fällt die Modelleisenbahnanlage meiner Kinderzeit ein. Zwei Wochen vor Weihnachten zog sich mein Vater immer in die gute Stube zurück, keiner durfte die Stube mehr betreten, weil mein Vater die Anlage aufbaute und jedes Jahr ein Stück erweiterte, es sollte jedes Jahr eine Überraschung sein. Im Laufe der Zeit nahm die Platte einen immer größeren Teil des Zimmers ein, doch die eigentliche Gleisanlage hatte sich kaum verändert, zwei, drei Kreise, ein paar Abstellgleise, kaum Weichen. Dafür gab es jedes Jahr ein neues Stück Landschaft, mit gefärbtem Sägemehl bestreute Wiesen und Felder, aus Sperrholz und Stoff gebaute Berge und vor allem Häuser, die mein Vater akribisch genau zusammensetzte und innen mit kleinen Lämpchen versah, so daß das Zimmer am Heiligabend weniger von den Kerzen des Baumes als von den Lichtern erstrahlte, die aus den Fenstern der Häuser auf der Modelleisenbahnanlage leuchteten. Manchmal saß ich neben ihm, ein Zug zog wie als Alibi seine Kreise, ich fragte ihn, was wir spielen, doch er schien die Frage nicht zu verstehen. Sieh hin, sagte er nur. Später wurde die Anlage nicht mehr aufgebaut, meine Mutter fand, es gehe uns nun besser, und so wurde aus der guten Stube, die wir bisher nur an den Sonntagen genutzt hatten, ein ganz normales Wohnzimmer. Unsere Wohnung hatte sich faktisch vergrößert, aber für die Modelleisenbahnanlage mit ihren Lichtern war kein Platz mehr gewesen.

Als ich vor dem Grundstück mit dem von der Straße zurückgesetzten, villenartigen Gebäude stehe, kommen mir sofort Zweifel, ob es sich auch für mich um eine bessere Wohngegend handelt. Das Haus hat außer einer altertümlichen Straßenlampe kein Gegenüber und verbirgt sich zudem hinter einer mannshohen Ligusterhecke, deren Geäst so dicht ist, daß es selbst jetzt ohne Blätter kaum Einblicke in den Vorgarten erlaubt. Erst als ich die kleine, schmiedeeiserne Pforte geöffnet habe und über den im Wechsel von immergrünen Büschen und auf kleinen Klinkersockeln befestigten Lampen gesäumten, knirschenden Kiesweg gehe, kann ich das Nebengebäude erkennen, in dem sich nach Anna-Sophies Beschreibung ihre Wohnung befinden muß. Es ist ein ehemaliges Kutscher- oder Gärtnerhaus, auf jeden Fall müssen darin einmal die Bediensteten gewohnt haben, doch in seiner modernen Eleganz überstrahlt es mittlerweile das eigentliche Herrenhaus, dessen Bewohner keine Herren mehr sind, aber mit Stolz und Trotz versuchen, den ererbten Besitz über die Zeit zu retten.

Die Fenster sind nach französischem Vorbild vergrößert und reichen bis zum Boden, besonders das zweiflüglige, einstige Werkstattor, nun verglast und von einem Klinkerbogen umrandet, erhellt den kleinen Vorplatz. Auf den Platten liegt eine schlafende Keramikkatze zwischen welkem Laub, ihr Rücken ist bemoost. Im Sommer werden hier sicher große Terrakottatöpfe mit Olivenbäumchen und Oleander stehen, vielleicht sogar mit Opuntien und Orangen, denke ich.

Hinter dem großen Fenster liegt Anna-Sophies Wohnzimmer, das ich still betrachte, während die Lampen, die bei meinem Eintreten in das Grundstück schlagartig aufgeflammt waren, wieder verlöschen. Die Einrichtung ist karg, fast asketisch, vielleicht könnte man sie auch geschmackvoll nennen, mir aber kommt sie vor wie aus einem Katalog für moderne Inneneinrichtungen abgeschaut, nur an einer der seitlichen Wände hängen einige Theatermasken und verraten etwas von den Vorlieben und Interessen der Bewohnerin. Ich kann mir trotzdem nicht vorstellen, wie jemand in diesem Raum leben kann, nichts, was auf ein Leben hindeutet, ist zu sehen, kein Buch, keine Zeitung, kein eilig hingeworfenes Kleidungsstück oder abgestelltes Glas, alles sieht so aus, als sei hier tatsächlich soeben ein Katalogfoto gemacht worden und man müsse bei genauem Hinsehen noch irgendwo die Preisschilder finden. Ich komme mir etwas schäbig vor mit meiner Flasche billigem Sekt, die ich im Spätshop bei einem jungen Kollegen der Besitzerin gekauft habe und die in meiner Hand sicher längst viel zu warm geworden ist. Dann kommt Anna-Sophie ins Zimmer, sie geht sofort zum Fenster, um einen dünnen Vorhang zuzuziehen, dessen Farbe an reife Pfirsiche erinnert, sie faßt ihn ganz oben, streckt den Arm und geht dabei auf Zehenspitzen, es sieht aus, als tanze sie. Hinter dem Vorhang ist ihre Gestalt nur noch wie ein Schatten zu sehen. Auf dem kleinen Vorplatz ist es ein bißchen dunkler geworden, doch als ich auf die Tür zugehe, schaltet sich die Beleuchtung am Wegrand wieder ein.

Wir geben uns die Hände und bemerken zu spät die deplazierte Förmlichkeit dieser Begrüßung, erst als ich sage, ich hätte mir wohl eine von Hansens Krawatten borgen sollen, gibt sie mir einen Kuß auf die Wange, und ich sehe ihr im Spiegel dabei zu. Neben dem Spiegel, an der

Garderobe, hängt nur ihre beige Lederjacke, die ganze Askese sieht hier eher nach Einsamkeit aus. An der Tür zum Bad hängt ein Messingschild mit der Aufschrift Bad, die Türen zum Wohnzimmer und zur Küche stehen offen, hinter einer anderen vermute ich das Schlafzimmer und finde es plötzlich wichtig, das zu wissen. Anna-Sophie aber schiebt mich sanft ins Wohnzimmer und fragt, was es denn so Dringendes gebe. Das hat Zeit, sage ich, wichtig ist, daß ich jetzt hier bin. Sie lächelt, und ich habe das Gefühl, sie durchschaut mich. Sie ist nicht geschminkt wie im Büro, was ihrem Gesicht etwas Weiches gibt und dem spöttischen Zug, der immer in ihrem Lächeln liegt, jede Schärfe nimmt. Sie ist schön, aber zugleich auf eine merkwürdige Weise teilnahmslos. An anderen Tagen hätte mich das entmutigt, heute fordert es mich heraus. Das Sektglas hält sie so, wie ich es mir vorgestellt habe. Sie nippt nur, während mein Glas schon nach dem ersten Schluck fast leer ist. Meine Mutter würde vermutlich behaupten, das habe ich von meinem Vater. Etwas zu warm, sage ich entschuldigend. Macht nichts, sagt sie, ich müsse mich nicht entschuldigen, mir fällt auf, daß sie dabei die Masken an der Wand ansieht, und ich weiß, sie ihrerseits wird meinen Blick bemerken, der immer wieder ihre Brüste streift, die sich unter ihrem engen Kleid deutlich abzeichnen. Sie trägt Hausschuhe aus feinem, bunt besticktem Leder, wahrscheinlich aus einem Indienladen. Während mein Vater von den Schuhen auf den Charakter schließen zu können glaubt, halte ich Hausschuhe für viel aussagekräftiger. Weich, denke ich, vielleicht ein wenig exaltiert. Ich habe es immer bedauert, daß mir die Hausschuhe der Leute im Haus gegenüber verborgen bleiben. Was ziehen diese Springerstiefelträger eigentlich zu Hause an die Füße?

Auf der nur hüfthohen, aber langgestreckten Kommode steht eine große Schale aus geschliffenem Olivenholz, über deren glatte Oberfläche Anna-Sophies Hände im Vorbeigehen streichen, flüchtig nur und ganz sanft, doch ein leichter Schauer durchfährt mich, der sich sofort wieder verliert. In diesem Moment fällt mir eine von Wagners Kriminalfilmfloskeln ein. Reine Routine, pflegt er zu sagen, wenn uns eine seiner indiskreten Fragen überrascht und wir ihn peinlich berührt anstarren. Aber es ist weniger der Gedanke an Wagner, der mich erstaunt, ich wundere mich vielmehr, wie sich nun tatsächlich eine gewisse Routine meiner bemächtigt. Meine Knie zittern nicht, als ich mich ganz dicht vor Anna-Sophie stelle, ohne sie zu berühren, als ich meine nach oben geöffnete Hand wie eine stumme Forderung neben die Schale lege und ganz ruhig warte, bis die ihre noch einmal über das Holz streicht und von dort wie selbstverständlich in die meine gleitet. Erst dann umfasse ich ihre Hüfte mit der anderen Hand, ziehe sie fest an mich und weiß, was zu tun ist. Wir küssen uns, und obwohl ich die Wärme ihres weichen Fleisches spüre, kommt es mir vor, als sehe ich mir dabei zu, ein distanzierter Beobachter meiner selbst. Ich weiß, wo das Schlafzimmer ist. Das Doppelbett ist ein Meer aus dunkelblauem Satin, ganz ohne Kaffeetassenmuster! Wir sehen uns in die Augen, während wir uns hastig ausziehen, wir stehen schon nackt voreinander und müssen beide lachen, als sie wie eine letzte, längst überflüssige Geste der Scham ihr Nachthemd eilig unter das Kopfkissen stopft. Plötzlich, wir liegen schon nebeneinander, wird sie ernst, ihre Lippen zittern leicht, aus Angst oder Verlangen, ich will es nicht wissen, meine Finger gleiten durch ihr Haar, und ich sehe ihr Monogramm neben ihrem Kopf in der Ecke des Kissens und muß auch das berühren, es ist aus dunkelblauem Garn gestickt, hart und sanft erhaben zugleich. Sieh mich an, flüstert sie, doch als ich sie ansehe und meine Finger dabei wieder über ihre Haut streichen, über die Brust, den Bauch und die Hand immer tiefer wandert, bekommt ihr Gesicht einen Ausdruck, der mir fremd ist, und sie, als merke sie dies, besteht darauf, das Licht zu löschen, was mir ganz lieb ist. Auch ihr scheint die Dunkelheit jene Sicherheit zu geben, die mir so vertraut ist. Wie aus einer Starre erwacht, fallen wir übereinander her, wechseln Zärtlichkeit mit wilder Entschlossenheit, und es ist ein mich überraschender Anflug von Aggressivität, mit dem ich meine Finger in die Initialen dieser aristokratischen Bettwäsche kralle. Bei Insekten, denke ich plötzlich, kann man nie unterscheiden, ob sie miteinander kämpfen oder sich paaren, und obwohl mit jeder weiteren Bewegung der Zweifel verlischt, ist es, als wohnte ich einem Kampf bei.

Ich kann den Kaktus anstarren solange ich will, es ist auch heute keine Veränderung festzustellen. Alles steht an seinem Platz, der Schreibtisch, das Regal mit den Ordnern, das Bild an der Wand, selbst der Besucherstuhl, nichts ist auch nur um einen Millimeter verrückt, als wollten die Dinge mir beistehen, da in meinem Kopf alles durcheinandergeraten ist. Ich höre, wie es an der Tür des Nachbarzimmers klopft, wie Anna-Sophie den Besucher hereinbittet und ein Mann meinen Namen sagt. Bluschinski oder so ähnlich, sagt er, etwas ausländisches, jedenfalls irgendwas mit inski am Ende. Es hört sich wie Zimmermanns Stimme an. Plaschinski, sagt Anna-Sophie, und gleich darauf klopft es an der Zwischentür. Obwohl ich nicht reagiere, öffnet sie vorsichtig die Tür und schiebt ihren Kopf durch den Spalt. Sie wolle nicht stören, sagt sie leise, als dürfe sie mich wirklich nicht stören, aber da sei jemand, der mich unbedingt sprechen wolle. Ganz routiniert spielt sie die Kollegin. Ich habe jetzt keine Zeit, sage ich gereizt, und es tut mir sofort leid, so mit ihr zu sprechen. Aber da hat der Besucher Anna-Sophie schon in mein Zimmer geschoben und drängt sich an ihr vorbei. Es ist nicht Zimmermann. Der Mann mag Anfang Sechzig sein, ich kenne ihn nicht, er muß meine Worte gehört haben und behauptet sofort entrüstet, einen Termin zu haben. Ich sei doch dieser Bluschinski, ich habe doch mit ihm am Telefon gesprochen, ich habe ihn für heute herbestellt, ich müsse mich doch erinnern. Anna-Sophie zieht sich zurück und schließt die Tür.

Der Mann will wissen, ob ich Pole sei oder wenigstens aus Polen stamme, denn ein deutscher Name sei das doch wohl nicht. Da ich nicht antworte, stellt er fest, daß ihn das nicht störe, wir gehörten ja nun gewissermaßen auch zu Europa, und was für eine reizende Vorzimmerdame ich hätte. Ich hoffe, daß Anna-Sophie nicht an der Tür lauscht, denn ich widerspreche ihm nicht. Dann, als sei nun die Zeit der Höflichkeiten vorbei, sagte er mit scharfer Stimme seinen Namen und setzt sich entschlossen mir gegenüber auf den Besucherstuhl. Meinhardt?, frage ich, Meinhardt?, und zeige viel zu deutlich, daß ich mit diesem Namen nichts anzufangen weiß. Das habe er sich ja denken können, aber er werde sich jetzt nicht abwimmeln lassen. Er zieht ein Konvolut von Schriftstücken aus einem Leinenbeutel und knallt den Packen auf meinen Schreibtisch. Da hätte ich seine Unterlagen, zischt er, und nun wolle er mal sehen, ob ich die Steuergelder wert sei, die er jahrelang für Leute wie mich habe zahlen müssen. Ich blättere in den Papieren, was bleibt mir anderes übrig, diverse Zeugnisse, Urkunden, das grüne, zerschlissene Versicherungsbuch der DDR, dazwischen der abgelaufene Garantieschein für einen Fernseher. Ich lasse mir Zeit. Zwei Jahre fehlen, sage ich, nachdem ich alles geordnet und überblickt habe. Das habe er doch schon am Telefon gesagt, deshalb sei er ja hier, dieser Betrüger müsse von mir nun endlich dingfest gemacht werden. Ich muß gar nichts, sage ich, ich prüfe nur die vorliegenden Unterlagen, das ist wie beim Finanzamt, wo auch nur nach den vorgelegten Unterlagen geurteilt wird, keiner schafft Ihnen da eine fehlende Quittung heran, die Bringschuld liegt allein bei Ihnen. Vielleicht hätte ich das Finanzamt nicht erwähnen dürfen, keinesfalls aber hätte ich dabei lächeln dürfen, dabei habe ich nur an Beate Hohoff gedacht, vielleicht ist es auch das Wort urteilen gewesen, was Herrn Meinhardt nun derart erregt. Ich sehe ihm jetzt direkt ins Gesicht, das erste Mal, seit er im Zimmer ist, und obwohl ich mich bemühe, nicht teilnahmslos, sondern objektiv zu wirken, scheint er allmählich seine Fassung zu verlieren. Er sieht mich aus seinen zu schmalen Schlitzen verengten Augen an, als hätte ich ein Urteil über ihn gesprochen. Von seinem rechten Mundwinkel geht plötzlich ein eigenartiges Zucken aus, das über die Wange nach oben läuft und das Auge trifft wie ein leichter Schlag, erst zittern die Tränensäcke, dann weicht der gesamte Kopf mit einem kaum sichtbaren Taumel zurück, um gleich darauf zurückzuschnellen. Eine dünne Strähne seines von links quer über die kahle Kopfhaut nach rechts gekämmten Haares ist ihm in die Stirn gerutscht. Das Ganze hat für einen Augenblick etwas Bedrohliches, und ich bin froh, noch einige Blätter kopieren zu müssen. Sie können sich ja inzwischen überlegen, wo die fehlenden Unterlagen sein können, sage ich und schiebe ihm mit einer Geste der Überlegenheit den Garantieschein für den Fernseher über den Tisch.

Schon auf dem Weg über den Flur zum Kopierraum überlege ich, ob es nicht ein Fehler war, den Mann in diesem Zustand allein zu lassen, wir leben ja hier immer in

Angst, so ein Frustrierter könne plötzlich die Nerven verlieren, womöglich setzt er gerade zu einem Amoklauf an, als dessen erstes Opfer ich mir meinen Kaktus vorstelle. Mein unschuldiger Kaktus, denke ich, von meinem Brieföffner aus Edelstahl geköpft, erst geköpft, dann in blinder Wut in Stücke zerschlagen. Als ich vorm Kopierer stehe, fällt mir Anna-Sophie ein, Anna-Sophie als Geisel in der Gewalt dieses durchgeknallten Herrn Meinhardt, eine große Papierschere am Hals, denke ich, während irgendwo eine Zimmertür knallt und ich ruhig Blatt für Blatt in den Kopierer lege. Gleichmäßig, leise surrend werden die Kopien aus dem Gerät geschoben, es ist für mich jedes Mal ein kleines Wunder, mir fehlt jedes technische Verständnis, aber ich kann mich begeistern, wie alles tadellos funktioniert, und ich frage mich, ob ich bereit wäre, mich für Anna-Sophie in Gefahr zu begeben. Ich weiß es nicht. Wir haben gestern miteinander geschlafen, sollte sich dadurch heute etwas ändern? Sorgfältig sortiere ich die Papiere, klopfe den Packen zu einem ordentlichen Stapel und hätte mir sicher noch mehr Zeit gelassen, wäre nicht plötzlich Wagner aufgetaucht. Wie läuft's?, fragt er und will keine Antwort. Er zwängt sich durch die Tür. Die sei ja heute total aufgedreht, sagt er mit dem Kopf in eine unbestimmte Richtung weisend, aber natürlich weiß ich sofort, wen er meint. Wenn ich ihn frage, er tippe auf die Hormone, kein Wunder, es werde langsam Frühling. Es hat aber keiner gefragt, sage ich gereizt und muß mich nun doch beeilen.

Als ich zurückkomme, ist das Zimmer leer, der Kaktus steht unversehrt an seinem Platz, aber die Zwischentür zu Anna-Sophies Zimmer steht einen Spaltbreit offen. Ich werfe schnell die Papiere auf den Tisch und reiße die Tür auf, Anna-Sophie ist nicht zu sehen, Meinhardt aber kniet vor ihrem Schreibtisch und macht sich an einer der

Schubladen zu schaffen. Der muß doch spinnen, denke ich. Soll ich mich jetzt auf ihn stürzen? Als ich ihn zur Rede stellen will, kommt Anna-Sophie durch die andere Tür, sie hat ein Glas Wasser in der Hand und lächelt. Ihre Schublade klemme schon wieder, Herr Meinhardt sei so freundlich, ihr zu helfen, ich wisse doch, wie lange es mit dem Hausmeister immer dauere. Sie suchen einen neuen Hausmeister?, fragt Meinhardt sofort und reißt die Schublade mit brachialer Gewalt aus dem Tisch. Wenn das keine Empfehlung ist. Er als gelernter DDR-Bürger wisse sich in praktischen Dingen immer zu helfen, Elektrik, Sanitär, Tischlerarbeiten, alles null Problem, sogar Fenster putzen könne er. Sogar Fenster putzen, sagt Anna-Sophie und sieht mich dabei an, so einen Mann habe sie sich schon immer gewünscht. Und außerdem, eine Hand wasche die andere, sagt Meinhardt, noch immer vor Anna-Sophies Schreibtisch kniend, und zwinkert mir zu. Beziehungen, noch immer seien Beziehungen das Wichtigste, auch wenn man heute wohl lieber Netzwerke sage, außer den Begriffen habe sich wenig geändert. Jetzt reicht's aber, denke ich, hole seine Papiere aus meinem Zimmer, drücke sie ihm in die Hand und knalle die Tür zu.

Wann wir uns heute abend sehen, will Anna-Sophie wenig später wissen. Sie muß gehört haben, daß Hansen gerade bei mir im Zimmer ist, trotzdem platzt sie mit dieser Frage herein und spielt dann die Überraschte. Hansen muß seine Überraschung nicht spielen, verwundert schaut er mich an, ich halte seinem Blick stand, so lange, bis er sich räuspert, nervös an seiner Krawatte nestelt, die heute ausgerechnet meerblau ist, und schließlich verschwindet. Anna-Sophie schaut ihm amüsiert hinterher. Diese Schlange, denke ich, den ganzen Vormittag hatte ich darüber nachdenken wollen, wie wir uns im Büro verhalten könnten, ohne daß Wagner und Hansen von unserer Beziehung gleich Wind bekommen, nun fühle ich mich überrumpelt. Heute abend wird es nicht gehen, sage ich, meine Mutter... Ich hebe bedauernd die Schultern und befürchte einen Moment lang, daß sie nun auch gleich noch meine Mutter kennenlernen will. Aber sie scheint überhaupt nicht enttäuscht, was mich nun doch ein wenig kränkt, wahrscheinlich ist sie ohnehin bloß wegen Hansen ins Zimmer gekommen. Und der sitzt jetzt bestimmt schon bei Wagner und plaudert alles aus! Morgen vielleicht, rufe ich ihr hinterher.

Wenn sie mich wenigstens gefragt hätte, ob wir uns sehen können, aber nein, sie fragt gleich wann. Ich blättere in Meinhardts kopierten Unterlagen, ich versuche mich zu konzentrieren, es geht nicht. Ich weiß gar nicht, wie ich in diesem Zimmer noch arbeiten soll, wenn Anna-Sophie gleich hinter der Zwischentür sitzt. Die letzten Wochen hat es mich beflügelt, jetzt plötzlich lähmt es mich. Ich werde den Chef um ein anderes Zimmer bitten müssen. Nach dem Dienst wird Anna-Sophie auf mich warten, und wie ich Wagner kenne, wird er ausgerechnet in diesem Moment auftauchen und eine seiner blöden Bemerkungen machen. Ich werde heute einfach eine Stunde früher gehen, der Chef wird sicher nichts dagegen haben. Meine Mutter..., werde ich sagen. Aber natürlich, fällt mir ein, muß ich auch Anna-Sophie Bescheid sagen, ich werde ihr in Zukunft immer Bescheid sagen müssen, in jeder Mittagspause, wenn ich mal kurz das Haus verlasse, werde ich mich von ihr verabschieden müssen und sie fragen, ob sie nicht mitkommen wolle. Morgen bestimmt, werde ich sagen, aber heute geht es wirklich nicht. Ich werde sie bitten, sich einmal diese Meinhardt-Akte anzusehen, und ihr dann sagen, daß ich heute eine Stunde früher gehen muß.

Andere würden sich bestimmt freuen, eine Stunde eher aus dem Büro gehen zu können, aber ich, was soll ich mit dieser Stunde anfangen, jetzt, da es selbst zum regulären Feierabend noch hell ist. Eine Weile laufe ich durch die Straßen, es ist schon lange her, daß ich so herumgelaufen bin, ziellos, ohne das Gefühl, währenddessen etwas zu verpassen. Das Wenige, was ich in den letzten Jahren erlebt habe, habe ich an meinem Fenster erlebt. Jetzt fühle ich mich allein, ich habe Zeit.

Ich gehe viel zu schnell, stehe ungeduldig an einer roten Ampel, muß mich zwingen, trotz der leeren Straße stehenzubleiben und auf Grün zu warten. Auch Gehen ohne Ziel, denke ich, ist eine Kunst, die gelernt sein will. Vor einem Drogeriemarkt stehen drei junge Frauen und unterhalten sich, zwei haben einen Kinderwagen, die dritte ein Fahrrad, und alle drei sind in Eile, aber man sieht sich ja so selten. Sie reden schnell und lachen laut, sie versperren mir den Weg und tun so, als merkten sie es nicht. Selbst als ich vor ihnen stehenbleibe, gehen sie nicht zur Seite, eines der Kinder schreit, wortlos zwänge ich mich durch die Lücke, die zwei parkende Autos gelassen haben, und gehe ein Stück auf der Straße weiter.

Dann suche ich nach einer Telefonzelle, weil ich plötzlich befürchte, meine Mutter könnte ausgerechnet heute auf die Idee kommen, mich im Büro anzurufen. Vielleicht ginge Anna-Sophie dann ans Telefon und meine Lüge flöge auf. Anna-Sophie arbeitet jetzt schon einige Wochen bei uns, und ich habe meiner Mutter noch nichts von ihr erzählt. Mir ist bisher noch gar nicht aufgefallen, daß es in dieser Gegend keine Telefonzellen mehr gibt. Statt der gelben Häuschen, aus denen ich vor Jahren manchmal mit Monika gesprochen habe, bis alles Kleingeld aufgebraucht war, stehen nun graue Säulen am Straßenrand, am oberen Ende ein umlaufender Streifen, dessen Farbe vor ein paar Jahren niemand hätte benennen können, jetzt reden plötzlich alle von Magenta. Von viel zu kleinen Glasplatten überdacht und seitlich abgeschirmt, hängt der Hörer offen da, und ich bin mir nicht mehr sicher, ob ich meine Mutter tatsächlich anrufen will. Ein Telefonbuch ist nicht da, dafür gibt ein kleiner Monitor in farbenfrohen, wechselnden Bildern über die neue Auskunftsnummer Auskunft.

Ach du bist es, sagt meine Mutter erleichtert, nachdem ich mich gemeldet habe, wird dann aber gleich skeptisch. Was das denn für eine seltsame Nummer sei, wieso ich nicht im Büro sei, ob ich krank sei und wenn ja, was mir denn fehle. Mir geht es gut, sage ich. Man hole sich bei dem Wetter leicht was weg, höre ich sie sagen, man denke, es sei schon Frühling, aber es sei eben noch Winter, ein tückisches Wetter, ihre halbe Nachbarschaft sei schon krank, eine richtige Seuche sei das. Ich bin gesund, sage ich. Aber?, fragt sie, kein Aber, antworte ich, dann schweigen wir eine Weile. Ich feiere nur Überstunden ab, sage ich schließlich, mich dabei nach möglichen Zuhörern umsehend, die aber beachten mich kaum, manche sind mit ihren Handys beschäftigt. Wie es sich denn in der neuen Bettwäsche schlafe, will meine Mutter wissen und ist sich sicher, daß es sich in der neuen Bettwäsche hervorragend schlafe, ich hätte doch hoffentlich nicht vergessen, ein Stück Seife in den Wäscheschrank zu legen, am besten Lavendel, und ich solle die Wäsche unbedingt mal mitbringen, ordentlich gemangelt sei sie unübertroffen, kein Vergleich zum Bügeln, ich hätte sie doch hoffentlich gebügelt, sie habe jetzt eine neue Mangel, die sie viel zu selten brauche, mein Vater lege auf solche Dinge leider keinen Wert, der spüre nicht einmal den Unterschied, ich würde ihn ja kennen, aber irgendwann werde das sowieso alles mir gehören. Mutter, sage ich vorwurfsvoll und weiß, sie hat recht. Das riesige Haus, sagt sie, ihr werde das alles zuviel, ob ich mich nicht endlich entschieden habe, zu ihnen zu ziehen, für wen hätten sie das denn sonst alles aufgebaut. Mutter, du weißt doch, sage ich, die Arbeit, wie soll das denn gehen? Schon gut, sagt sie, sie wolle mich nicht bedrängen, sie meine ja nur und sie habe doch nur mich. Als ich aufgelegt habe, sehe ich das kleine Schild, das neben dem Telefon an der Hauswand befestigt ist: *Dieser Platz wird videoüberwacht.*

Meine Mutter hat recht, denke ich, sie hat mich. Und ich? Ich habe nur eine Lebensversicherung, aber manchmal frage ich mich wozu. Als Hansen damals in unsere Abteilung kam, hatte er es sich zur Aufgabe gemacht, uns mit den Tücken des neuen Systems vertraut zu machen, für uns müsse das ja alles Neuland sein, er aber sei ein alter Hase. Er warnte uns vor windigen Geschäftemachern, die versuchen würden, uns alle möglichen Versicherungen aufzuschwatzen, er aber habe einen guten Freund, einen Fachmann, der sich auskenne und dem man vertrauen könne. Natürlich vertrauten wir ihm und freuten uns, keinen windigen Geschäftemachern auf den Leim gegangen zu sein; bald hatten wir alle möglichen Versicherungen und jeder seinen Bausparvertrag. Hansen hatte sicher keine bösen Absichten, er war ehrlich davon überzeugt, daß all diese Versicherungen für unser neues Leben nötig waren, so wie wir als Leute vom Fach damals noch davon überzeugt waren, daß die Rente sicher sei, manche sind es auch heute noch. Aber ehrlich, was soll ich mit einer Lebensversicherung? Hansen meinte damals, ich solle an die Zukunft denken, irgendwann werde ich eine Familie haben, die entsprechend abgesichert werden müsse. Ich habe noch immer keine Familie, dennoch habe ich jetzt das Gefühl, als sei meine Lebensversicherung nach der letzten Nacht nicht mehr ganz so sinnlos.

Viel Zeit haben wir nicht mehr, denke ich und erschrecke bei diesem Gedanken.

Subtil, denke ich plötzlich und bin froh, daß mir das Wort eingefallen ist. Meine Mutter verfügt über eine sehr subtile Fähigkeit, mich zu beeinflussen. Sie kann Macht ausüben, ohne zu befehlen. Seit ich aus dem Haus bin, hat sie mir nie widersprochen, meist stimmt sie mir sogar zu, aber sie versteht es, diese Zustimmung fast ohne ein Wort, meist nur durch einen bestimmten Tonfall, in Zweifel zu ziehen oder gar in eine Anklage zu verwandeln, die mich von meinen ursprünglichen Meinungen und Vorhaben abbringt, wobei sie mir stets das Gefühl läßt, ich hätte meine Meinung ganz ohne ihren Einspruch geändert. In den letzten Tagen habe ich manchmal das Gefühl gehabt, Anna-Sophie verfüge über die gleiche Fähigkeit. Ich habe keine Lust ins Theater zu gehen, dennoch werde ich sie irgendwann fragen. Wenn du willst, wird sie dann antworten, und wir werden gehen. Vielleicht werde ich sogar irgendwann ins Haus meiner Eltern ziehen. Ich bin mir nicht sicher, ob meine Mutter und Anna-Sophie sich verstehen oder sich gerade wegen ihrer Ähnlichkeit beargwöhnen würden. Gleich darauf regt mich dieser Gedanke auf, er ist wie ein stiller Triumph meiner Mutter, und ich will nicht, daß meine Mutter schon wieder triumphiert.

Es ist noch immer viel zu hell, um nach Hause zu gehen. Vor einigen Cafés stehen die Tische und Stühle schon draußen, die Leute können es gar nicht erwarten, endlich ins Freie zu gehen. Viele der Stühle sind angekippt und mit langen Ketten gesichert, nur das Café, in dem ich mit Anna-Sophie gesessen habe, ist wie immer gut gefüllt. Zwischen den Tischen stehen Heizkörper wie riesige, in die Höhe geschossene Pilze und fauchen leise. Obwohl die Terrasse längst im Schatten liegt, tragen die meisten Gäste auch jetzt noch Sonnenbrillen, man kann nicht sicher sein, ob sie einen beobachten. Ich könnte jetzt einen Kaffee trinken, doch dann sehe ich denselben Kellner wie vor ein paar Tagen, wahrscheinlich, denke ich, würde er mich erkennen und seine Ahnung bestätigt finden. Wo denn die junge Dame sei, würde er fragen, und sein Tonfall würde keinen Zweifel lassen, daß es ihn nicht überrascht, mich wieder allein zu sehen. Anna-Sophie und ich, das ist ja auch für mich kaum zu verstehen. Also gehe ich weiter, setze mich wenig später aber auf eine Bank. Morgen, denke ich, werde ich mit Anna-Sophie in das Café gehen und sie küssen, wenn der Kellner an unseren Tisch kommt.

Eine Weile sitze ich allein auf der Bank, ich versuche mir Anna-Sophies Gesicht vorzustellen, ihre Miene, als meine Finger gestern, kurz bevor sie das Licht löschte, über ihren Bauch strichen, dann fragt mich eine männliche Stimme, ob der Platz neben mir frei sei. Ja, sage ich ohne aufzublicken. Anna-Sophie hatte die Augen geschlossen, ihre Lippen waren schmal und fest aufeinandergepreßt, wie in Erwartung eines Schmerzes. Der Mann hat sich hingesetzt, seine Hände liegen auf den Oberschenkeln. Es sind dürre, knochige Hände, man sieht unter der gelblichen Haut jede Sehne, dazwischen mäandern tiefblaue, angeschwollene Adern. Dann sehe ich auf die Schuhe, die plötzlich neben meinen im Sand stehen. Sie sind schwarz, an den Kappen abgeschabt und, ja, kein Zweifel, sie haben verschiedenfarbige Schnürsenkel, rechts braun, links schwarz. Ich starre auf die Schuhe, und statt Anna-Sophies Gesicht sehe ich diese Schuhe, wie sie damals auf der Trage am unteren Ende der Decke hervorschauten. Schön, daß es jetzt schon wieder so lange hell sei, sagt der Mann neben mir, man fühle sich gleich wie neugeboren. Er spricht langsam, bedächtig, als müsse er das Sprechen nach einer langen Zeit des Schweigens erst mühsam wieder erlernen. Mir ist es unangenehm, einfach so angesprochen zu werden. Ich antworte nicht, aber das scheint ihn nicht zu stören. Er sei lange krank gewesen, müsse ich wissen, das Herz, da wisse man solche Kleinigkeiten zu schätzen. Ich weiß, sage ich und bin froh, daß er mich nicht versteht. Ob ich auch krank gewesen sei, will er wissen. Nein, nein, krank nicht, sage ich, aber wie neugeboren schon. Verliebt?, fragt er. Ich weiß nicht. Also auch das Herz, seufzt er, immer sei es das Herz, bei ihm nun schon seit Jahren. Dann schweigt er, und ich halte es nicht länger aus, ich muß ihn ansehen. Es ist ein alter Mann, aber vermutlich sieht er älter aus, als er tatsächlich ist. Er ist blaß, hat graues, schütteres Haar, hohe Wangenknochen und ein markantes, unrasiertes Kinn, im Profil wirkt es ungewöhnlich spitz, wie der Adamsapfel, der in einer Höhlung zwischen zwei sich fast bis zur Kinnspitze spannenden und beinahe scharfkantigen Falten liegt, so daß er sich wie in einer Führung bewegt, wenn der Mann schluckt. Der an der Innenseite zerschlissene Kragen seines Hemdes steht weit offen.

Es ist ein tückisches Wetter, höre ich mich sagen, man denkt, es ist schon Frühling, dabei ist es noch Winter. Der Mann wendet mir sein Gesicht zu, er lächelt. Ihm könne das Wetter nichts mehr anhaben, sagt er, das Wetter nicht und auch sonst nichts, niemand könne ihm mehr etwas anhaben, jetzt nicht mehr. Seine Augen haben einen gutmütigen Ausdruck, dennoch ist da eine Spur von List in diesem Blick, etwas Schalkhaftes, als habe jeder Satz, den der Mann sagt, noch eine andere Bedeutung. Wahrscheinlich wartet er jetzt auf das richtige Stichwort, um mir sein Leben erzählen zu können, aber mein Bedarf an fremden Biographien ist nach dem Auftritt von Meinhardt für heute gedeckt. Noch im letzten Kriegswinter als

Jugendlicher eingezogen oder sich freiwillig gemeldet, Flakhelfer, nur um ein Haar durch einen Zufall überlebt, dann Gefangenschaft, die schwere Zeit des Wiederaufbaus, man kennt doch diese Geschichten. Obwohl der Mann mir irgendwie leid tut, schweige ich, außerdem hat es mich ja schon immer viel mehr gereizt, mir so ein Leben auszudenken. Es ist komisch, denke ich, da hast du diese Schuhe mit den verschiedenfarbigen Schnürsenkeln gesehen und wolltest alles über diesen Mann wissen, und dann sitzt er neben dir, und dir fällt nichts mehr ein. Ein zerstreuter alter Mann, der keinen Wert auf sein Äußeres legt, was sonst, wahrscheinlich nur eine Grundsicherung, vielleicht sieht er auch schlecht oder ist ganz einfach ein Geizhals. Da reißt ein schwarzer Schnürsenkel, und warum sollte er den anderen wegwerfen, wenn er noch einen fast nagelneuen braunen hat? Für meinen Vater wäre so etwas undenkbar! Der kann zwar keine Porzellantasse ordentlich halten, aber was seine Schuhe betrifft, markiert er immer den feinen Herrn. Trotzdem, findet meine Mutter, latscht er wie ein Bauerntrampel. Verschiedenfarbige Schnürsenkel und abgewetztes Leder an den Kappen, was soll man von so einem Menschen halten? Eigentlich hätte ich Lust, mit ihm zu reden. Ich könnte ihm sagen, daß ich mir seinetwegen Sorgen gemacht habe, aber das wäre töricht, und es wäre auch nicht die Wahrheit. Also schweige ich und schaue auf meine Uhr. Kein Zweifel, der Mann muß im Hinterhaus wohnen, merkwürdig, daß ich ihn noch nie gesehen habe, aber wenn ich heute rechtzeitig auf meinem Posten wäre, müßte ich sehen, wie er nach Hause geht. Er hat meinen Blick zur Uhr gesehen und scheint enttäuscht. Ob sie mich erwarte, will er nun wissen, und ich frage mich, was ihn das angeht. So geht es mir oft, ich möchte alles über jemanden wissen, aber gleichzeitig Abstand halten. So muß es Leuten gehen, die in fremde Länder reisen, sie nehmen alles auf, aber nichts geht sie wirklich etwas an, sie wissen, daß sie wieder abreisen. Erst wenn man länger mit einem Menschen zusammen ist, muß man sich bekennen und kann sich nicht länger verstecken, da ist man dabei. Wenn ich ehrlich bin, war ich ganz froh, Monikas Briefe damals nicht beantworten zu können, wenigstens konnte ich ihr so alle Schuld geben. Man kann mir auch heute noch lange Briefe schreiben, ich lese so etwas gern, solange man nur keine Erwiderung von mir erwartet. Ich weiß nicht, antworte ich und will schnell davongehen, aber er faßt mich am Ärmel und hält mich zurück. Ich solle sie nicht warten lassen, sagt er. Plötzlich denke ich, es wäre gut, einen Freund zu haben.

Vor der Eckkneipe mit dem Buchsbaum lehnt heute eine mit Kreide beschriftete Schiefertafel am Kübel. *All you can eat für acht Euro,* lese ich und habe, obwohl ich seit dem Frühstück nichts mehr gegessen habe, sofort ein Würgen im Hals. Um nicht am Spätshop vorbeizumüssen, gehe ich einen kleinen Umweg durch eine Seitenstraße, außerdem habe ich Zeit und beginne das zu genießen. Auf dem Gehsteig, Trottoir würde meine Mutter sagen, stehen riesige Akazien, jede mittels eines kleinen, runden, an Garderobenmarken erinnernden Blechschildes numeriert und also, denke ich, von irgendeinem städtischen Amt registriert und überwacht, was sie freilich nicht daran gehindert hat, den Asphalt mit ihren Wurzeln auf geradezu subversive Weise zu unterwandern und aufzubrechen. An manchen Stellen haben sie bereits begonnen, die Bordsteine und die Sockel der Zäune anzukippen. Ich lebe nun schon viele Jahre hier, trotzdem gibt es Wege, die ich noch nie gegangen bin, Straßen, deren Namen ich nicht kenne. Auf manchen Straßen bin ich schon gegangen, ohne auf den Gedanken gekommen zu sein, daß auch diese Straße einen Namen haben muß, würde mich jemand danach fragen, wüßte ich keine Antwort. Vor einigen Jahren war an einer Kreuzung ein Afrikaner von einer Gruppe angetrunkener Jugendlicher brutal zusammengeschlagen worden und kurz darauf an seinen Verletzungen gestorben. Ein rechtsradikaler Hintergrund könne nicht ausgeschlossen werden, hatte es geheißen, aber es gebe keine Beweise, man ermittle wie immer vorurteilsfrei und in alle Richtungen. Also doch ein Verbrechen, denke ich, ein Verbrechen hier in unserer Stadt, ich hatte es nur vergessen, manchmal ist es besser, wenn man vergißt. Andere aber wollten es nicht vergessen, Jahr für Jahr hatten sie sich an dieser Stelle getroffen und des Ereignisses gedacht, irgendwann hatte man die unscheinbare Kreuzung zu einem Platz erklärt und ihm den Namen des Opfers gegeben. Warum hatte ich das vergessen? Zur Enthüllung des Schildes waren sogar die Eltern aus Afrika angereist, ich hatte ein Bild davon in der Zeitung gesehen. Der Platz ist eine Fiktion, nichts als ein Name, nie würde jemand diesen Platz suchen oder danach fragen, es gibt keine Adresse mit diesem Namen, denn die angrenzenden Häuser haben ihre alten Hausnummern behalten. Aber irgendwo in Afrika gibt es jetzt Menschen, deren Familienname hier auf einem Straßenschild steht. Wenn Zimmermann damals nicht rechtzeitig aufgetaucht wäre, würde es in Neukamlitz vielleicht irgendwann einen Andreas-Plaschinski-Platz geben. Man kann es in diesem Beruf vielleicht zu einer gewissen Anerkennung unter den Kollegen bringen, niemals aber zu Berühmtheit oder ehrendem Gedenken, ein eigener Platz, das wäre mehr, als jeder kleine Beamte der Bundesversicherungsanstalt jemals erreichen kann, denke ich und weiß nicht, ob man so etwas denken darf.

Irgendwann komme ich an eine Brachfläche, auf der sich noch nicht einmal Unkraut angesiedelt hat, nur ein paar zerschlagene Bierflaschen liegen herum, das bizarr verbogene Gestell eines Wäschetrockners und ein alter Kühlschrank, dessen Tür weit offensteht. Die Wohnhäuser, die die Brache umstellen, unterscheiden sich nicht wesentlich von den anderen im Viertel, trotzdem kommen sie mir jetzt fremd vor, sie ähneln Büschen, die immer eng an einer Mauer gestanden haben und nach deren Abriß an einer Seite kahl und nackt sind. Im letzten Herbst, so erinnere ich mich, war hier ein altes, seit Jahren stillgelegtes Fabrikgebäude abgerissen worden. Es stammte noch aus der Zeit, als man Fabrikgebäude so baute, als ahne man bereits, daß sie irgendwann als Museen, Kulturhäuser oder Erlebnisrestaurants genutzt werden würden. Diesem aber hatte selbst die schönste Klinkerfassade nichts genutzt, es war einfach abgerissen worden, tagelang hatte ich den Lärm der Bagger gehört, der Himmel über dem Haus gegenüber war morgens und abends von den Bauscheinwerfern erhellt gewesen, es hatte ausgesehen, als habe das Haus einen Heiligenschein. Die Bagger hatten fast rund um die Uhr gearbeitet, hatten mit ihren schweren Schaufeln tagelang auf die Mauern eingeschlagen oder sich mit aller Kraft in die Decken gekrallt, die irgendwann mit einem dumpfen Grollen in sich zusammenbrachen, wobei dicke Staubwolken aufquollen und sich nur allmählich verzogen. Dann war alles zu einem riesigen Schutthaufen zusammengeschoben worden, der fast so hoch war wie vorher das Haus und aus dem zersplitterte Holzbalken und verbogene Stahlträger ragten, bis schließlich alles mehrere Wochen lang mit Lastwagen abtransportiert worden war. Einmal stand der junge Mann, der jeden Abend seine Zigarette vor dem Haus raucht, in diesen Wochen vor meiner Wohnungstür und fragte, ob auch ich mich von dem Lärm und den Scheinwerfern belästigt fühlte. Während er sprach, versuchte er an mir vorbei ins Innere meiner Wohnung zu sehen, vielleicht hatte er sogar das Fernglas auf dem Fensterbrett gesehen, plötzlich fragte er, ob ich bereit sei, die Dauer und Intensität der Störungen zu protokollieren, was hilfreich sei, denn man wolle sich demnächst beschweren. Ich, wieso ausgerechnet ich?, hatte ich ihn gefragt und sein Ansinnen empört zurückgewiesen. Seine Frau, hatte er entschuldigend gesagt, er sei nur im Auftrag seiner Frau da, und er schien fast erleichtert, unverrichteter Dinge wieder gehen zu können, ließ mir aber dennoch eines der akribisch vorbereiteten Protokolle da, in das die Zeiten und die Art der Störungen in entsprechende Spalten eingetragen werden sollten, ich könne es mir ja noch einmal überlegen. Seine Frau habe ich nie gesehen, aber in der Zeitung stand irgendwann etwas von einem Rechtsstreit, der von ihr gegen die Baufirma angestrengt worden war und der noch währte, als die Trümmer des Fabrikgebäudes längst restlos abtransportiert waren.

Jetzt preist ein riesiges Schild luxuriöse und dabei, wie es heißt, überaus günstige Wohnungen einer Seniorenresidenz an, auf den Bildern der hochbeinigen Tafel sind sie schon weithin zu sehen, bunt und so schön in einem Park gelegen, als solle sich jeder Jüngere über eine verpaßte Gelegenheit ärgern, als sei die späte Geburt ein Fluch. Der Platz hinter einem hohen metallenen Bauzaun aber ist noch leer, und so kann man auf die Rückseite eines Hinterhauses sehen, es ist, das wird mir schlagartig bewußt, *das* Hinterhaus. Denn an dem Hinterhaus und einem schmalen, hinter diesem hervorstehenden Streifen der Rückwand des Vorderhauses vorbei sehe ich oberhalb eines weiteren, etwas tiefer liegenden Daches für einen Moment ein Fenster meines Hauses. Also bleibe ich stehen, gehe sogar einige Schritte zurück, eine Weile brauche ich, um mich zu orientieren, dann bin ich sicher, es kann nur mein Badfenster sein, jenes Fenster also, das ich vor Monaten mit dem Periodensystem der Elemente sorgfältig abgedichtet habe. Es ist ein merkwürdiges Gefühl, so auf das eigene Fenster zu sehen. Das Fenster ist dunkel, aber in einigen Fenstern des Hinterhauses brennt schon Licht, leider ist nicht viel zu erkennen, wegen der Brachfläche und vor allem wegen eines überraschend großen Gartens ist die Entfernung viel zu groß, außerdem ist die Hälfte des Hinterhauses von einem riesigen Baum verdeckt, der, obwohl selbst noch kahl oder schon längst abgestorben, aber bis auf einige dünne Astspitzen vollständig mit Efeu überwuchert, auch zu dieser Jahreszeit kaum einen Durchblick gewährt. Schrill und ausdauernd tschilpt eine unsichtbare Schar Spatzen, irgendwo streiten zwei Elstern. Nie hätte ich vermutet, daß sich hinter dem gegenüberliegenden Haus ein so großer Garten erstreckt. Er ist von einer alten Ziegelsteinmauer begrenzt, auf deren Oberkante spitze Glasscherben in einen Betonstreifen eingelassen sind, eine richtige Festung, denke ich, wäre da nicht das kleine schmiedeeiserne Gartentor, das offensteht und auf einen kleinen Weg mündet, der sich zwischen der Mauer und der Brachfläche bis auf die Seitenstraße schlängelt. Auch von diesem Weg habe ich nichts gewußt, erst recht nicht von diesem Tor, das bis zum letzten Winter hinter dem Fabrikgebäude versteckt lag, von diesem Schlupfloch, durch das der alte Mann das Grundstück wahrscheinlich immer verlassen hat, und sicher nicht nur der alte Mann, schließlich wäre es auch allen anderen Bewohnern des Vorderhauses, also auch Zimmermann, möglich, das Grundstück auf diesem Weg zu verlassen, und zwar unbeobachtet. Denkbar sogar, daß sich Zimmermann eigens wegen dieses Schlupfloches in das Vorderhaus eingemietet und mich wochenlang an der Nase herumgeführt hat! Oder er hat über diesen Geheimweg Besucher empfangen, die mir wegen der damals noch mit dieser Silberfolie raffiniert verhängten Fenster entgangen sein mußten. Vielleicht sogar Kameraden aus Neukamlitz! Erst nachdem das Fabrikgebäude abgerissen wurde, ist dieser nun offenliegende Weg zu unsicher geworden, und Zimmermann hat auch die dadurch überflüssig gewordene Folie abgenommen. Wenn dem so ist, denke ich, kann ich meine Aufzeichnungen in den Wind schreiben, meine Bemühungen wären in diesem Fall völlig umsonst gewesen. Einen Augenblick überlege ich, ob ich nicht über den geheimnisvollen Weg gehen sollte, am Bauzaun entlang, dann durch das kleine Tor in den Garten, schließlich durch das Hinter- und das Vorderhaus bis auf unsere Straße, bleibe aber dann doch auf der Seitenstraße.

Die Dämmerung hat bereits eingesetzt, als ich die Lindenstraße erreiche. Wenn ich mich als Kind, über die hüglige Dorfstraße kommend, unserem Haus näherte, kam zuerst das rote Ziegeldach mit dem Schornstein zum Vorschein, verschwand noch einmal kurz, tauchte dann wieder auf, als wachse es jedesmal neu Meter für Meter aus dem dichten Grün des Gartens, das den Blick auf das Erdgeschoß erst im letzten Moment freigab. Jetzt steht das Haus, in dem ich wohne, sofort vor mir, wenn ich um die Ecke komme, ein riesiger Koloß, der nicht auftaucht, sondern unvermittelt da ist und dessen Existenz so immer etwas Bedrohliches hat. Am Sockel hatten, als ich einzog, die weißen, unter der langsam verblassenden Tünche hervortretenden Buchstaben *LSR* gestanden, über einem Pfeil, dessen Spitze abknickte und auf eines der Kellerfenster wies. Gleich darüber, im Erdgeschoß, wohnten Herr und Frau Sawatzki, sie waren Rentner und stammten, so erzählte man sich, aus Ostpreußen, ich habe nie danach gefragt, denn Herr und Frau Sawatzki machten nicht den Eindruck, daß sie einmal etwas anderes als Rentner gewesen sein könnten. Im Winter waren sie nie zu sehen, von Frühjahr bis Herbst aber saßen sie jeden Vormittag am geöffneten Fenster und sahen auf die Straße. Am Nachmittag gingen sie in die Kneipe an der Ecke, vor der damals noch kein Buchsbaum stand, sich an den Händen haltend und miteinander redend. Am frühen Abend kamen sie zurück, meist heftig miteinander streitend, Frau Sawatzki vorneweg, Herr Sawatzki einige Meter hinterher, leicht schwankend. Jedes Frühjahr hatte man den Eindruck, daß Herr und Frau Sawatzki über den Winter ein Stück kleiner geworden waren, vormittags sahen sie aus dem Fenster, nachmittags gingen sie in die Kneipe an der Ecke, sie sahen aus wie einem mittelalterlichen Gemälde entstiegen, kleine Kinder mit den Gesichtern von Greisen. Merkwürdigerweise war der Hinweis auf den Luftschutzraum nicht verschwunden, sondern im Laufe der Jahre, in denen Herr und Frau Sawatzki kleiner geworden waren, immer deutlicher hervorgetreten, bis er eines Tages von einem Sprayer übermalt worden war. Herr und Frau Sawatzki waren da schon tot, zuerst starb Frau Sawatzki, Herr Sawatzki zwei Wochen später. Am Sockel stehen seitdem, mit schwarzer Farbe geschrieben, die Buchstaben *LSD*.

Neben den Sawatzkis wohnte Frau Rautenberg mit ihrem Pudel. Frau Rautenberg hatte eine silbergraue Kaltwelle und einen silbergrauen Pudel. Irgendwann zog auch Frau Rautenberg aus, wie die meisten Alten irgendwann auszogen, danach sah man im Viertel keine Pudel mehr, bis heute nicht. Nun, da die Seniorenresidenz gebaut wird, werden die Alten zurückkommen, vielleicht wird man dann auch wieder Pudel sehen, frisch frisierte alte Frauen und Pudel mit Schleife im Haar. Damals hatte ich Frau Rautenberg in Verdacht, das kleine Schild an die Hintertür gezweckt zu haben, das den Kindern das Spielen im Hof verbot. Natürlich spielten trotzdem alle Kinder im Hof, vielleicht sogar wegen des Schildes, denn besonders attraktiv war der Hof nie. Das kleine Schild ist längst entfernt worden, aber heute spielt kein Kind im Hof, weil es im Haus kein Kind mehr gibt.

Das Haus gegenüber erscheint mir plötzlich wie eine bloße Fassade, wie ein Gesicht, das sich arglos gibt, während hinter der Stirn Intrigen gesponnen werden. Zum ersten Mal fällt mir das Treppensteigen schwer, das Hauslicht verlischt schon, bevor ich das letzte Podest erreicht habe. Ohne das Licht noch einmal anzuschalten betrete ich die Wohnung und gehe sofort zum Küchenfenster, um nach der Stelle zu suchen, an der ich vor einigen Minuten gestanden habe. Natürlich ist die Stelle vom Küchenfenster aus nicht zu sehen, dazu muß ich schon ins Bad gehen, aber vom Badfester aus ist wegen des Periodensystems der Elemente überhaupt nichts zu sehen. Ganz vorsichtig löse ich ein Stück des Klebebandes, das die Rolltafel am Fensterrahmen hält, und versuche durch den Spalt die Stelle zu erkennen, aber es ist schon zu dunkel dafür. Vielleicht ist es überhaupt nicht mein Badfenster gewesen, denke ich, die Häuser sehen einander ja zum Verwechseln ähnlich.

Die Stillsitzer nehme ich erst wahr, als ich schon wieder in der Küche stehe, sie sehen aus wie Attrappen, die täuschend echt in einer eigens für mich aufgebauten Kulisse sitzen und auf meine Befehle warten. Nach allem, was ich über dieses Second Life gehört habe, stelle ich es mir genau so vor, eine Ansammlung von Attrappen und Dependancen. Wahrscheinlich gibt es dort auch eine Bundesversicherungsanstalt, und einer dieser Computerjunkies unter meinen Besuchern wird nicht eher ruhen, bis diese Bundesversicherungsanstalt der realen Bundesversicherungsanstalt exakt gleicht, er wird all sein Können aufbieten, damit die Leuchtstoffröhre im Flur in Echtzeit flackert, der Kaktus auf dem Fußboden meines Büros steht und sich nicht verändert, er wird stolz sein auf die Bilder, die er an die Wände hängt, und sie für Kunst halten. Er feiert es als Sieg der Technik, daß er nun unter falschem Namen jederzeit durch die Flure der Bundesversicherungsanstalt gehen kann, die ihm auch im wirklichen Leben fast immer offenstehen. Vielleicht wird gerade jetzt, da ich die Stillsitzer stillsitzen sehe, der Sohn von Herrn Meinhardt in dieser künstlichen Bundesversicherungsanstalt spielerisch eine Bombe zünden oder die Bundesversicherungsanstalt mit einer versteckten Bombe erpressen, um seinem Vater anschließend eine dieser luxuriösen Wohnungen in einer Seniorenresidenz zu kaufen, aber noch weitaus günstiger, als die Tafel auf der Brachfläche hinter dem Haus gegenüber es in Aussicht stellt.

Immer wieder, wenn ich aus dem Fenster schaue, frage ich mich, wie diese Leute es machen, sie zu sein, wie sie es aushalten und was in ihnen vorgeht, wenn sie tun, was sie tun. Manchmal schaue ich dann wie in ein Spiegelbild. Auch die Stillsitzer mit ihrer Flucht in ein anderes Leben erscheinen mir dann wie ein Abbild meiner selbst, ich erschrecke, und der Blick aus dem Fenster ist in diesem Moment nicht auszuhalten. Was machen sie denn anderes als ich? Doch selbst wenn ich mich abwende, kann ich mir nicht entkommen, ich muß wieder hinsehen, um mich selbst zu vergessen.

Manuela ist inzwischen ausgezogen. Eines morgens, als ich ins Büro ging, stand der Möbelwagen da. Auch das

Männlein mit der Helmut-Schmidt-Mütze war erschienen, er stand auf der Straße und fuchtelte hektisch mit seinem Stöckchen herum, wies damit in Richtung von Manuelas Fenster, und die Blicke einiger junger Leute, die er um sich geschart hatte, folgten ihm. Er redete unentwegt, ich verstand kein Wort, aber was er sagte, schienen eher Belehrungen denn Erklärungen zu sein, die jungen Leute jedenfalls wirkten wie verstörte Schüler. Während die Packer mit Manuelas Möbeln aus der Haustür kamen, zwängte er sich mit drohend erhobenem Stöckchen schon an ihnen vorbei ins Haus, so daß unter den potentiellen Mietern für einen Moment ein kleines Gedränge entstand, als könne die Reihenfolge des Eintretens die Entscheidung des Hausbesitzers beeinflussen. Obwohl ich diese voreilige Inbesitznahme der noch nicht einmal vollständig geräumten Wohnung für geschmacklos hielt, konnte auch ich nicht umhin, mir aus der Gruppe potentieller Mieter einen Wunschkandidaten auszusuchen. Natürlich war es eine Wunschkandidatin, bloß nicht schon wieder einen von diesen langweiligen Stillsitzern, dachte ich, Frauen scheinen mir, ich weiß auch nicht warum, den realen Dingen des Lebens weit eher zugeneigt. Meine Wahl fiel auf eine Blondine in einem grauen Hosenanzug. Sie schien sich ihrer Sache sicher und hatte sich an der kleinen Drängelei nicht beteiligt, hatte sich stattdessen, ein bißchen skeptisch, wie mir schien, das Haus genauer angesehen, als liege die Wahl gar nicht beim Vermieter, sondern allein bei ihr. Ihre Figur glich der von Anna-Sophie und war selbst in dem grauen Hosenanzug überaus aufregend, das konnte selbst diesem kleinen Männchen mit der Helmut-Schmidt-Mütze nicht entgehen, vielleicht würde er sie auswählen. Eine zweite Anna-Sophie, dachte ich, eine, die ich aus sicherer Entfernung beobachten könnte. Manuela selbst war nicht zu sehen, ich hätte mich gern von ihr verabschiedet, doch ich mußte ja weiter.

Die Fenster von Manuelas ehemaliger Wohnung sind dunkel, aber es ist eine andere Dunkelheit als die der übrigen Fenster des Hauses. Als habe sich die Leere hinter den Scheiben in ihr Gegenteil verkehrt, hat das Schwarz dort eine eigentümliche Schwere. Es ist ein vollkommenes Schwarz, das nur an einer Stelle durch einen kleinen hellen Punkt gestört wird. Auf einem der Fensterbretter muß Manuela etwas vergessen oder absichtlich zurückgelassen haben, aber selbst durch das Fernglas betrachtet, bleibt es nur ein heller runder Punkt. Erst nach einer Weile, als ich schon gar nicht mehr daran denke, kann ich diesem Punkt einen Gegenstand zuordnen, ein Tennisball, na klar, auf dem Fensterbrett liegt ein Tennisball. Sollte das ein Zeichen sein, ein Zeichen, daß der Ball nun bei mir liegt?

Plötzlich stehe ich wieder da und habe diesen Tennisball in der Hand, klein und hart, mit diesem kurzen, pelzigen Flausch voll rötlichen Staubs, der meine Fingerspitzen färbt. Hierher! ruft jemand von jenseits des Maschendrahtzaunes, doch ich stehe da und starre verwirrt auf den Ball, der mir vor die Füße gefallen war, aufprallte und wieder hochsprang, ein Querschläger von jenseits des Maschendrahtzaunes, den ich so geistesgegenwärtig auffing, wie ich jetzt geistesabwesend dastehe, unfähig, der Stimme Folge zu leisten, die immer wieder Hierher! ruft, anfangs amüsiert, dann zunehmend genervt und dabei immer näher kommt. Mein Gott, was ist denn nun?! Und dann, da ich noch immer nicht weiß wohin mit dem Ball, beschreibt die Ruferin mit ihrem Schläger einen Bogen, rüttelt mit der anderen Hand am Zaun, anfangs genervt, dann zunehmend amüsiert, während ich ihr den Ball mit einer sinnlosen Geste hinhalte, woraufhin sie lächelt und den Schläger wie entwaffnet sinken läßt. Dann behalt ihn doch, sagt sie endlich und rennt davon. Damals hatte ich Monika zum ersten Mal gesehen. Immer, denke ich jetzt, immer ist etwas wie dieser Maschendrahtzaun zwischen uns gewesen, zwischen Monika und mir. Manchmal haben wir ihn vergessen oder ignoriert, manchmal sind wir dagegen angerannt oder haben ihn einfach weggelacht, aber er ist immer dagewesen, die ganzen Jahre ist er dagewesen, und vielleicht steht immer etwas wie dieser Maschendrahtzaun zwischen zwei Menschen, auch zwischen Anna-Sophie und mir. Nun habe ich schon wieder an Monika gedacht, gut, daß Manuela endlich ausgezogen ist.

Draußen, im Lichtschein der unter mir liegenden Wohnung, grinst diese Bismarckvisage, oben steht der Schauatmer am geöffneten Fenster, wie immer mit nacktem Oberkörper, diesmal eine Zigarette verwegen hinters Ohr gesteckt. Soll sich dieser Angeber doch erkälten, denke ich, aber solche Leute sind natürlich abgehärtet, die denken wahrscheinlich sogar, sie könnten der Rentenkasse ewig auf der Tasche liegen. Die sammeln jahrzehntelang Entgeltpunkte wie die Eichhörnchen, aber dann, ein Sturz aus dem Fenster, ein Herzinfarkt, ein kleiner Schlaganfall, so was geht schneller, als man glaubt. Wir haben schon Renteninformationen verschickt, da kommt man aus dem Staunen nicht raus. Von wegen Versorgungslücke, richtig neidisch konnte man da werden, und dann war plötzlich Ruhe im Karton. Sozialverträgliches Frühableben, würde Wagner sagen.

Wie der seine Arme jetzt auf das Fensterbrett stützt und dabei seinen Kopf kreisen läßt! Hat wahrscheinlich eine Verspannung, der Ärmste, ich möchte wissen, was der den ganzen Tag treibt. Sicher Büroarbeit, denke ich und merke schon wieder, wie mein Rücken schmerzt. Vor ihm hat eine angehende Opernsängerin in der Wohnung gewohnt, aber was heißt gewohnt, geträllert hat die, von früh bis abends geträllert, manchmal auch mitten in der Nacht, bei geöffnetem Fenster, ganze Arien, meist aber irgendwelche Übungen, das hat sich angehört, als leide sie an Schluckauf oder als habe eine Schallplatte einen Sprung. Vielleicht hatte tatsächlich bloß eine Schallplatte einen Sprung. War das Fenster geschlossen, sah es noch lächerlicher aus, so ähnlich, wie wenn der Schauatmer Luftgitarre spielt. Sie stand vor dem Spiegel und gefiel sich in theatralischen Gesten. Mal schien sie sich das Herz aus der Brust zu reißen, dann wieder flog ihre Hand durch die Luft, als fange sie Fliegen, manchmal sank sie vor dem Spiegel zusammen, und ich war drauf und dran, den Rettungswagen zu rufen. Wenn man sie heimlich beobachtet, werden alle Menschen lächerlich. Man muß die Leute nur sehen, wenn sie sich selbst im Spiegel beobachten, oder wenn sie zum Beispiel niesen, und ich habe sie alle niesen gesehen. In diesem Moment des vollkommenen Kontrollverlustes sind sie einfach nur lächerlich. Anna-Sophie hätte dieses Geträller bestimmt gefallen. Wie lange ist das eigentlich her? Ich bräuchte nur nachzusehen, habe ich ja alles festgehalten, das ganze Repertoire, aber das ist auch egal. Hoffentlich kommt Anna-Sophie nie auf den Gedanken, mit mir in die Oper zu wollen. Ich bin wirklich tolerant, aber bei Oper hört für mich der Spaß auf. Einzelne Arien, von mir aus, das mag ja noch angehen, aber wie kann man auf die Idee kommen, singend ganze Geschichten zu erzählen? Anna-Sophie wird doch wohl eine Freundin haben, oder Hansen, von mir aus kann sie mit Hansen in die Oper gehen, ich würde ihr sogar mein Fernglas borgen.

Zimmermann ist nie lächerlich, das macht ihn verdächtig. Bei Zimmermann scheint alles kalkuliert, der weiß genau, daß er unter Beobachtung steht. Wenn seine mutmaßlichen Kumpane durch die Straßen ziehen mit ihren Glatzen und ihren aufgeplusterten Jacken, dann können sie noch so gefährlich wirken, im Grunde sind sie lächerlich, viel zu groß geratene Babys, die den finsteren Blick von Dämonen üben. Trüge einer von ihnen einen Kopfverband, das sähe grotesk aus, wirkte allenfalls bedauernswert. Zimmermann aber sah selbst mit seinem Kopfverband aus wie ein Held. Einer wie Zimmermann kann einen schon in seinen Bann ziehen. In Wahrheit ist er der Dämon.

Seit ich Zimmermann auf der Straße angesprochen habe, scheint er verschwunden. Es kommt mir so vor, als ließen die Grünpflanzen am Fenster des dunkelroten Zimmers ihre Blätter hängen. Als Kind hatte mein Großvater mir erzählt, man dürfe die gefundenen Gelege von Singvögeln nicht berühren, die Tiere würden den fremden Geruch wahrnehmen und wegen der drohenden Gefahr nicht mehr zu diesen entdeckten Nestern zurückkehren. Wahrscheinlich wollte er mich nur von den Nestern fernhalten, trotzdem fällt mir das jetzt ein, als ich die welken Blätter der Grünpflanzen sehe. Vielleicht werden weder Zimmermann noch der blonde Lockenkopf in diese Wohnung zurückkehren, denke ich, die Blätter werden langsam verdorren und eins nach dem anderen wird zu Boden fallen, bis nur noch die dürren Stiele und Ranken im Fenster zu sehen sind und diese nutzlos gewordene Gießkanne, die einmal eine Kaffeekanne gewesen ist. Man würde dann besser in dieses dunkelrote Zimmer hineinschauen können, aber keiner würde mehr Licht machen, auf jeden Fall nicht Zimmermann oder der blonde Lokkenkopf. Ich hätte nie auf die Straße gehen und Zimmermann ansprechen dürfen, man muß sich als Beobachter einfach besser unter Kontrolle haben. Möglich, daß Zimmermann, sollte er wirklich ein V-Mann sein, seiner Dienststelle von unserer Begegnung berichtet hat und nun auf deren Anweisung die Wohnung aufgeben mußte, gerade jetzt, da er doch, wie er gesagt hatte, etwas Neues aufbauen wollte. Aber warum sollte Zimmermann von unserer Begegnung Meldung machen, das würde nur einen Sinn ergeben, wenn er in mir eine Gefahr für seine Pläne sähe. Er ist also ein V-Mann und hält mich für eine Gefahr, oder er sieht in mir eine Gefahr, weil er mich für einen V-Mann hält. Mein plötzliches Auftauchen im Neukamlitzer Ratskeller, unsere merkwürdige Begegnung hier auf der Straße, das alles mußte ihm dann ja als abgekartetes Spiel erscheinen, vielleicht ist er heute noch einmal kurz in die Wohnung zurückgekehrt und hat mich dabei sogar vorhin am rückwärtigen Gartentor gesehen. Ich werde in Zukunft vorsichtiger sein müssen.

Das ist kein einfaches Puzzlespiel mehr, denke ich auf dem Weg ins Schlafzimmer, als ich im Flur die immer noch auf dem Zwischenboden gelagerten Puzzlespiele meiner Mutter sehe. In einem Puzzlespiel hat jedes einzelne Teil seinen Platz, auch wenn dieser Platz schwer zu finden ist, der Platz ist da, und alles fügt sich irgendwann zu einem Bild. Wenn überhaupt, dann wären in diesem Spiel die Teile mehrerer Bilder vermischt, es gäbe nicht einmal eine Vorlage, so daß man nie wissen kann, ob das gefundene Teil seinen Platz in einem sinnvollen Bild hat, ob sich aus den vorhandenen Teilen wirklich ein Bild zusammensetzen läßt.

Im Flur der Anstalt steht Wagner, der, als er mich sieht, sofort auf mich zukommt. Er ist völlig aufgeregt, beginnt aber erst zu reden, nachdem er schon direkt neben mir steht, wobei er den Anschein zu erwecken sucht, als lese er gleichzeitig in der Akte, die er in den Händen hält, als müsse er mir diese Akte erklären. Ich weiß, er kann nicht gleichzeitig reden und lesen. Ob ich denn wieder mal im Theater gewesen sei, ich wisse schon, die netten Ballettmädchen. Zu meiner Verwunderung grinst er diesmal nicht, er sieht mich nicht einmal an, starrt nur unentwegt auf die Akte. Meinen Einwand, daß es sich um einen Irrtum handle, schiebt er beiseite. Ja, ja, sagt er, schon klar, er könne schweigen, gerade jetzt, er sage nur Anna-Sophie, er wisse Bescheid, umso wichtiger sei es ja, mit mir zu reden. Er spreche als Freund zu mir, und als solcher müsse er mich warnen, die Situation habe sich verschärft, der Bürgermeister des kleinen Grenzortes wolle einen Imagewandel und habe neuerdings überall Videokameras installieren lassen, alles werde überwacht und solle demnächst per Liveschaltung sogar im Internet zu sehen sein, er könne sich zwar nicht vorstellen, wer sich so etwas ansehen sollte, aber immerhin könne dann jeder..., der Chef zum Beispiel oder auch Anna-Sophie, das sei doch peinlich. Übrigens nett, die Anna-Sophie, wirklich nett, aber bestimmt auch etwas zart besaitet, besonders, was solche Dinge betreffe, ich solle mich also vorsehen. Andererseits, sagt er und grinst nun schon wieder, seit es diese neue Autobahn gebe, herrsche Flaute im Revier, viele der Damen hätten, wenn er es mal so ausdrücke, ihr Engagement verloren, einige Bühnen seien sogar schon geschlossen, ein regelrechtes Theatersterben sei das, die Preise seien dadurch natürlich im Keller, ich mache mir keine Vorstellung, das sei ihm nun auch schon wieder fast peinlich, sittenwidrige Preise sozusagen, aber das sei eben die Marktwirtschaft. Und erst der Spielplan, mein lieber Mann, da gebe es kein Tabu mehr, reizvoll, aber, wie gesagt, Holzauge sei wachsam! Dabei rammt er mir seinen Ellenbogen in die Seite, und einige der Blätter segeln zu Boden. Wagner bückt sich, und ich könnte ihm jetzt wunderbar in den Arsch treten. Da aber geht die Tür des Chefzimmers auf. Wo er denn bleibe, ruft der Chef Wagner zu, er warte auf ihn.

Anfangs ist mir die Stille in Anna-Sophies Zimmer gar nicht aufgefallen, erst nach etwa einer Stunde, als sie vom Fiepen des Telefons unterbrochen wird und dieses Fiepen nicht enden will, schaue ich verwundert zur Tür. Was Anna-Sophie wohl in ihrem Zimmer macht? Eigentlich brauche ich jetzt schon keinen Grund mehr, um nachzusehen, aber irgend etwas in mir wehrt sich noch, einfach zu ihr hinüberzugehen. Die Meinhardt-Akte, denke ich, ich werde sie nach der Meinhardt-Akte fragen. Als ich klopfe, kommt keine Antwort, aber ich öffne trotzdem die Tür. Das Zimmer ist leer. Auf dem Schreibtisch liegt die Meinhardt-Akte, wahrscheinlich hat Anna-Sophie nicht einmal hineingeschaut. Ich habe die Klinke noch in der Hand, als Wagner plötzlich in der anderen Tür steht. Anna-Sophie habe sich krank gemeldet, der Chef habe es ihm gesagt, ob ich wisse, was los sei. Ich weiß nichts und sage es ihm. Aber ich müsse es doch wissen, wer, wenn nicht ich, jetzt, wo wir doch quasi... Er sucht nach einem passenden Wort. Quasi was?, frage ich gereizt. Es gebe Indizien, sagt er grinsend, erdrückende Indizien, ich brauchte nicht mehr zu leugnen, wir seien überführt, und übrigens rufe Neukamlitz mal wieder, aber ich solle mir keine Sorgen machen, er werde das diesmal selbstverständlich übernehmen, ein bißchen Abwechslung könne ihm nicht schaden. Ich mache mir keine Sorgen, sage ich, warum soll ich mir Sorgen machen? Wagner zuckt mit den Schultern und verschwindet, dann eben nicht, sagt er und schließt die Tür.

Ich mache mir aber Sorgen, sage ich kurz darauf zu Anna-Sophie, die am Telefon meinte, ich müsse mir keine Sorgen machen. Eine leichte Erkältung, sagt sie, nichts

Ernstes, man werde bei dem Wetter so schnell leichtsinnig, man denke, es sei schon… Ich weiß, unterbreche ich sie und bin nun wütend. Ich dachte, wir könnten heute ausgehen, vielleicht ins Theater. Schade, aber ich könne ja zu ihr kommen, wenn ich wolle. Ich wolle doch?, fragt sie, da ich schweige. Wollen schon, sage ich zögernd und starre meinen Kaktus an. Also bis heute abend, sagt sie und legt sofort auf.

In der Frühstückspause fragt Wagner nach der Adresse meiner Neukamlitzer Wirtin, er erkundigt sich nach dem Nachtleben in der Provinz und will wissen, ob auf dem Zimmer Damenbesuch erlaubt sei. Heute könne man ja mal wieder frei sprechen, sagt er, eine Männerrunde wie in alten Zeiten. Ich verspreche ihm, die Adresse aufzuschreiben, lobe das Frühstück und das Essen im Ratskeller, es werde ihm sicher gefallen. Grüß den Wirt, sage ich, netter Mensch, wirklich nett. Wagners Kaffeetasse bleibt auf halber Höhe stehen, er weiß nicht, ob er das alles ernst nehmen soll. Außerdem, mischt sich Hansen ein, sei Neukamlitz fast so etwas wie eine Karnevalshochburg, im Vergleich zum Rheinland auf bescheidenem Niveau verstehe sich, aber immerhin, es gehe voran, die Leute würden sich nach all den Jahren der Unterdrückung Mühe geben, im Elferrat säßen ernstzunehmende Leute, wäre das Angebot einige Wochen früher gekommen, er hätte sofort ja gesagt. Wie es Anna-Sophie gehe? Hansen sieht mich an, aber ich tue, als hätte ich nichts gehört.

Nach der Pause gehe ich sofort in Anna-Sophies Zimmer, um die Meinhardt-Akte zu holen. Anna-Sophie hat sie bündig an der Schreibtischkante ausgerichtet. Ansonsten ist der Schreibtisch vollkommen leer, als habe sich Anna-Sophie auf eine längere Abwesenheit vorbereitet. Kein Blatt Papier, kein Stift, nichts, nur nackter grauer Kunststoff, lediglich am Gehäuse des Computers klebt ein kleiner gelber Zettel mit einer Telefonnummer. Die Vorwahl stammt nicht aus der Region, es wird sich kaum um eine dienstliche Nummer handeln. Man könnte es ja probieren. Ich setze mich an den Schreibtisch, beginne die Schubladen eine nach der anderen aufzuziehen. Im Gegensatz zum Schreibtisch herrscht in den Schubladen das reinste Chaos, einige Akten, aufgerissene Briefe, Papiertaschentücher, Lippenbalsam, abgelaufene Monatskarten, Hustenbonbons, eine Packung Tampons. Eine Schublade ist abgeschlossen. Vielleicht klemmt sie auch nur, ich ziehe mit aller Kraft, nichts. Wenn ich bei mir überhaupt abschließe, lege ich den Schlüssel unter die Tatstatur, hier liegt nichts. Plötzlich habe ich den Hörer in der Hand, wähle die Nummer, die auf dem gelben Zettel steht, lege aber wieder auf, bevor sich jemand meldet. Ich nehme die Meinhardt-Akte und verlasse eilig das Zimmer, hinter mir klingelt das Telefon. Wahrscheinlich ist die Nummer angezeigt worden, denke ich, als ich schon wieder an meinem Schreibtisch sitze.

Es ist jetzt sechs, bis um sieben werde ich auf jeden Fall warten, denke ich, wenn sich Zimmermann bis dahin nicht zeigt, fahre ich zu Anna-Sophie. Aber schon nach einer Viertelstunde, in der sich Zimmermann nicht gezeigt hat, hinter den Grünpflanzen nicht und auch nicht im gelben Zimmer, bin ich nicht sicher, ob ich wirklich zu Anna-Sophie fahren werde, selbst wenn er sich auch bis um sieben nicht zeigen sollte.

Ich starre aus dem Fenster wie damals in der Schule, wo ich immer in der Fensterreihe saß. Das Klassenzimmer lag im dritten Stock, auf dem Schulhof stand eine Pappel, deren Äste bis dicht an die Scheiben ragten, ein dichtes Geflecht, dazwischen Flecken des Himmels, blau oder grau, so wie jetzt das dunkle Rot der Wand zwischen den

Pflanzen in Zimmermanns Fenster steht. Die Blätter hatten einen silbernen Schimmer und zitterten im Wind. Aber selbst bei völliger Windstille fand sich immer wieder ein einzelnes Blatt, das plötzlich zu vibrieren begann, als gelte es etwas abzuschütteln, als habe der mächtige Baum für einen Augenblick die Beherrschung verloren oder sich dieses eine Blatt mit einer nicht zu unterdrükkenden Erregung gerade der vergangenen Bewegung erinnert. Manchmal hatte ich das Gefühl, ich müsse nur lange genug auf eines der regungslosen Blätter starren, um es schließlich mit der Kraft meiner Vorstellung zum Zittern zu bringen. Manchmal aber, während ich regungslos auf den Baum starrte, war es ein Teil meines Körpers, der unvermittelt zu zittern begann, ein Zucken, das durchs Gesicht lief, ein leichtes Vibrieren der Hand, oder das Herz begann wild zu schlagen, es war wie eine Niederlage in einem verbissen geführten Wettkampf, der keine Zeugen hatte.

Die Grünpflanzen hinter Zimmermanns Fenster bewegen sich nicht. Nach einer halben Stunde nehme ich mir vor, auf jeden Fall zu fahren, selbst wenn er sich noch zeigen sollte. Ein halbe Stunde noch, denke ich und sehe erst jetzt die Kontrolleuchte des Anrufbeantworters blinken. Es ist ein Anruf von heute morgen, Anna-Sophie fragt mich, ob ich eine Packung Kamillentee mitbringen könne. Neun Uhr dreißig, sagt die Computerstimme und bietet mir eine Verbindung per t-net call mit dem Anrufer an. Neun Uhr dreißig, fünf Minuten vorher hatte Anna-Sophie im Büro mit mir gesprochen! Wieder einer von diesen perfiden Tricks. Du kannst natürlich machen, was du willst, aber du weißt, was von dir erwartet wird. Noch einmal wähle ich die Nummer, die in ihrer Handschrift auf dem gelben Zettel gestanden hat und nun in meiner Handschrift auf einem weißen Zettel steht. Eine Nicole

Müller aus der Rechtsanwaltspraxis Doktor Speerschneider fragt, was sie für mich tun könne. Wie ich diesen Tonfall kenne! Diesmal klingt er eine Spur zu übertrieben, entweder diese Nicole ist neu oder sie will mich verhöhnen. Falsch verbunden, sagte ich und lege auf. Was nun? Jeder Versuch einer Antwort bringt nur neue Fragen. Wozu braucht Anna-Sophie einen Rechtsanwalt, noch dazu einen, der gleich zurückruft, wenn er ihre Nummer sieht? Oder ist diese Nicole nur eine Freundin? Und woher bekomme ich jetzt Kamillentee?

Es ist noch eine Viertelstunde bis um sieben, als ich mich auf den Weg mache. Im Spätshop ist gerade Schichtwechsel. Die Verkäuferin ist erstaunt, mich zu sehen. Schon zurück?, fragt sie, verzieht den Mund und weist mit dem Kopf auf ihre Ablösung. Es ist ein junger Mann, eine Figur wie ein Möbelpacker, die Unterarme, der Nacken und was weiß ich was alles sind tätowiert, er stapelt Bierkästen als seien es leere Pappkartons. Er hat dicke silberne Ringe ihm Ohr, die das Fleisch nach unten ziehen wie Teig, der jeden Moment zu tropfen anfängt. Sie könne jetzt nicht sagen, was zu sagen wäre, flüstert die Verkäuferin mir zu, aber sie sei wieder da gewesen, ich wisse schon ... Kamillentee?, leider nicht. Ich solle Wodka nehmen, mischt sich der Möbelpacker ein, Wodka, das helfe genauso gut und schmecke viel besser, seine Ohrringe schaukeln bei jeder Bewegung, die er macht, so stark, daß es schon beim Zusehen schmerzt. Die Verkäuferin wirft ihm einen bösen Blick zu, er solle seine Arbeit machen, er sei schließlich nicht zum Quatschen hier. Morgen früh, sagt sie zu mir, sie habe da eine Mischung zu Hause, die helfe gegen alles. Danke, nicht nötig, sage ich, übrigens, sie arbeitet beim Finanzamt, nicht im Ministerium, Sie wissen schon... Ach deshalb, dieses durchtriebene Miststück, durchtrieben und scheinheilig, jetzt werde ihr vieles klar, gestern sei sie wieder ganz freundlich gewesen, wie es so laufe, habe sie wissen wollen, mit dem Umsatz und überhaupt. Da wolle man freundlich sein, rede und rede, man denke sich nichts Schlimmes, und die wolle einen aushorchen, na, die könne was erleben. Schönen Abend, sage ich.

Anna-Sophie trägt einen Morgenmantel aus grauer Seide, den sie mit der linken Hand am Hals zusammenhält. Ihr Haar ist offen, das Gesicht leicht gerötet, vielleicht hat sie ein bißchen Fieber. Ich finde, sie sieht heute schöner aus denn je. Ob ich den Kamillentee mitgebracht hätte? Sie habe doch auf dem Anrufbeantworter... Oh, wie ich diesen Blick kenne! Man könnte jetzt eine Grundsatzdiskussion beginnen oder wenigstens ein kleines Scheingefecht, ein Wort gäbe das andere, und schon hätte man einen handfesten Streit. Man kann sich auch mit einer kleinen Lüge aus der Affäre ziehen. Kamillentee, Anrufbeantworter? Ich komme direkt aus dem Büro, habe heute etwas länger gearbeitet, diese Meinhardt-Akte, du weißt schon, der Kerl ist doch gemeingefährlich und zu allem fähig, wenn der noch mal vertröstet wird. Sie lacht, ich solle nicht übertreiben, sei doch ein netter älterer Herr, dieser Meinhardt. Schade, Kamillentee wäre jetzt gut. Ihr Husten klingt gekünstelt, ich schweige.

Ich hätte nicht herkommen sollen oder wenigstens bis um sieben warten, denke ich, sicher wäre Zimmermann noch gekommen, oder der blonde Lockenkopf.

Sie sei krank, ich solle ihr was erzählen. Wagner fährt für ein paar Wochen nach Neukamlitz, sage ich, der Chef hat es heute morgen entschieden. Schade, sagt sie, sie wäre auch gern gefahren. Ihr Morgenmantel ist von der rechten Schulter gerutscht, man kann tief in ihren Ausschnitt sehen. Wieso willst du ausgerechnet jetzt wegfahren?, frage ich. Was ich damit meine, ausgerechnet jetzt?

Du weißt genau, was ich meine. Ich solle nicht kindisch sein, es sei ja nur für kurze Zeit, und die Wochenenden käme sie nach Hause. Wagner fährt, es ist entschieden. Das habe sie gehört, schade sei es trotzdem, warum ich denn so gereizt sei? Ich bin nicht gereizt. Sie streicht mir mit dem Handrücken über die Wange, sanft, wie man ein kleines Kind tröstet. Ich will ihre Hand wegschieben, fasse dann aber ihr Handgelenk, küsse die Finger, versuche Anna-Sophie an mich zu ziehen. Sie rafft mit der anderen Hand den Morgenmantel zusammen, ihre Faust liegt zwischen uns. Nicht doch, sagt sie, sie sei krank. Eine Weile sitzen wir schweigend vor einem niedrigen Glastisch, ich halte noch immer ihre Hand und weiß nicht wohin mit meinen Knien. Jemand geht am Fenster vorbei, erst flammt die Hofbeleuchtung auf, dann knirscht der Kies. Anna-Sophie hat den Vorhang zugezogen, man kann nichts erkennen. Vielleicht ein Spanner, sagt sie lachend und macht sich von mir frei. Sie geht aus dem Zimmer, um Tee zu kochen. Pfefferminz, ruft sie aus der Küche, besser als nichts.

Allein im Zimmer, stehe ich auf und gehe zur Wand mit den Masken. Eine Pierrotlarve hängt direkt an der Mauer, als sei sie aus ihr herausgewachsen, zwei Kopfmasken sind über hölzerne Kandelaberarme gestülpt, sie sehen aus wie Mutanten, eine hohe, fliehende Stirn, aufgemalte Falten, der Haaransatz in der Mitte des Schädels, das Haar verfilzt und in zopfähnlichen Strähnen eng angelegt. Die Öffnungen für die Augen unter wulstigen Brauen, die Nase klein und flach, fast katzenhaft. Bestimmt aus einer Oper, denke ich. Kennst du einen Rechtsanwalt, der zu empfehlen ist, rufe ich in die Küche. Warum? Eine Bekannte steckt in Schwierigkeiten, der Name tut nichts zur Sache... Ich hätte aber viele Bekannte, ruft sie, ich könne ruhig sagen, wie sie heiße, es mache ihr nichts aus. Das ist doch egal, sie hat mich gebeten, nicht darüber zu sprechen, es ist ihr peinlich, sagen wir also Nicole. In der Küche klirrt das Geschirr, die Mutanten grinsen. Diese Nicole hat vor ein paar Monaten eine große Dummheit... Wie ich auf Nicole käme? Anna-Sophie steht plötzlich in der Tür. Nur so, sage ich, mich umdrehend, von mir aus auch Luise, ich sagte doch, es ist egal. Wenn es egal sei, brauchte ich es ja nicht zu erzählen. Dann eben nicht, sage ich beleidigt, vergiß es.

Der Tee dampft, als Anna-Sophie ihn in flache, dünnwandige Schalen gießt. Unter die Schalen hat sie jeweils eine kleine Matte aus Bast gelegt. Der Zucker umschließt in großen braunen Kristallen die unteren Enden von Holzstäbchen, die aus einer weißen Dose ragen. Nach Krankheit sieht das nicht aus. Krankheit, das sind klobige Henkeltassen, der Geruch von Salben und Tinkturen, bei Anna-Sophie hat selbst jetzt noch alles Stil. Bei allem, was sie tut, habe ich das Gefühl, als führe sie mir ihre Wohnung vor. Sie kenne da jemanden, der sei für meine Bekannte vielleicht der Richtige, obwohl sie ja nicht wisse, um was es gehe. Kleine Dummheiten, sagt sie schlürfend, seien ihr sympathisch. Was weiß Anna-Sophie schon von kleinen Dummheiten, denke ich.

Die Freundin, von der Anna-Sophie erzählt, ohne ihren Namen zu nennen, als müßte ich sie kennen, arbeitet bei einer Rechtsanwältin, die sich in einem Verein gegen Frauenhandel und Zwangsprostitution vor allem in Tschechien engagiert. Wahrscheinlich hätte ich ja keine Ahnung, wie es nur wenige Kilometer von hier direkt hinter der Grenze zugehe, sagt Anna-Sophie, die Frauen hätten keinerlei Schutz, viele seien in Osteuropa unter falschen Versprechungen angeworben oder einfach verschleppt worden und würden von ihren Peinigern skrupellos ausgebeutet und wie Vieh gehalten, die Ausweise würden ihnen abgenommen, und die gesundheitliche Situation sei katastrophal, sogar Schwangere und Kinder würden zur Prostitution gezwungen, manche von ihren eigenen Müttern verkauft, es sei nicht zu fassen. Sie scheint ehrlich entrüstet, aber ich habe das Gefühl, daß schon der Anblick einer rotzverschmierten Kindernase sie entsetzen würde. Und dann die Freier, sagt sie, schon allein das Wort sei eine Frechheit, in ihren Augen seien das nur Täter, hundsgemeine Täter und fiese Arschlöcher, und alle kämen sie aus unserer Stadt und deren Umland, an den Kennzeichen der Autos könne man es erkennen. Wenn sie sich vorstelle, einer dieser Typen könne ihr irgendwann im Büro gegenübersitzen, komme ihr das Kotzen. Früher habe sie geglaubt, man könne es solchen Männern ansehen, aber nein, sie sähen aus wie Wagner oder Hansen. Wie kommst du auf Wagner und Hansen? Nur so, ich brauche sie nicht gleich zu verteidigen. Also wie ich, höre ich mich sagen und versuche ihr in die Augen zu sehen. Sie weicht meinem Blick aus, wie alle, sagt sie.

Ich habe Anna-Sophie noch nie so erregt gesehen, aber ihre Wut gefällt mir. So sind wir Deutschen, sage ich triumphierend, als sie stolz verkündet, in diesem Verein mitarbeiten zu wollen, wir liefern erst die Probleme, und dann wollen wir möglichst auch noch die Lösung bringen oder wenigstens ein Trostpflaster, damit alle Welt sehen kann, so schlimm sind wir gar nicht. Darin haben wir Erfahrung, so machen wir das immer und fühlen uns so richtig gut dabei. Ich bin ungerecht und weiß es. Zu meiner Überraschung bleibt sie völlig ruhig, sie sei nicht blöd, sagt sie, sie wisse das alles selber, aber sie könne das nicht, immer nur zusehen, immer nur zynisch kommentieren, manchmal müsse man einfach etwas tun, und sie werde jetzt etwas tun, ich könne ja machen, was ich wolle.

Sie spricht mit großem Ernst, mir aber kommt es vor wie eine Belehrung. Vielleicht hast du recht, sage ich, aber die Dinge sind nicht immer so, wie sie scheinen, das hast du selbst einmal gesagt. Ich muß an Wagner denken und daran, was er dachte, als er mich damals im Auto an der Grenze gesehen hatte. Wagner hat mich in der Hand, natürlich kann ich Anna-Sophie davon nichts erzählen, sie würde mir meine Geschichte nicht glauben, stattdessen nörgle ich an ihrem geplanten Engagement herum, an dem es eigentlich nichts auszusetzen gibt. Es macht mich wütend, daß sie im Recht ist, ich nenne ihre Ansichten selbstgerecht. Ich weiß, daß ich besser schweigen sollte, und werde immer lauter. Du machst es dir viel zu einfach, sage ich, die Welt ist nicht so schwarz und weiß, wie diese Gutmenschen sie gerne sehen. Anna-Sophie bleibt auch jetzt ganz ruhig, fragt, in welcher Welt wir denn leben, wenn das Wort Gutmensch zu einem Schimpfwort geworden sei. Während sie redet, entdecke ich meine Fingerabdrücke auf der Glasplatte. Ich habe immer verschwitzte Hände, ich kann keinen Schluck Wein trinken, ohne einen trüben Schleier auf dem Glas zu hinterlassen. Meine Mutter ermahnt mich jedesmal, das Glas am Stiel anzufassen. Tu, was du tun mußt, sage ich zu Anna-Sophie, es ist schon in Ordnung. Mit dem Ärmel meines Hemdes versuche ich möglichst unauffällig die Spuren von der Tischplatte zu wischen, aber Anna-Sophie entgeht nichts. Wir können ja auch mal zu dir gehen, sagt ihr Blick, sie scheint nun wirklich beleidigt. Sie steht auf und bringt wortlos ein Geschirrtuch, mit dem sie die Glasplatte blankreibt.

Ich hätte heute nicht herkommen dürfen, denke ich noch einmal. Anna-Sophies Wohnzimmer ist viel größer als meine Küche, es hat weniger Möbel, trotzdem fühle ich mich hier beengt. Das muß an den zugezogenen Vorhängen liegen, versuche ich mir einzureden, die Vorhänge machen aus dem Zimmer eine Zelle, man ist völlig auf sich selbst zurückgeworfen. Obwohl ich längst gesehen habe, daß es noch nicht einmal zehn ist, mache ich eine weit ausholende Armbewegung und schaue auf die Uhr. Es ist spät geworden, sage ich, du brauchst sicher deine Ruhe. Sie widerspricht mir nicht, pflichtet mir aber auch nicht bei, räumt nur stumm den Tisch ab und scheint nicht gewillt, mir die Entscheidung, ob oder wann ich gehen soll, abzunehmen. Anna-Sophie wäre am liebsten nach Neukamlitz gefahren, warum also sollte ich jetzt bleiben?

Warte, sagt sie, als ich mich endlich erhebe und gehen will, sie verläßt noch einmal das Zimmer, kommt aber gleich zurück und reicht mir einen Zettel mit der Telefonnummer der Rechtsanwältin, ich kenne die Nummer und sie lächelt, als habe sie mich durchschaut. Vielleicht könne sie meiner Bekannten ja auch helfen, sagt sie. Sicher, sage ich möglichst beiläufig und weiß, daß ich den Zettel auf dem Weg nach Hause irgendwo wegwerfen werde. Wir küssen uns, ihre Haut ist heiß, wahrscheinlich hat sie wirklich etwas Fieber.

Na also, warum denn nicht gleich so, hatte der Tätowierte gesagt, als ich auf dem Rückweg noch einmal zum Spätshop gegangen war, um eine Flasche Wodka zu holen. Er hatte auf einem kleinen, für seine Verhältnisse winzigen Hocker hinter der Kasse gesessen, das Schnapsregal in Reichweite, er brauchte gar nicht aufzustehen und hatte schon nach der Flasche gegriffen, bevor ich ein Wort sagen konnte. In seiner riesigen Pranke hatte die Wodkaflasche tatsächlich wie ein Medizinfläschchen gewirkt. Nun komme sicher alles wieder in Ordnung. Er schien ehrlich erleichtert, als müsse man sich über einen Teetrinker ernsthafte Sorgen machen, hatte dann eine Flasche Bier unter dem Ladentisch hervorgeholt und mir zugeprostet. Er war mir in diesem Moment nicht unsympathisch, ich hatte etwas sagen wollen, doch gefürchtet, den richtigen Tonfall nicht zu treffen, und geschwiegen. Zum Glück hatte gerade jemand den Laden betreten, ein Mann mit Fahrradhelm, der ihm noch absonderlicher erscheinen mußte als ich, sichtlich resigniert hatte er geseufzt und sich langsam von seinem Hocker erhoben, Doping führe er nicht, hatte er gesagt. Erst als der Mann eine Zigarre verlangte, hatte ich den Schauatmer erkannt und den Laden eilig verlassen.

Gar nichts ist in Ordnung. Der Wodka ist so warm wie neulich der Sekt, angewidert stelle ich die Flasche in den Kühlschrank. Der Schauatmer steht am geöffneten Fenster und zündet seine Zigarre an, bei Zimmermann ist alles dunkel. Ich schalte den Fernseher an und zappe eine Weile lustlos durch die Programme. Ein Reporter befragt einen Sportler, wie er sich nach der eben erlittenen verheerenden Niederlage fühle. Der ringt noch immer nach Luft, keucht nur mit schmerzverzerrtem Gesicht ins Mikrophon. Er habe bei diesem Wettkampf nur Spaß haben wollen, und er habe Spaß gehabt, preßt er dann heraus. Jemand erklärt mit säuselnder Stimme die unschlagbaren Vorteile einer Universalgartenkralle mit stufenlos höhenverstellbarem Stiel, und eine Frau in einem glitzernden Bikini fleht händeringend, sie unbedingt in den nächsten dreißig Sekunden anzurufen und das Wort zu sagen, das hinter ihr mit zwei fehlenden Buchstaben an einer Tafel steht. Sie verspricht tausend Euro für die richtige Antwort. Ich greife sofort zum Telefon und wähle Anna-Sophies Nummer, aber nur das Besetztzeichen antwortet, wahrscheinlich telefoniert sie schon wieder mit ihrer Freundin. Das regt mich auf, andererseits bin ich erleichtert, denn ich weiß nicht, was ich ihr hätte sagen sollen. Vielleicht sollte ich mich bei ihr entschuldigen. Wer sich unterordnet, gewinnt an Einfluß, meine Mutter hat das genau gewußt. Ich werde mich keinesfalls entschuldigen. Wofür auch? Plötzlich hat die Frau den Gewinn verdoppelt und das Oberteil ihres Bikinis abgelegt. Sie hat schöne Brüste, doch ihr Flehen wirkt jetzt noch peinlicher und ich schalte den Fernseher aus.

Ich habe mich schon ausgezogen und will gerade ins Bett gehen, als Zimmermann nach Hause kommt. Jedenfalls hat jemand in beiden Zimmern das Licht angeschaltet. Aber zuerst sehe ich weder Zimmermann noch den blonden Lockenkopf, sondern einen Mann, der zwei verschnürte Bündel Papier, wahrscheinlich Zeitungen, in eine Ecke des gelben Zimmers stellt. Das heißt, ich nehme an, daß es ein Mann ist, denn die Gestalt trägt ein graues Sweatshirt mit einer Kapuze, die das Gesicht verdeckt. Er ist schlank, nach der Art seiner Bewegungen zu urteilen noch jung oder wenigstens sportlich. Kurz darauf kommt Zimmermann mit zwei weiteren Paketen, stapelt sie auf die anderen beiden und zieht dann einen Umschlag aus seiner Jacke, den er dem Grauen übergibt. Der steckt den Umschlag sofort in seine Gesäßtasche, ohne den Inhalt zu überprüfen, dann verabschiedet er sich von Zimmermann und verschwindet. Kurz darauf, obwohl mir kalt ist, habe ich das Fenster geöffnet, sehe ich ihn aus der Haustür kommen und in einen Lieferwagen steigen, der mit angeschalteter Warnblinkanlage auf der Straße steht. Es ist ein Kastenwagen, ein Peugeot glaube ich, obwohl ja die Automarken heute kaum noch zu unterscheiden sind, dunkelrot, soweit man das bei dem Licht sagen kann. Auch der Schauatmer, der im Dunkel noch immer am geöffneten Fenster steht, ist auf den Wagen aufmerksam geworden, er schaut ihm nach und dann zu mir herüber, vielleicht winkt er mir sogar zu, zumindest beschreibt der rote Punkt seiner Zigarre einen Bogen, den man als ein Winken deuten könnte. Ich tue, als hätte ich ihn nicht bemerkt, und schließe sofort das Fenster.

Zimmermann ist inzwischen in den roten Raum gegangen, wo ich wegen der Grünpflanzen nicht viel sehen kann, die Papierbündel stehen noch immer unberührt im anderen Zimmer. Halbnackt stehe ich in der Küche, ich friere und nehme nun doch einen Schluck Wodka. Wozu braucht Zimmermann diese Pakete? Immerhin, es könnte verbotenes Propagandamaterial sein, das hier vor meinen Augen versteckt wird. Er hatte davon gesprochen, sich etwas Neues aufbauen zu wollen, sicher haben die Pakete damit zu tun, vielleicht sind es nur harmlose Werbeprospekte, möglich, daß ich in den nächsten Tagen einen im Briefkasten finden werde, oder er wird sie unter die Scheibenwischer aller parkenden Autos auf der Straße klemmen. Eine Grillbude, ein Studio für irgendeine neu entdeckte uralte asiatische Kampfsportart oder ein Handyladen, jede Woche gibt es eine Neueröffnung, die entsprechend beworben sein will, mit Sonderangeboten und Rabatten, mit bedruckten Luftballons und einer Hüpfburg für die Kinder. Bei vielen dieser neuen Läden allerdings ahnt man schon am Eröffnungstag die baldige Schließung, es ist erstaunlich, mit welcher Naivität manche Hausfrau ihre persönlichen Vorlieben für geschäftstauglich hält. Letzte Woche zum Beispiel hat nicht weit von hier ein Gardinenparadies eröffnet, und das ist nun wirklich schon unverfroren. Zimmermann und Luftballons, der Gedanke amüsiert mich, das wäre so, als hätte der tätowierte Möbelpacker vom Spätshop einen Pudel mit einer rosa Schleife am Hals. Vielleicht macht Zimmermann aber auch einen Thor-Steinar-Laden auf und handelt mit Hooligan-Pullovern und Tarnfleckhosen!

Wäre es nicht besser, ich hätte nichts gesehen? Ich wäre einfach ins Bett gegangen, ohne vorher noch einmal auf dieses Fenster zu starren? Aber ich kann der Versuchung nicht widerstehen, ich muß aus dem Fenster sehen, es ist wie ein Reflex. Ich habe viel ruhiger gelebt, als dieses Zimmermannsche Fenster noch mit einer undurchsichtigen Folie verhängt war und ich dahinter ein Ehepaar vermutete, das sich zum Sterben zurückgezogen hat, wie man es bei manchen Naturvölkern kennt oder bei den streunenden Katzen früher im Dorf, deren Kadaver wir irgendwann unter einem Holzstapel fanden oder in einer unzugänglichen Ecke des Schuppens, dürr und vertrocknet, hohläugig und mit struppig gesträubtem Fell. Ich hätte mir einreden können, das alles ginge mich nichts an. Der schmale Streifen Licht an der unteren Fensterkante wäre einfach nicht mehr dagewesen oder nicht mehr verloschen, tagelang nicht, einige Wochen, der Briefkasten von Werbesendungen verstopft, bis irgend jemand wegen einer unbezahlten Rechnung aufmerksam geworden wäre oder wegen des unerträglichen Geruchs im Treppenhaus. Ursprünglich hätte man den Gestank vielleicht für eine neuerliche Ausdünstung des Klebstoffs gehalten, man denkt ja nicht immer gleich das Schlimmste, nicht jeder ist Experte für merkwürdige Gerüche und man will auch nicht unhöflich sein und unbescholtene Mitbewohner grundlos bezichtigen. Eines Tages aber wäre ein Leichenwagen vorgefahren, dann die Mitarbeiter einer Entsorgungsfirma samt Kammerjäger, schließlich der kleine Mann mit dem Stöckchen, vielleicht hätte ich es auch erst aus der Zeitung erfahren, eine knappe, unscheinbare Notiz einer jungen, empfindsamen Volontärin, der so etwas noch eine Meldung wert gewesen wäre. Ich hätte das ohnehin fast leere Blatt aus meinen Aufzeichnungen entfernt und durch ein neues ersetzt.

Oder ich hätte mir eine Geschichte ausgedacht, die zu ständig verdunkelten Fenstern paßt. Eine Kriegskindheit, Luftangriffe und Bombardierung und jede Nacht Verdunklungspflicht. Eine Frau, als Kind tagelang zwischen erstickten Leichen verschüttet im Keller ihres eingestürzten Hauses, und hatte sie nicht an diesem Tag das Rollo vergessen, gerade dieses eine Mal? Nur durch ihr Versäumnis, sagte sie sich, hätte ich vielleicht gedacht, waren die Piloten aufmerksam geworden. Noch nach all den Jahren sitzt sie in ihrer Wohnung, angststarr bei jedem Feuerwerk, jedem Martinshorn und dem Laserstrahl der Diskothek, der jedes Wochenende über den Himmel streicht.

Aber warum wäre das Fenster dann auch tagsüber verdunkelt gewesen?, frage ich mich, als ich schon im Bett liege, da Zimmermann das Licht überraschend schnell, fast panisch, wie mir schien, ausgeschaltet hatte. Passender wäre eine Erkrankung, eine seltene Lichtallergie, die den Bewohner zwingt, das Zimmer zu verdunkeln und es ihm unmöglich macht, es bei Tageslicht zu verlassen, kein Wunder also, daß ich ihn nie gesehen hätte. Nur im Schutz der Dunkelheit, stelle ich mir vor, hätte er das gelbe Zimmer verlassen und unerkannt hinter den Grünpflanzen im roten Zimmer gestanden, und er hätte mich mit seinen an die Dunkelheit gewöhnten Augen am Fenster stehen sehen, während ich mich im Schutz der Dunkelheit gewähnt hätte, völlig ahnungslos gegenüber dieser nahezu perfekten Art der Beobachtung. Aber das alles sind bloß Geschichten, gegenüber wohnt Zimmermann und in der Ecke stehen die vier verschnürten Bündel Papier.

Die leuchtenden Streifen auf den Zeigern des Weckers bilden einen rechten Winkel, es ist drei Uhr, als ich erwache. Eine Weile brauche ich, um mich in meiner Umgebung zurechtzufinden, und bin erleichtert, in meinem Bett zu liegen, unter dem leicht gekippten Fenster, von dem aus ein sanfter Luftzug das Zimmer kühl durchweht und über dem die Sterne zu erkennen sind. Gerade hatte ich von einer kleinen, engen Wohnung geträumt. Vor den Fenstern hingen schwere Vorhänge, von einem Schimmer umrahmt, der viel zu schwach war, den Raum auszuleuchten, doch obwohl es auch keine Lampe gab, war alles zu erkennen, die Gegenstände selbst schienen ein fahles Licht auszusenden, vielleicht existierten sie aber auch nur in der Vorstellung, ich ahnte sie nur, weil ich seit Jahren in dieser Wohnung zwischen ihnen gelebt hatte, weil sich über Jahre hin nichts verändert und alles seine Ordnung hatte. Diese Ordnung war es, die die einzelnen Gegenstände zu einem Ganzen verband, aus dem keiner von ihnen herauszulösen war, eine Ordnung, der selbst der eigene Körper anzugehören schien, der sich seltsam starr zwischen den Möbeln bewegte. Im Raum herrschte Stille, als sei er nach außen hermetisch abgeschottet, nur das Geräusch einer Uhr war zu hören, einer altmodischen Wanduhr, die unerbittlich tickte, hölzern und metallisch zugleich, obwohl die Zeiger sich nicht bewegten, sondern locker auf dem Metallstift steckend nach unten hingen. Und dann war da dieses Gefühl, das einen manchmal in einem Raum befällt, in dem man allein ist, das Gefühl, jemand könnte hinter einem stehen, selbst wenn man sich umdreht, weicht diese Ahnung nicht, und plötzlich steht tatsächlich jemand neben einem, an einer Stelle, an der noch kurz vorher niemand war. In diesem Fall war es eine Frau, die in einem Sessel saß, schweigend und regungslos, nicht anders als einer der Gegenstände im Raum und doch die Ordnung dieser Gegenstände mit ihrer Anwesenheit störend. Alles an dieser Frau schien mir bekannt, in gewisser Weise sogar vertraut, die Art, wie sie die Beine übereinandergeschlagen hatte, wie sie lächelte, und doch wußte ich ihren Namen nicht, ich überlegte lange, kam aber nicht auf die Idee, sie nach ihrem Namen zu fragen, vielleicht weil ich fürchtete, sie damit zu verletzen. Erst jetzt, da ich erwacht bin, weiß ich, daß niemand anderes als Anna-Sophie in diesem Sessel gesessen hatte, in der Wohnung des alten Paares, das ich mir manchmal vorgestellt hatte.

Die meisten Verbrechen, sagt Wagner, fänden innerhalb der Familie statt, und Eifersucht sei ein starkes Motiv, vielleicht das stärkste überhaupt. Es ist die letzte Woche vor seiner Abreise nach Neukamlitz und der erste Tag, an dem Anna-Sophie nach ihrer Krankheit wieder im Büro ist. Mir ist sofort klar, daß dieser Satz nichts mit dem Kriminalfilm vom gestrigen Abend zu hat. Wagner hat leise gesprochen, als flüstere er sich nur selbst etwas zu, einen flüchtigen Gedanken, dabei muß er sich den Satz eigens für einen seiner letzten Tage im Büro ausgedacht haben, nun sitzt er auf seinem Stuhl, lehnt sich genüßlich zurück und versucht zu ergründen, welche Wirkung dieser Satz bei mir oder Anna-Sophie auslösen würde. Ich sage nichts, bedrohlichem Schweigen sollte man immer mit Schweigen begegnen, jedes im Zorn gesprochene Wort setzt einen leicht ins Unrecht. Ich sehe zu Anna-Sophie und hoffe, auch sie möge schweigen. Es ist ein merkwürdiges Gefühl der Anteilnahme, mit dem ich jetzt jede ihrer Reaktionen erwarte. Plötzlich bin ich stolz auf jede intelligente Äußerung von ihr, leide bei jeder ungeschickten Bemerkung, als fiele nun alles auch auf mich zurück. Ist das die Liebe? Schon beim Gedanken an dieses Wort zuckt etwas in mir zusammen. So wie jetzt beim Frühstück habe ich zuletzt als Kind gelitten, wenn meine Mutter mich im Beisein meiner Freunde belehrte oder lobte.

Manchmal war es peinlich, eine solche Mutter zu haben, später begreift man, daß man sich seine Mutter nicht aussuchen kann, und lernt, jede ihrer peinlichen Äußerungen als Beweis dafür anzusehen, selbst anders und natürlich immer besser geworden zu sein, und dann wartet man auf jede mütterliche Ermahnung, um seine Meinung wieder einmal bestätigt zu bekommen. Aber eine Frau sucht man sich ja gewöhnlich aus, auch wenn man nicht immer weiß warum. Erst sucht man jahrelang nach einer Frau, man wägt ab, probiert vielleicht sogar, doch immer hat man etwas auszusetzen, aber dann ist man irgendwann reif für eine Beziehung und greift einfach zu. Plötzlich sind alle Zweifel vergessen. Es ist gefährlich, mit leerem Magen einkaufen zu gehen. Nicht die Liebe macht blind, es ist die Sehnsucht nach Liebe.

Bevor Anna-Sophie begonnen hatte, im Büro zu arbeiten, hatte ich manchmal versucht, den Gesprächen zwischen Wagner und Hansen, wenn sie mich allzu sehr langweilten, nur zuzusehen, anstatt ihnen zuzuhören. Es war eine Frage der Übung und der Konzentration. Manche können ein Buch lesen und alles um sich herum vergessen, ich konzentrierte mich auf ihre Gesten, auf die Bewegungen der Münder, auf die Krumen, die, während der andere sprach, mit jedem Biß aus dem Brot herausgelöst wurden und zwischen den Lippen und Zähnen noch eine Weile sichtbar blieben, ich konzentrierte mich so sehr, daß die Worte immer leiser wurden, schließlich ineinander verschwammen, und allmählich sah ich ihnen zu, als bewegten sie nur ihre Lippen und säßen hinter den Scheiben in einem der Zimmer des gegenüberliegenden Hauses.

Jetzt war ich immer hellwach, ich lauerte argwöhnisch auf jeden Blick und jedes Wort, als könnte sich dahinter ein Angriff auf Anna-Sophie verbergen, denn plötzlich wäre das ein Angriff auf uns gewesen.

Vielleicht wäre es am besten, einer Bemerkung von Anna-Sophie zuvorzukommen. Neukamlitz ist ein elendes Provinznest, sage ich, du wirst dich umgucken, um sechs werden dort die Bürgersteige hochgeklappt und dann laufen dir höchstens noch ein paar rechte Schläger über den Weg. Neukamlitz?, fragt Hansen, als habe er das Wort gerade zum ersten Mal gehört. Neukamlitz, da war doch was, natürlich, in der Zeitung habe er es gelesen, erst letzte Woche, da hätten sie doch einen Jugendclub neu eröffnet, ein freier Träger, wenn er sich richtig erinnere, irgendwas mit Aktion, irgendwas mit Deutschland, jedenfalls ein ziemlich großes Ding. Da hörst du es, triumphiert Wagner, und überhaupt rechts, was das denn bedeute, rechts? Rechts sei dort, wo der Daumen links ist, außerdem wolle er nur seine Arbeit machen, und vor seinem Schreibtisch seien alle gleich. Manchmal reiche es nicht, nur seine Arbeit zu machen, sagt Anna-Sophie und sieht Wagner angriffslustig an. Ich habe es geahnt, besorgt sehe ich zu ihr herüber, hoffentlich fängt sie jetzt nicht von diesem Verein an, denke ich, bestimmt fängt sie gleich davon an, vielleicht hat sie sogar eine Unterschriftenliste parat, es werden ja immer Unterschriften gesammelt, warum nicht auch gegen Frauenhandel und Kinderprostitution. Apropos Arbeit, sage ich schnell zu ihr, bei dir ist sicher einiges liegengeblieben, wenn du willst, kann ich dir etwas unter die Arme greifen. Wagner fängt sofort an zu grinsen, unter die Arme greifen sei gut, ich solle richtig zugreifen, rechts und links und in der Mitte, da käme ich gleich auf andere Gedanken. Ein paar Sekunden herrscht Ruhe, bestimmt wird sie jetzt die Beherrschung verlieren, denke ich, doch Anna-Sophie beachtet Wagner überhaupt nicht, sie wendet sich mir zu, als habe sie nicht mit Wagner, sondern mit mir eine Rechnung zu begleichen, das habe sie neulich gemeint, sagt sie, genau das! Es ist, als wolle sie mich strafen, als sie aufsteht und den Raum mit einem lauten Krachen der Tür verläßt. Wagner schaut mich fragend an. Irgendwie bin ich ihm sogar dankbar, und so ist es Hansen, der ihr nachläuft, um sie zu beruhigen. Vom Flur her hört man ihn ihren Namen rufen, während Wagner ganz ruhig sein Frühstück fortsetzt. Etwas zartbesaitet, die Dame, aber er habe mich ja gewarnt, sagt er gelassen.

Zartbesaitet, denke ich wenig später, als ich der Frau gegenübersitze. Schon als sie an die Tür klopfte, so leise, als wage sie das Holz nicht zu berühren oder fürchte dadurch einen Schmerz, und dann verlegen ins Zimmer trat, habe ich es gedacht. Vor manchen Leuten weicht man ja schon, wenn sie anklopfen, instinktiv zurück, auf andere möchte man zugehen und ihnen helfen, als traue man ihnen nicht zu, den Weg von der Tür bis zum Besucherstuhl allein zurückzulegen.

Sie ist, wie ich auf dem Formular lese, so alt wie Anna-Sophie, hat vor der Wende Krankenschwester gelernt und arbeitet heute wieder in einem Krankenhaus. Dazwischen liegen ein paar Jahre Selbständigkeit, sie hatte ein Café eröffnet, das nach kurzer Zeit wieder schließen mußte, mich wundert das ehrlich gesagt nicht, hatte sich dann, um die angefallenen Schulden zu bezahlen, ebenso erfolglos im Außendienst einer dubiosen Partnervermittlungsagentur versucht. Ich habe das schon oft gehört, die Leute sind so naiv, sie werden mit Versprechungen geködert, alles klingt ganz einfach, eine geniale Idee, sie zahlen sogar Geld, um von dieser genialen Idee profitieren zu können, aber letztlich ist alles ein großer Schwindel und das Geld ist weg. Dann sitzen sie hier und jammern mir die Ohren voll. So was ist selten seriös, platze ich heraus und bereue sofort meinen belehrenden Ton, als Beamter hat man gut reden, ich weiß, vielleicht handelte sie ja tatsächlich im Glauben, etwas Gutes zu tun und anderen zu helfen.

Alles in allem kein komplizierter Fall, bedauerlich, das ja, aber nicht kompliziert, wie ich ihr versichere, trotzdem ist sie nervös, beißt sich immer wieder auf die Lippen. Ich gebe mir Mühe, muß ihr dennoch alles doppelt erklären, die fehlenden Angaben und wo sie die anfordern muß; sie scheint mit ihren Gedanken weit weg. Was haben Sie denn, frage ich ernstlich besorgt, sie schüttelt nur mit dem Kopf, als wenn das eine Antwort wäre. Plötzlich aber greift sie in ihre Tasche, zieht eine zu einem schmalen Streifen zusammengefaltete Zeitung heraus und knallt sie mir auf den Schreibtisch. So was verteile man jetzt auf dem Schulhof, sagt sie erregt. Wie alt sind Ihre Kinder denn?, frage ich, wenn es um Kinder geht, bin ich in letzter Zeit hellhörig geworden, besonders wenn eine Frau in Anna-Sophies Alter von ihren Kindern redet. Das spiele doch keine Rolle, der Staat sehe dem ganzen Treiben tatenlos zu, das sei der Skandal. Ich bin nicht der Staat, denke ich und schaue mir das Blatt an. Es ist eine Schülerzeitung, die sich auf der Titelseite als jung, frech und deutsch bezeichnet. Schulhöfe sollten national befreite Zonen werden, lese ich und lege die Zeitung gleich wieder weg. Ich kann mir nicht vorstellen, daß so etwas nicht verboten wird, es gibt schließlich Gesetze. Vielleicht, und wenn schon, schimpft sie, damit sei es noch lange nicht aus der Welt, außerdem wisse man gar nicht, wer so etwas herstellt und verteilt. Ich bin nicht der Staat, sage ich nun doch, worauf sie mir recht gibt und sich entschuldigt. Niemand sei der Staat, der Staat, das seien wir alle. Das klinge blöd, irgendwie altmodisch, sie wisse das, aber es sei die Wahrheit.

Die Wahrheit, denke ich, was ist das schon, die Wahrheit. Vor ein paar Tagen erst ist ein junger Mann krankenhausreif geprügelt worden, weil er eingegriffen hatte, als eine Gruppe von Rechtsradikalen mal wieder zeigen wollte, wer Herr im Hause ist in der Provinz, das ist die Wahrheit. Im Fernsehen haben sie ihn gezeigt, von hinten, mit einer Kapuze überm Kopf und mit verstellter Stimme, wie alle Zeugen nur von hinten und mit verstellter Stimme gezeigt wurden. Der Bürgermeister zeigte sich schockiert und überrascht, so etwas habe es hier noch nie gegeben, beteuerte er und daß es sich um einen Einzelfall handeln müsse. Und natürlich haben sie auch einen Politiker gezeigt, einen aus der Hauptstadt, der sofort angereist war und gleich wieder abreisen würde und der, umgeben von Personenschützern, Besorgnis äußerte und Zivilcourage einforderte, das klang nicht blöd, gut klang das, sehr gut sogar, und es war auch die Wahrheit.

Das sage ich der Frau natürlich nicht. Keine Angst, sage ich, das mit der Rente kriegen wir hin, dafür gibt es nämlich auch Gesetze, und wir haben schon ganz andere Sachen hingekriegt. Jetzt nickt sie tapfer, aber ich weiß noch immer nicht, ob sie mich verstanden hat. So, sage ich, während ich die Formulare zu einem Stapel zusammenklopfe, mehrmals, Ordnung muß sein, aber sie bleibt einfach sitzen, so daß ich erst aufstehen und ihr die Tür aufhalten muß.

Die Tür zu Anna-Sophies Zimmer ist geschlossen. Man muß nicht bei jeder Bemerkung so empfindlich sein, denke ich und werde die Tür jetzt bestimmt nicht öffnen. Soll Hansen doch von mir aus den Tröster spielen.

Was weiß ich, was Zimmermann mit diesen Zeitungsbündeln vorhatte. Bin ich denn Hellseher? Wenn es überhaupt Zeitungen waren, es kann schließlich alles Mögliche gewesen sein. Hat er denn je einen richtigen Umzug gemacht? Ich habe keinen beobachtet, und er scheint noch immer auf dieser Matratze zu schlafen, na also, wahrscheinlich hat er in Neukamlitz noch einiges untergestellt, und nun wird es ihm nach und nach gebracht. Wenn ich daran denke, was ich zu Hause alles an Papier liegen habe, da kämen auch schnell ein paar Bündel zusammen.

Kurz vor Mittag kommt Hansen, er hat diesmal sogar angeklopft, ganz vorsichtig, ich glaubte schon, die Krankenschwester käme zurück. Anna-Sophie habe sich beruhigt, meldet er und erwartet meinen Dank. Er klingt wirklich wie eine Krankenschwester. Man darf nicht alles so ernst nehmen, sage ich. Hansen schaut mich verwundert an. So könne man aber doch nicht miteinander umgehen. Die Kleinigkeiten sind das Entscheidende, das seien meine Worte gewesen, er habe sich das gemerkt, ob das plötzlich nicht mehr gelte. Doch, das gilt, und wie das gilt, sage ich genervt, doch leise, damit man mich im Nachbarzimmer nicht hören kann, aber zufällig habe ich hier auch ein paar Kleinigkeiten zu erledigen und kann mich nicht um jede Laune kümmern. Hier ein Mann, der sich betrogen fühlt. Ich knalle die Meinhardt-Akte auf den Tisch. Und hier eine Frau, die meint, wir seien der Staatsschutz. Kleinigkeiten, alles Kleinigkeiten! Ich sehe vor lauter Bäumen den Wald nicht mehr. Hansen kennt jeden Paragraphen auswendig, jetzt aber ist er so verwirrt, als habe ihn jemand nach dem Sinn des ganzen Gesetzes gefragt. Warum heute alle so gereizt seien. Ich bin nicht gereizt, sage ich, ich versuche nur zu arbeiten. Endlich hat er es begriffen und zieht ab.

Und wenn Zimmermann wirklich ein V-Mann ist? Dann hätte ich den Beobachter beobachtet. Vielleicht ist er in Neukamlitz in die Szene eingeführt worden, man hat ihn mühsam aufgebaut, sollte ich das durch Geschwätzigkeit alles gefährden? Diese Schülerzeitung war vielleicht nur ein taktisches Manöver, eine Eintrittskarte in den inneren Zirkel, sie sollte ihm eine Position verschaffen, von der aus er dann Informationen über viel größere Aktionen liefern könnte. Ich würde nicht nur ihn ans Messer liefern, sondern die Arbeit von Monaten zunichte machen, denn seine möglichen Erkenntnisse würden vor Gericht nicht einmal zu verwerten sein, alles wäre umsonst gewesen. Ich sollte ganz einfach die Klappe halten.

Anna-Sophie treffe ich erst kurz vor Feierabend zufällig auf dem Flur. Sage nichts, sagt sie, bevor ich etwas sagen kann. Ich würde sie in den Arm nehmen, trüge sie nicht einen Stapel Akten wie einen Schild vor der Brust. Ihre Freundin komme heute und werde über das Wochenende bleiben, sie wolle ihr die Stadt zeigen, vielleicht auch einmal über die Grenze fahren. Schade, sage ich und überlege, wie ich reagieren könnte, sollte sie den Vorschlag machen, mich ihrer Freundin vorzustellen. Ich kann nicht schon wieder meine Mutter vorschieben. Sie fragt nicht danach, sie scheint für heute überhaupt alles gesagt zu haben. Also dann, sagt sie und drückt die Akten noch fester an ihre Brust.

Es ist nicht Anna-Sophie, die diesmal nach Dienstschluß auf mich wartet, am Ausgang steht Hansen. Oder wartet er auf Anna-Sophie? Er hat seinen Mantel hoch geschlossen, so daß man seine Krawatte nicht sehen kann, ich wünsche ihm einen schönen Feierabend und bin schon an ihm vorbei, als er meinen Namen ruft. Er müsse mit mir reden. Ich drehe mich um und sehe sofort, wieviel Überwindung ihn dieser Entschluß gekostet hat. Nur nicht stehenbleiben, denke ich und gehe langsam weiter, so daß er mir einige Schritte folgen muß, vor der Imbißbude hat er mich eingeholt und hält mich am Ärmel fest. Er lade mich ein. Was bleibt mir also anderes übrig, als stehenzubleiben. Während er Bier holt, warte ich an einem der weißen Stehtische, auf dem Dach des Kiosks spreizt die Kunststoffimitation des Grillhähnchens beharrlich ihre Schenkel. Wie im Krimi, sagt Hansen, als er die Flaschen auf das Blech stellt, und da ich ihn fragend ansehe, klärt er mich über die Gepflogenheiten deutscher Fernsehkommissare auf, entweder sie hätten eine Kaffeetasse in der Hand oder sie stünden nach Feierabend vor der untergehenden Sonne an einer Imbißbude. Und dann reden sie?, frage ich nach einer Weile, da Hansen schweigt. Ja, dann redeten sie, sagt Hansen und schweigt wieder. Er hält seine Flasche mit beiden Händen auf dem Tisch fest und starrt sie an, als überlegte er, was nun noch fehle, aber es fällt ihm nicht ein, erst als ich die Flasche ansetze, versucht auch er zu trinken, man merkt, daß er darin keine Übung hat. Ich müsse das verstehen, sagt er schließlich, Anna-Sophie erinnere ihn an seine Tochter, der gleiche Stolz, die gleiche Verletzbarkeit. Du hast eine Tochter?, frage ich erstaunt, aber Hansen antwortet nicht. Vielleicht, sagt er nach kurzer Überlegung, er habe lange nichts mehr von ihr gehört. Er sieht aus wie ein trauriger Komiker. Sie studiere im Ausland, fügt er schnell hinzu, aber ich merke, das ist keine wirkliche Erklärung, nur eine Art Beruhigung, die ihn freilich am allerwenigsten beruhigt, immer wieder läßt er eine Fingerspitze um die Öffnung der Bierflasche kreisen. Meine Frage nach dem Ort bleibt lange unbeantwortet, Paris, sagt er dann, leicht genervt, als sei es überflüssig, sich mit so einer Frage aufzuhalten. Wagner hätte jetzt etwas von Parisern gesagt, denke ich und schweige. Wagner hält Hansen für schwul, er scheint auch nichts von einer Tochter zu wissen. Paris, habe er sich anfangs gedacht, warum nicht Paris, wenn man jung sei, wolle man eben in die Welt, nach Paris oder nach London, aber sie habe einfach nur weggewollt, egal wohin, nur weg, weg von ihm. Man wolle immer das Beste für seine Kinder, aber irgendwann komme der

Punkt, an dem alles falsch erscheine, jedes Wort und jede Geste ein Nadelstich, man wisse es, man kenne die Verletzbarkeit und steche mit einer seltsamen Lust an der Grausamkeit immer wieder zu. Manchmal habe er ihr die Schuld an den Mißverständnissen gegeben, manchmal sich, manchmal sei er überzeugt, das alles sei keine Frage von Schuld, sondern geradezu eine natürliche Entwicklung. Er liebe seine Tochter, aber er habe das für selbstverständlich gehalten und versäumt, ihr seine Liebe zu zeigen. Aber wenn man keine Kinder habe, könne man das kaum verstehen. Du mußt es mir ja nicht erzählen, sage ich und wundere mich über meine Gereiztheit. Hansen scheint das nicht gehört zu haben, er habe seine Tochter verloren, sagt er, ich solle aufpassen, damit mir nicht das gleiche passiere. Ich habe keine Tochter, sage ich trotzig. Ich wisse genau, was er meine, ich solle mich endlich entscheiden.

Fraglos will Hansen nur das Beste, so wie er auch für seine Tochter nur das Beste gewollt hat, trotzdem finde ich es anmaßend, wie er mir Ratschläge erteilen will. Obwohl er nichts mehr will, hole ich eine neue Runde, ich möchte nicht in seiner Schuld stehen. Ich will ihn nach seiner Frau fragen, aber irgendwie kommt mir das nicht über die Lippen. Hansen und eine Frau. Und ihre Mutter?, frage ich. Er sei seit dreißig Jahren verheiratet. Im Tonfall seiner Antwort mischt sich Stolz mit der Überzeugung, daß damit alles zu diesem Thema gesagt sei, obwohl er sich beeilt, mir zu versichern, es handele sich dabei durchaus um eine glückliche Ehe. Aber Hansen scheint über diese Antwort vergessen zu haben, daß er es war, der dieses Gespräch mit mir führen wollte. Jetzt starrt er vor sich hin, schiebt einmal sein Kinn nach vorn, als beenge die Krawatte seinen Hals, dann scheint er sich mit einem tiefen Einatmen auf das Sprechen vorzubereiten, studiert aber bloß das Etikett der Bierflasche, wobei er die Luft ausbläst und ein kurzes Schütteln seinen Körper durchfährt. Kalt?, frage ich. Es gehe schon, sagt er, doch ich weiß nicht, ob er das Bier meint, das Wetter oder seine Ehe. Ich mag sie, sage ich, als müsse ich Hansen mit diesem Geständnis einen Gefallen tun. Er sieht mich verwundert an und will wissen, woher ich seine Frau kenne. Ich meine Anna-Sophie. Er nickt erleichtert, setzt dann die Flasche an und trinkt das Bier in einem Zug aus. Manchmal merke man das erst, wenn es zu spät sei, sagt er. Wo sie heute überhaupt sei? Sie trifft sich mit einer Freundin, ich werde vielleicht später noch zu ihr fahren, sage ich, oder ich rufe an, ganz bestimmt rufe ich an. Wieder nickt er, sieht mich aber dabei zweifelnd an. Gleich darauf läßt er mich stehen, so plötzlich, als sei ihm etwas eingefallen, das keinen Aufschub duldet, schnell geht er davon, doch kaum ist er einige Meter entfernt und glaubt sich außer Sichtweite, verlangsamt er seinen Schritt, bleibt in Höhe der Haltestelle einen Moment stehen und schlägt dann schlendernd eine andere Richtung ein. Er geht nicht nach Hause, denke ich.

Ich sehe Hansen nach und sehe wieder den Jungen, der damals über die Dorfstraße nach Hause gegangen ist. Es muß in den Ferien gewesen sein, denn manchmal durfte er dann seinen Großvater begleiten, der in der Kreisstadt einem Amt bei der Partei nachging, an dessen genaue Bezeichnung ich mich nicht mehr erinnere und dessen konkrete Aufgaben dem Jungen schon damals verborgen geblieben sind. In seinem Büro in der Kreisstadt ist der Großvater für den Jungen kein Großvater mehr, er trägt einen feinen Anzug, er scherzt mit den Sekretärinnen, sein Wort hat bei den Kollegen Gewicht, der Junge ist stolz auf diesen Mann, dessen Ansehen sich auf den Jungen zu übertragen scheint, der nun selbst mit am großen Beratungstisch sitzt wie ein Mann. Noch auf der Heimfahrt im Bus scheinen alle diesen Mann zu kennen, der Fahrer unterhält sich mit ihm, erst als sie nebeneinander über die Dorfstraße gehen und über die Brücke, wo die Straße einen kleinen Bogen macht und nun vom Haus aus, wo Großmutter hinter dem Fenster steht und auf ihren Mann wartet, einzusehen ist, erst jetzt scheint dieser stolze und fröhliche Mann verändert, sein Gang wird schleppend, er trägt den Kopf gesenkt und beantwortet die Fragen des Jungen plötzlich mürrisch und einsilbig, so als habe er sich beim Gang über die Brücke verändert, als sei der Mann auf dem kurzen Stück Weg um Jahre gealtert.

Hansen ist seit dreißig Jahren verheiratet, ich kenne Anna-Sophie kaum drei Monate.

Fast eine Woche ist vergangen, von Zimmermann ist nichts zu sehen gewesen. Es ist, als sei er nach Neukamlitz zurückgekehrt oder anderswo untergetaucht. Einmal ist der blonde Lockenkopf gekommen, um die Pflanzen zu gießen. Vielleicht ist sie nur eine Bekannte oder eine bezahlte Haushaltshilfe, aus Polen gar, sicher füttert sie auch die Katze. Aber warum stellt sich einer wie Zimmermann das Fensterbrett voller Grünpflanzen? Nur, um den Anschein von Normalität zu erwecken? Zimmermann und eine polnische Putzfrau, ich weiß nicht. Deutsche Arbeitsplätze nur für Deutsche, so predigen die doch immer, andererseits sollen sie ihre Zeitungen ja auch in Polen oder Litauen drucken lassen, wo sie deutsche Qualität zu polnischen oder litauischen Preisen versprechen, beim Geld hört die Gesinnung auf. Wenn ich mir vorstelle, daß sie Zimmermann eines Tages verhaften und anklagen würden, dann sehe ich den blonden Lockenkopf im Zeugenstand. Sie wisse von nichts, würde sie sagen, sie habe nur die Blumen gegossen und die Katze gefüttert.

Und ich, was weiß ich? Nichts weiß ich, ich werde mich hüten, etwas zu wissen, alles nur Vermutungen, alles nur vage Indizien. Von wegen Hellseher, je mehr ich sehe, desto trüber wird alles.

Manchmal sitze ich jetzt in meiner Küche und fühle mich einsam. Natürlich könnte ich Anna-Sophie anrufen, aber ich fürchte, sie könnte eine Entscheidung wollen, wie es mit uns weitergehen soll. Ich weiß nicht, wie es mit uns weitergehen soll.

Immer wieder hört man, es werde sich alles ändern, wenn erst einmal Kinder da sind. Manche sagen sogar, erst dann werde man wirklich erwachsen. All die jungen Väter, die mit leuchtenden Augen erzählen, wie sich ihr Leben und ihre Einstellung zum Leben mit der Geburt ihres Kindes verändert haben. Als wenn das so einfach wäre. Wagner hat Kinder, wenn sich bei dem dadurch alles geändert haben sollte, möchte ich nicht wissen, wie es vorher gewesen ist. Oder mein Vater, was hatte sich bei meinem Vater verändert? Zum Besseren doch wohl nichts. Als ich geboren wurde, sei ihm der Tod ein Stück näher gerückt, habe ich ihn einmal sagen hören, und als ich ihm seinen Rentenbescheid erklärte, sah er mich mit einem Blick an, der wohl besagen sollte, jetzt hast du es ja endlich geschafft. Dabei kann ich mich über meinen Vater eigentlich nicht beklagen, er hat immer alles für mich getan, aber ich hatte immer das Gefühl, er tue vieles nicht aus Liebe, sondern aus schlechtem Gewissen, weil er zu dieser Liebe nicht fähig war. Manchmal erzählte ich ihm von meinen Problemen, ich hoffte, er würde mich einfach in die Arme nehmen, doch er dachte nicht daran, er löste die Probleme, schnell und zuverlässig, wie man eine Arbeitsaufgabe erledigt.

Und Monika? Für Monika hätte sich damals alles verändert. Sie wollte kein Kind und hat mich deshalb verlassen, denke ich manchmal, wenn ich Manuelas Fenster sehe, hinter dem schon lange kein Licht mehr brennt. Oder sie wollte mich verlassen und deshalb kein Kind von mir. Was habe ich damals schon von Monika gewußt? Das alles ist wie ein Fenster, hinter dem schon lange kein Licht mehr brennt. Seit einigen Tagen ist auch der Tennisball vom Fensterbrett verschwunden, der Alte mit der Helmut-Schmidt-Mütze oder der zukünftige Mieter muß ihn weggenommen haben. Ich hätte ihn gern an mich genommen.

Gehen wir zu dir, sagt Anna-Sophie, als wir uns nach Dienstschluß vor der Tür treffen. Eine Frage ist das nicht. Sie hat wie so oft unter dem Marmorportal auf mich gewartet und einen kleinen schwarzen Lederrucksack über der Schulter hängen, unter dessen einen Riemen, der eher wie der Träger eines dünnen Sommerkleides aussieht, sie entschlossen ihren linken Daumen schiebt, als sei das ein Argument. Sie selbst scheint von diesem Argument überzeugt, denn bevor ich etwas einwenden kann, ist sie schon einige Schritte voraus. Mir bleibt nichts anderes übrig, als ihr zu folgen. Der Rucksack ist nicht klein, er ist winzig. Er hängt eine Handbreit über dem Gesäß, steht oben, leicht gekippt, ein wenig ab, es sieht einfach lächerlich aus. Seine Größe hat dennoch etwas Beruhigendes, denn mehr als ein Nachthemd und eine Zahnbürste vermag er kaum aufzunehmen. Ich bin sicher, daß beides auch in der großen Aktentasche Platz gefunden hätte, die Anna-Sophie in der rechten Hand trägt und die ich ihr nicht abnehme, aber vielleicht will sie Privates und Dienstliches trennen. Abgesehen von der Größe des Gepäcks sieht sie von hinten dennoch aus, als begebe sie sich auf eine große Reise, als habe ihre Entscheidung etwas Endgültiges, und ich habe den Verdacht, sie will eben diesen Eindruck erwecken.

Die ganze Strecke bis zur Haltestelle läuft sie zwei drei Meter vor mir her, ich trotte hinterher wie der alte Sawatzki, als hätten wir uns gestritten, und obwohl an ihrer Entschlossenheit keine Sekunde zu zweifeln war, begreife ich erst, als sie im Bus neben mir steht und eine Lautsprecherstimme die nächste Haltestelle ansagt, daß es ihr ernst ist. Und nun, denke ich. Und nun nichts, es ist sinnlos, jetzt noch an einer Ausrede zu basteln. Eine Weile fahren wir so, schweigend, umgeben von all den anderen Heimkehrern, deren schweigende Anwesenheit mir fast wie ein Schutz erscheint.

Als Anna-Sophies Körper in einer Kurve gegen meinen gedrückt wird, lächle ich sie an, ich habe plötzlich das Gefühl, es könnte doch ein ganz guter Abend werden. Ich schaue aus dem Fenster, es ist ein wolkenloser Himmel, über meinem Bett würde man heute nacht die Sterne sehen können. Ich lege meinen Arm um ihre Schultern und finde, daß alles so einfach sein könnte, wenn man sich nur darauf einläßt, und ich will mich heute darauf einlassen. Was wäre eigentlich dagegen zu sagen, wenn wir jeden Tag so nach Hause fahren würden, oder wenigstens zunächst für einige Tage, gerade jetzt, da Wagner weggefahren ist und wir von seinen dummen Bemerkungen verschont bleiben werden. Ich weiß nicht, warum ich so blöd gewesen bin, mich dagegen zu sträuben, und will sie schon fragen, warum sie nicht mehr Gepäck hat, Wechselsachen für ein paar Tage, als die Unregelmäßige in den Bus steigt. Ich habe sie noch nie im Bus getroffen, warum ausgerechnet heute? Zum Glück steht sie weit hinten, an der anderen Tür. Sie trägt einen kurzen, auffallend eleganten Mantel, sicher hat sie die rote Bluse an, denke ich. Sie schaut mich an und scheint zu überlegen, woher sie mich kennt. Eine Weile dauert es, dann lächelt sie und grüßt mich, ein wenig verlegen, wie mir scheint, aber ich kann nicht anders als zurückzugrüßen. Ein leichtes Nikken nur, aber Anna-Sophie ist das nicht entgangen. Bestimmt, denke ich, wird sie das Zögern der Unregelmäßigen mißdeuten, sie wird es auf sich beziehen und denken, die Frau habe mich nicht in Erklärungsnot bringen wollen. Erst jetzt fällt mir ein, daß ich ja inzwischen ihren Namen kenne. Ob das meine Bekannte sei?, fragt Anna-Sophie. Es ist klar, welche Bekannte sie meint. Nein, nein, sage ich, nur eine Nachbarin, und sehe uns schon zu dritt das Stück von der Haltestelle bis nach Hause gehen. Eine schöne Frau, sagt Anna-Sophie. Ich glaube zu wissen, was es bedeutet, wenn Frauen so etwas sagen. Weißt du was, sage ich, laß uns an der nächsten Haltestelle aussteigen und etwas essen gehen. Ich finde, es klingt wie der Vorwand für eine Flucht, aber Anna-Sophie findet es eine glänzende Idee und gibt mir demonstrativ einen Kuß auf den Mund.

Sie sei schon lange nicht mehr in dieser Gegend gewesen, sagt sie, sie komme ja so selten von ihrem Berg herunter, was etwas merkwürdig klingt, etwa so, als rede ein Politiker von den Menschen da draußen im Lande, weshalb ich ihr die Vorteile dieser Gegend zu beschreiben versuche, etwas zu enthusiastisch, als müßte ich mich selbst erst wieder davon überzeugen. Denn tatsächlich sind die Vorteile hier eher rar, zumindest wenn man sich nicht für Morbidität begeistert. Während die Stadt bei Anna-Sophie ausfranst, sich zum Hinterland öffnet und beinahe verliert, hat sie sich hier verdichtet, das Viertel liegt wie eingezwängt zwischen den Bahngleisen im Westen und einer der großen Verkehrsachsen im Osten, die aufeinander zulaufen und es wie die Schenkel einer Schere keilförmig zusammenpressen. Im Grunde, sage ich nach einer Weile, lebe ich hier in einer Sackgasse. Ich habe das so dahingesagt, lachend, im Tonfall eines Scherzes. Anna-Sophie scheint es auch so verstanden zu haben, ach du, sagt sie und staunt, wie weit das Grün der Bäume und Sträucher hier im Schutze der Stadt schon ist, bei ihr auf dem Berg sei die Natur noch mindestens zwei Wochen hinterher. Mir selbst aber läßt meine Bemerkung keine Ruhe, eine Sackgasse, vielleicht steckt mein Leben wirklich in einer Sackgasse, denke ich, während wir an dem Porzellangeschäft vorbeigehen, in dessen Scheibe ein Schild mit der Aufschrift *Radikale Preissenkung wegen Räumungsverkauf* hängt. Unbedingt muß ich noch diese Woche nach den fehlenden Serviceteilen fragen und weiß gleich gar nicht, was denn noch fehlt, ich werde meine Mutter anrufen müssen. Man könne, sagt Anna-Sophie, in einer Sackgasse auch einen Wendepunkt sehen, so sei es doch, jede Sackgasse sei gleichzeitig ein Wendepunkt. Ich hasse solche Kalendersprüche, die mit zwei, drei Zeilen ein ganzes Leben erklären wollen. Längst habe ich Anna-Sophies Aktentasche in der Hand.

Wir gehen in die Kneipe, vor deren Tür der Buchsbaum trotzig Wache steht. Aber in seinem Rücken ist dem Posten die Kneipe in einem Handstreich abhanden gekommen, sie hat einem Italiener Platz gemacht. Das kann noch gar nicht lange her sein, trotzdem ist die Pergola über dem ehemaligen Stammtisch bereits völlig von künstlichem Wein überwuchert, über dem ehemaligen Stammtisch ist schon Herbst. Es wundert mich nicht, daß Anna-Sophie Italien liebt, ich kann die Wahl des Restaurants als Erfolg verbuchen. Sie überfliegt die großformatige, kunstvoll gebundene Speisekarte, in der ich ratlos blättere, als sei sie schon öfter hier gewesen, sie liest die mir fremden Namen laut und mit der Freude des Wiedererkennens, so, als streue sie etwas mit leichter Hand aus, wie selbstverständlich kombiniert sie die angebotenen Speisen neu. Das nehme ich auch, sage ich erleichtert, nachdem sie bestellt hat; der Kellner nennt mich Signore, was mir ein wenig schmeichelt. Ich nehme mir vor, das Weinglas am Stiel anzufassen. Obwohl ich das Essen als willkommenen Zeitaufschub betrachte, werde ich ungeduldig, als das Bestellte auf sich warten läßt. Früher ging es hier schneller, glaube ich sagen zu müssen, Anna-Sophie aber nennt die Wartezeit ein gutes Zeichen, ich weiß nicht wofür, gebe ihr aber sofort recht.

Vielleicht ist es wirklich ein gutes Zeichen, zu meiner Überraschung gelingt es mir, völlig unverkrampft mit ihr zu reden, ohne jedes Wort vorher auf seine eventuelle Wirkung zu prüfen. Ich erzähle ihr von der Birkenlaube, unter der wir zu Hause manchmal gegessen haben. Eine Gruppe von Hängebirken, die in zwei Reihen standen, spalierartig eine kleine gepflasterte Fläche begrenzend, deren herabhängende Zweige von meinem Vater jedes Jahr mit der Heckenschere so beschnitten wurden, daß sie über unseren Köpfen eine ebene Fläche bildeten, ein Dach, durch das die Strahlen der Sonne golden funkelten. Diese Birkenlaube aber war meiner Mutter ein ständiges Ärgernis, weil der von den Zweigen tropfende Saft ihre Wachstuchdecken mit einer klebrigen Schicht überzog, jahrelang lag sie meinem Vater deswegen in den Ohren, bis der ihrem Drängen nachgab und ein Zwischendach aus gewellten Kunststoffplatten einzog. Diese Platten ruhten auf einem Metallgerüst und waren anfangs fast durchsichtig, wurden aber von den herabgefallenen Blättern und Samen nach kurzer Zeit mit einem dunklen, schmierigen Belag bedeckt, so daß meine Mutter schon bald wieder unzufrieden war und nun die Fällung der Birken verlangte, was mein Vater, wenn auch widerwillig, schließlich auch tat, sich aber fortan weigerte, unter dem Kunststoffdach zu sitzen. Meine Mutter nannte das stur, er habe einen Bauerndickschädel, sagte sie. Noch jahrelang kam bei jedem Streit zwischen ihnen die Rede irgendwann auf die Birkenlaube, unter deren Blätterdach wir anfangs so friedlich gesessen hatten.

Anna-Sophie hört mir aufmerksam zu, fragt zuweilen nach, erzählt von sich und ihren Eltern. Es ist ein angenehmes Gespräch, nur einmal erschrecke ich über eine ihrer Gesten, sie streicht, nachdem sie mit einem flüchtigen Blick nach oben ins künstliche Laub gesehen hat, mit dem Handrücken über die Tischdecke, als müsse sie sie säubern. Ihr Vater ist Professor an der städtischen Klinik, die Mutter Geschäftsführerin eines Kulturvereins. Meine Mutter, denke ich, würde begeistert sein, schon wegen der Bettwäsche mit Monogramm. Auf dem Grabstein von Anna-Sophies Mutter könnte einmal Professorengattin stehen. Verwöhntes Töchterchen, denke ich, komischerweise stelle ich mir sofort ein Auto vor, einen Kleinwagen, den Anna-Sophie von ihren Eltern zum Abitur bekommen hat und in dessen Heckscheibe, aus Buntpapier ausgeschnitten, das Wort *Abitur* steht. Als das Essen kommt, sind schon wieder meine Fingerabdrücke auf dem Glas.

Als wir in die Lindenstraße kommen, ist es längst dunkel. Ein flüchtiger Blick genügt und ich sehe, in Manuelas ehemaliger Wohnung brennt Licht. Der Weg durchs Treppenhaus scheint mir länger als sonst, ausgerechnet vor Mayers Wohnung hält Anna-Sophie kurz inne und fragt, was das für ein entsetzlicher Geruch sei. Die Zeit reicht aus, schon öffnet sich Mayers Tür. Natürlich mimt er den Überraschten, grüßt zunächst mich, dann mustert er Anna-Sophie unverhohlen von oben bis unten. Zum ersten Mal beobachte ich bei einem anderen, wohin Männer schauen, wenn sie Frauen betrachten. Ich wundere mich jedes Mal, wie die wenigen Haare, die Mayer noch hat, derart verwildert sein können. Heute streicht er sich verlegen mit der Hand über den Kopf, aber sie lassen sich auch dadurch nicht bändigen. Mayer, sagt er zu ihr, Mayer mit a und y. Anna-Sophie scheint das zu amüsieren, bei Meinhardt war das nicht anders, wahrscheinlich hat sie ein Faible für ältere Männer, zumindest begegnet sie ihnen mit Nachsicht, ohne sie die dieser Nachsicht zugrunde liegende Überlegenheit spüren zu lassen. Wir müssen, sage ich und gehe weiter. So sei ich, sagt Mayer zu ihr, immer im Dienst, immer in Eile.

Erst als Anna-Sophie vor der Wohnungstür stehenbleibt, merke ich, daß ich das Licht nicht angeschaltet habe. Ich hole es nach, und sie tritt zögernd in den Flur, der bei mir direkt in die Küche übergeht, man steht gleich mitten in der Wohnung. Sicher ist es normal, daß jemand, der zum ersten Mal eine fremde Wohnung betritt, irgendwann auch zum Fenster geht, um die Aussicht zu begutachten. Anna-Sophie aber hat den kleinen Rucksack noch auf dem Rücken, als sie zu meiner Überraschung direkt zum Fenster geht und davor stehenbleibt. Schön, sagt sie, so etwas habe sie sich immer gewünscht. Das klingt nach ehrlicher Begeisterung. Bei ihr sei vor dem Fenster alles schwarz, sie blicke ins Nichts, und das mache ihr angst, weshalb sie die Vorhänge immer zuziehen müsse. Ich trete hinter sie, lege meinen Arm um ihren Körper, mein Kinn liegt auf ihrer Schulter, unsere Wangen schmiegen sich eng aneinander.

Das Fenster von Manuelas ehemaliger Wohnung ist mit einer Folie beklebt, die in Falten herabhängt und von Farbspritzern übersät ist. Dahinter renoviert jemand die Wohnung, man kann nicht sehen, wer es ist, nur der untere Teil einer Silhouette ist zu erkennen, ab und zu bückt sie sich, taucht eine Rolle in einen Farbeimer, und man sieht dann für einen Moment auch den Kopf, aber alles bleibt verschwommen und auf merkwürdige Weise geheimnisvoll. Bei den Stillsitzern flimmern die Bildschirme, Zimmermann ist nicht da, bei Beate brennt Licht, aber sie ist nicht im Zimmer.

Als wir uns voneinander gelöst haben, entdeckt Anna-Sophie die verschiedenen Hefter auf dem Küchentisch, die ich in letzter Zeit immer mehr vernachlässigt habe. Arbeit?, fragt sie. Nur private Unterlagen, im Büro bewegt man jeden Tag Aktenberge und zu Hause bleibt alles liegen, stammle ich entschuldigend und will die Hefter eilig beiseite räumen, weiß aber nicht wohin, schiebe sie schließlich zwischen die Kartons mit den Puzzlespielen auf dem Zwischenboden im Flur. Ich bin nicht auf Besuch eingerichtet, schon gar nicht auf einen unangekündigten Besuch von Anna-Sophie. Schau dich ruhig um, sage ich. Es wäre gut, wenn man jetzt den Ofen heizen könnte oder wegen einer Flasche Wein in den Keller müßte, aber man kommt in so eine Wohnung und es ist nichts zu tun. Eigentlich schaue ich mir um diese Zeit immer die Nachrichten an, aber natürlich kann ich jetzt nicht den Fernseher einschalten. Sie will wissen, wo das Bad ist, ich zeige es ihr und nutze die Zeit ihrer Abwesenheit, um mit dem Fuß die Scheuerleiste entlangzufahren, einmal um die Küche herum, da kommt ordentlich was zusammen, die dicke Staubflocke werfe ich in den Mülleimer. Ich lebe schon seit Jahren allein, da hat es etwas Befremdliches, in der eigenen Wohnung das Geräusch der Wasserspülung zu hören, wenn man sie nicht selbst betätigt hat. Gerade als mir das Periodensystem der Elemente einfällt, kommt Anna-Sophie aus dem Bad zurück. Sie müsse irgendwo noch eine alte Jalousie haben, wenn ich wolle, könne sie die mitbringen. Gern, sage ich und erzähle etwas von einem Provisorium und wie das so ist mit Provisorien, daß sie immer am Dauerhaftesten sind, außerdem hat das Fenster im Bad eine ungünstige Breite, man denkt ja, heutzutage gibt es alles, aber genau das, was man braucht, ist oft nirgends zu bekommen. Meine Mutter sagt auch immer solchen Unsinn. Egal, sagt sie, du kannst die Jalousie haben.

Wir gehen ins Wohnzimmer. Wenn man nachts aus dem Wohnzimmerfenster schaut, kann man glauben, da draußen sei nichts, nur in einiger Entfernung sieht man einige Lichter, zuerst bilden die beleuchteten Fenster einiger Häuser ein strenges Raster, dahinter sieht man nur noch einen diffusen Schein, der wie ein leuchtender Nebel über der Stadt liegt und erst am Horizont wieder eine Kontur gewinnt, wenn die Scheinwerfer der Autos mit rot oder weiß gepunkteten Linien die Ausfallstraßen markieren, den Hang hinauf, an dem auch Anna-Sophies Wohnung liegt. Am Tag kann man von hier aus auf eine Kleingartenanlage sehen, kaum größer als ein Fußballfeld, aber mit so vielen sich dicht an dicht drängenden Hütten und Lauben bestanden, daß ich manchmal an Favelas denken muß. Zwischen den geteerten oder aus Wellblech gebauten Dächern stehen Wassertonnen und von Rost- und Algenspuren marmorierte Badewannen oder die Skelette von Hollywoodschaukeln auf kleinen, mit Betonplatten belegten Flächen, Zäune und Wege parzellieren das Gelände. Vor einigen Tagen hatte auf einem der Wege ein Kastenwagen gestanden, ein dunkelroter Peugeot. Die Räder hatten tiefe Furchen in den Schlamm gegraben, das ganze Auto war mit Dreck bespritzt. Jemand machte sich in einer der Lauben zu schaffen. Einige Männer schleppten Pakete, wieder hatten sie die Kapuzen ihrer Jacken tief ins Gesicht gezogen. Vielleicht war sogar Zimmermann dabei. Plötzlich ist mir das alles egal, dieser Zimmermann kann mir gestohlen bleiben, genauso wie seine Neukamlitzer Kameraden, sollen sie doch Wagner eins in die Fresse geben, was kümmert mich das. Zum ersten Mal habe ich das Gefühl, nicht nur die Saison könnte zu Ende gegangen sein. Vor dem Fenster ist alles schwarz. Du müßtest das sehen können, sage ich zu Anna-Sophie und nehme sie in die Arme, eine grüne Oase mitten in der Stadt, im Sommer ist es fast so wie bei dir auf dem Berg, es wird dir gefallen. Sie möchte lieber in der Küche sitzen.

In der Küche legt sie zwei Theaterkarten auf den Tisch. Für übermorgen, sagt sie, Hamlet, ich wisse schon. Was lange währt wird gut, sage ich und brauche jetzt einen Wodka. Möchtest du etwas trinken, frage ich sie, ich habe aber nur Wodka im Haus. Sie möchte jetzt keinen Wodka, sie trinke nie Schnaps. Ich hätte es mir denken können. Aber du hast doch nichts dagegen, wenn ich... Nein, nein, sagt sie, aber ihr Blick meint etwas anderes. Wenn es dir nicht recht ist, muß ich auch nichts trinken. Ich müsse selber wissen, was gut für mich sei, obwohl, wenn sie daran denke, was ihr Vater manchmal aus der Klinik berichte... Immer wenn sie sagt, ich müsse selber wissen, was gut für mich sei, habe ich das unangenehme Gefühl, erzogen zu werden. Sie sitzt am Tisch, ihr Zeigefinger umfährt den Kreis, den der feuchte Boden einer Rotweinflasche auf dem rohen Holz hinterlassen hat. Da habe ich die Flasche schon aus dem Kühlschrank genommen, hole mir aber wenigstens ein Glas. Dafür rauche ich nicht, sage ich und schenke mir ein. Ich weiß überhaupt nicht, warum ich mich vor ihr rechtfertigen muß, aber es ist schon wieder passiert. Hinter ihr stehend, löse ich die Klemme aus ihrem Haar und beginne ihr den Nacken und die Kopfhaut zu massieren. Ich merke, wie sie den leichten Druck erwidert, sie legt den Kopf in den Nacken, ihre Augen sind geschlossen. In diesem Moment sehe ich, wie bei Zimmermann das Licht angeht. Die Papierbündel sind nicht mehr da, nur die Katze räkelt sich auf den Dielen. Sie hat sich auf den Rücken gedreht und die Beine weit von sich gestreckt, Zimmermann hockt neben ihr, er krault ihr Bauchfell, so wie ich hinter Anna-Sophie stehe und ihr den Nacken kraule. Möglich, daß ich wegen dieser Ablenkung in meinen Bewegungen einen Augenblick innegehalten habe, Anna-Sophie jedenfalls öffnet die Augen. Da, es ist nicht zu fassen, ruft sie und zeigt in Richtung Fenster. Drüben steht Beate nackt, nur mit einem knappen Slip bekleidet, am Bügelbrett und bügelt die rote Bluse. Soll ich mich etwa auch dafür rechtfertigen? Das ist doch..., sagt Anna-Sophie erstaunt, ja, komme ich ihr zuvor, meine Nachbarin, das habe ich dir doch gesagt. Ob die sich immer so aufführe, nackt am Bügelbrett, das sei einfach nur billig. Was weiß ich, sage ich, mit der Zeit lernt man, überhaupt nicht mehr hinzusehen, außerdem sitze ich abends meist im Wohnzimmer. Ich muß wirklich nicht hinschauen, denke ich. Die Bahnhofsuhr in Beates Zimmer zeigt elf. Laß uns ins Bett gehen, sage ich zu Anna-Sophie. Gerade noch rechtzeitig fällt mir ein, daß ich das Bett neu beziehen sollte. Es ist die Stunde für Mutters Bettwäsche, wenigstens für die Bezüge, denn das Laken würde zu groß sein.

Mich überfällt eine regelrechte Geschäftigkeit, plötzlich ist überall noch etwas aufzuräumen oder wenigstens hin und her zu rücken, ich frage sie, wie lange sie morgens brauchen wird, ob sie frühstückt und wenn ja, was, ich könnte, während sie noch im Bett liegt, schnell einkaufen gehen, manche Leute brauchen unbedingt ein Glas Wasser am Bett, sie braucht keins, ich schlage vor, daß ich zuerst ins Bad gehe, dann würde ich Zeit haben, das Bett zu beziehen. Sie nickt, sie schüttelt den Kopf, sie lächelt, meine Fürsorglichkeit scheint sie zu amüsieren. Als ich im Bad vor dem Spiegel stehe, überkommt mich eine neue Verzweiflung. Das T-Shirt, das ich nachts trage, hat meine Mutter irgendwann mitgebracht, es ist ein Werbegeschenk eines Getränkehändlers, nicht schön, dafür umsonst. Ihr Getränkespezialist, steht auf meiner Brust, aber ich will jetzt kein Getränkespezialist sein. Also ziehe ich es wieder aus und belasse es bei der Hose. Ich darf nicht vergessen, den Bauch einzuziehen, denke ich.

Sie habe gar nicht gewußt, daß ich ein Romantiker sei, sagt Anna-Sophie, als sie ins Schlafzimmer kommt und das von Blumen übersäte Bett sieht, wie so oft weiß ich nicht, ob ich mir die Ironie in ihrer Stimme nur einbilde. Aber die Farbe, sage ich, von wegen Romantik, was hältst du von Flower-Power. Gewagt, will sie antworten, aber das Wort geht sofort in einen Schrei über, in dem sich Überraschung und Erleichterung paaren, ich habe sie an den Hüften gepackt und aufs Bett geworfen, meine Lippen verschließen ihren Mund. Sie versucht ihren Kopf zur Seite zu drehen, weil sie das Lachen nicht unterdrücken kann, doch ich halte sie fest, wir ringen miteinander wie Kinder, dann werden ihre Bewegungen weicher und geben den gespielten Widerstand auf. Schnell entledigen wir uns der restlichen Kleidungsstücke, um uns gleich wieder aneinanderzupressen, eng und immer enger, Haut an Haut, um uns zu lösen und neu zu finden, während die Finger mit einer seltsam fieberhaften Konzentration den anderen Körper erkunden und doch bereit sind, sich in der Weichheit und Wärme seines Fleisches zu verlieren, so wie der eigene Körper sich den Berührungen sanft entgegenbiegt, mit einem leichten Zittern, um sich dann mit einem wohligen Schauer auszuliefern, bis eine plötzliche Gier uns endgültig einander zutreibt, unsere Blicke sich noch einmal für einen Moment in einer Mischung aus Fremdheit und Vertrauen treffen und sich endlich jeglicher Gedanke in einem Rausch auflöst.

Durch das Fenster sind tatsächlich die Sterne zu sehen. Wir liegen nebeneinander, uns an den Händen haltend, ich will etwas sagen und bin ihr dankbar, als sie, nachdem ich ihren Namen ausgesprochen habe, ihre Finger sanft, aber energisch auf meine Lippen legt. Ein Flugzeug, dessen Positionslichter in ruhigem, gleichmäßigem Rhythmus blinken, zieht vorüber, so langsam, daß man fürchtet, es könne jeden Augenblick abstürzen.

Mitten in der Nacht wache ich auf. Anna-Sophie schläft ruhig und fest, nur einmal kommt ein leises Röcheln aus ihrem leicht geöffneten Mund, gefolgt von einem Seufzen, dann reibt sie die Lippen aufeinander, als wolle sie sie anfeuchten, und ist wieder still. Sie liegt auf dem Rücken, hat eine Hand unter den Kopf geschoben, ihr Ellenbogen läßt mir kaum Platz. Mein Bett ist kein Doppelbett, aber wie soll ich das einer Schlafenden erklären. Ich rutsche ein Stück nach unten, bis mein Kopf in Höhe ihrer Brüste liegt, wenn ich mich ausstrecke, ragen die Füße über die Matratze. Irgendwann stehe ich auf.

Vorsichtig, um Anna-Sophie nicht zu wecken, steige ich die Treppe hinunter, gehe den Flur entlang, im Dunkeln, wie ich es gewohnt bin, plötzlich stolpere ich über etwas, das im Weg liegt. Hier steht sonst nie etwas rum! Ich taste danach, es ist Anna-Sophies Aktentasche. Leise fluchend schiebe ich sie zur Seite. Ich bin vollkommen nackt, als ich in der Küche stehe. Es ist kalt, ich beginne zu zittern.

Die Hefter mit meinen Aufzeichnungen sind verstaut, aber noch immer griffbereit. Mich würde interessieren, wer in Manuelas Wohnung eingezogen ist. Gegenüber brennt noch Licht.

Jens Wonneberger

Infarkt

Roman, 128 Seiten, Hardcover

*

Ein Tag in einem Supermarkt. Zwischen Käsetheke und Alkoholregal sind sie zu finden, die Erniedrigten und Beleidigten der auf Hochglanz polierten Gegenwart. Hier kreuzen sich die Wege von vier Menschen, für die sich scheinbar niemand interessiert. Aber das stimmt nicht, denn unentwegt beobachtet einer den anderen und macht sich Gedanken. Im Gegenüber wird die eigene Existenz gespiegelt und erkannt.

Infarkt ist ein kraftvoll erzählter Roman über die ganz alte und immer wieder neu zu stellende Frage, woraus das Leben besteht und was es eigentlich ausmacht. Jens Wonneberger läßt seine Helden hart mit sich selbst ins Gericht gehen, zugleich zeichnet er ein präzises Bild einer Gesellschaft voller Enttäuschungen und Sehnsüchte.

Jens Wonneberger

Die Pflaumenallee

Roman, 192 Seiten, Leineneinband

*

Bergheimer wird von niemandem gebraucht, das macht ihn eigenbrötlerisch. Immerhin hat er einen alten Schulfreund wiedergefunden, der sich von ihm vollquatschen läßt. Abends sitzen sie auf Parkbänken, dann schwadroniert Bergheimer über die Ungerechtigkeit der Welt. Und beide denken an ihre Jugendjahre, als sie auf der Bank an der Pflaumenallee saßen, ihrem Rückzugsort. Damals hatte Bergheimer auch sein Bein noch nicht verloren.

Jens Wonneberger schreibt über die Lebensgefühle von Menschen, die gemeint sind, wenn Politiker vom »Fördern und Fordern« sprechen – ganz normale Leute mit Träumen und ohne Perspektive. Mit großer Beobachtungsgabe und lakonischem Humor erschafft Wonneberger einen Stadtraum für zwei Zeitgenossen, die sich nicht viel zu geben haben und einander doch brauchen.

Steidl Verlag · Düstere Str. 4 · 37073 Göttingen
www.steidl.de

Christof Hamann

Usambara

Roman, 264 Seiten, Leineneinband

*

Etwas verbindet die Mitglieder der Familie Hagebucher über alle Generationen: ihre rastlosen Beine, mit denen sie, so heißt es, nicht nur begnadet laufen und tanzen, sondern sogar träumen können. Und so laufen und tanzen sie träumend, springen über Kontinente und Zeiten hinweg. Mal entdecken sie Wuppertal, Berchtesgaden oder München, mal reisen sie zum empfindlichsten Punkt auf dem Körper der Geliebten, mal sehnen sie sich in die Schluchten des Usambaragebirges oder auf den Kilimandscharo.

Damals, mit Leonhard Hagebuchers waghalsigen Afrika-Expeditionen, fing alles an. Sein Urenkel Fritz Binder folgt ihm mit Begeisterung nach. Zunächst nur in Gedanken; doch dann stellt auch Fritz sich einer ganz realen Herausforderung: Der sagenumwobene Kibo ruft.

Arno Orzessek

Drei Schritte von der Herrlichkeit

Roman, 520 Seiten, Hardcover

*

Das hätte sich Max Koriath, Aktien-Millionär und Besitzer eines Fitness-Centers, nicht träumen lassen: Der Lebemann landet mit Krebsdiagnose in der Charité. Max, der mit der Ostberlinerin Yvonne Florin in einer überaus fleischlichen Affäre steckt, lernt plötzlich Angst und Bedrohung kennen. Auch sein Freund Paul Tanski, ein Cousin aus derselben Flüchtlings- und Spätaussiedlerfamilie, liebt eine Frau aus dem Osten, seine engelhafte Cousine Almuth. Jetzt trifft er an Max' Krankenbett Yvonne. Deutschdeutsche Geschichten beginnen zu rotieren, die Vorwende- wird zum Fundament der Nachwendezeit. *Drei Schritte von der Herrlichkeit* ist ein kühner, radikaler Roman über Verwandlungen, der die Leser in die verschiedensten Winkel der Welt entführt.